Yoko Ogawa

# Das Museum der Stille

Aus dem Japanischen von Ursula Gräfe
und Kimiko Nakayama-Ziegler

liebeskind

# 1

Bei meiner Ankunft im Dorf hatte ich nichts weiter bei mir als eine kleine Reisetasche. Ein paar Kleidungsstücke, Rasierzeug, Schreibutensilien, ein Mikroskop und zwei Bücher – eines über Museumskunde und das *Tagebuch der Anne Frank*. Mehr war nicht darin.

Im Schreiben meiner Auftraggeberin stand, ich würde vom Bahnhof abgeholt, aber da ich ihr nichts über mein Äußeres mitgeteilt hatte, fragte ich mich etwas beunruhigt, ob wir uns womöglich verfehlen könnten. Ich verließ das Gleis über eine Treppe und ging durch die Bahnsteigsperre. Außer mir war niemand an dieser Station ausgestiegen.

»Herzlich willkommen.«

Die Frau, die sich von einer Bank im Wartesaal erhob und auf mich zukam, war erheblich jünger, als ich es erwartet hatte, eigentlich noch ein Mädchen. Ihre Umgangsformen wirkten so fein und höflich, dass mir vor Verlegenheit keine passende Begrüßung einfiel.

»Wenn Sie mir bitte folgen wollen«, sagte sie, meine Unsicherheit übergehend, und brachte mich zu einem Wagen.

Nachdem wir eingestiegen waren, wies sie den Chauffeur an loszufahren.

Obwohl die Luft des beginnenden Frühlings noch recht frisch war, trug sie über ihrem leichten ausgestellten Baumwollkleid nicht einmal eine Strickjacke. Der Himmel war wunderbar klar, und der Wind blies nur ein paar dünne Wölkchen vor sich her. An sonnigen Flecken blühten Krokusse, Narzissen und Margeriten.

Vom Bahnhof aus fuhren wir eine breite Straße am Marktplatz entlang und erreichten bald eine offene Landschaft aus Feldern und Gärten. Rechts von der Straße wucherte Gestrüpp, links breiteten sich Kartoffeläcker aus, hinter denen sich Wiesen und Weiden erstreckten. Wo am Horizont Hügel und Himmel aufeinandertrafen, ragte ein Glockenturm auf. Die gesamte Szenerie war gleichmäßig von der Sonne überflutet, die sich offenbar vorgenommen hatte, sämtliche Überreste des kalten Winters wegzuschmelzen, die sich noch im Schatten des Unterholzes verbargen.

»Es ist schön hier«, sagte ich.

»Es freut mich, dass es Ihnen gefällt.«

Mit geradem Rücken, beide Hände sittsam auf die Knie gelegt und den Blick nach vorne gerichtet, saß die junge Frau da. Nur wenn sie etwas sagte, neigte sie den Kopf und senkte den Blick in Richtung meiner Schuhe.

»Ich glaube, wir werden gut mit der Arbeit vorankommen.«

»Ja, meine Mutter hofft das auch.«

Erst jetzt dämmerte es mir, dass sie die Tochter meiner Auftraggeberin war.

Sooft der Wagen um eine Kurve bog, schwang ihr Haar zur Seite und verbarg einen Teil ihres Profils. Es wirkte so glatt und natürlich, als wäre sie noch nie bei einem Friseur gewesen.

»Meine Mutter ist ein bisschen sonderbar, also wundern Sie sich bitte nicht«, sagte das Mädchen nun etwas zutraulicher.

»Da machen Sie sich mal keine Sorgen.«

»Es ist aber schon mehrfach vorgekommen, dass jemand wegen Unstimmigkeiten die Arbeit mittendrin abgebrochen hat.«

»Man merkt es mir vielleicht nicht an, aber ich arbeite schon zu lange in diesem Beruf, um mich derart unprofessionell zu verhalten.«

»Ja, das weiß ich aus dem Lebenslauf, den Sie uns geschickt haben.«

»Meine Arbeit besteht darin, möglichst viele von den Dingen, die über den Rand der Welt geglitten sind, wieder aufzusammeln und ihren Wert trotz der Disharmonie, die sie vielleicht umgibt, zur Geltung zu bringen. Meine Auftraggeber sind in der Regel starke Persönlichkeiten. Würde ich sie aufzählen, käme eine recht interessante Liste zusammen. Ein paar Schrullen können mich jedenfalls nicht mehr schrecken. Seien Sie unbesorgt.«

Das kleine Lächeln, das ich auf ihrem Gesicht zu entdecken glaubte, wich sofort wieder einem beherrschten und sittsamen Ausdruck.

Nach einer Weile ging die asphaltierte Straße in eine

schmale Schotterpiste über. Meiner Einschätzung nach hatten wir das Dorf in westlicher Richtung verlassen. Die Umgebung bestand noch immer aus niedrigem Gestrüpp, und kleine Tiere wie Wiesel oder Eichhörnchen huschten durchs Gras. In meiner Tasche schlugen mit leisem Klicken die Einzelteile des Mikroskops gegeneinander.

Nachdem wir über eine Steinbrücke einen Bach überquert hatten, fuhren wir einen sanften Hügel hinauf, bis ein pompöses schmiedeeisernes Tor vor uns aufragte. Es stand weit offen, und der Wagen glitt mit unverminderter Geschwindigkeit hindurch. Im Halbschatten der riesigen Pappeln schlängelte sich ein schmaler Weg, dessen Kiesel unter den Reifen hervorsprangen und gegen die Scheiben prasselten.

»Wir sind da. Dort ist es.«

Das Mädchen deutete aus dem Fenster. Unvermutet öffnete sich der Blick, und auf einer Anhöhe vor uns lag eine Villa. Der Finger, den das Mädchen gegen die Scheibe drückte, war feingliedrig, weiß und wirkte geradezu zerbrechlich.

Das Gespräch fand in der Bibliothek statt. Meine Auftraggeberin thronte in der Mitte des Raumes auf einem mit Samt bezogenen Sofa, das vermutlich einmal cremefarben gewesen war. Mit der Zeit hatten sich jedoch Schweiß, Fingerspuren, Speichel, Staub, irgendwelche Getränke und fettige Süßigkeiten zu einem schmuddeligen Farbton vermengt. Das Polster war durchgesessen, und an den abgewetzten Armlehnen war schon die Füllung sichtbar.

Meine Auftraggeberin war unglaublich schmächtig. Sie wirkte so mager und knochig, als würde ihr Körper sämtliche Nahrungsaufnahme verweigern. Ihre Hüften waren beinahe rechtwinklig. Ich hätte sie mit Leichtigkeit in den Armen wiegen können. Ihre Statur war eigentlich nicht mehr als klein und zierlich zu bezeichnen. Sie war geradezu winzig.

Ihre Aufmachung war – sei es aus Gründen ihrer Statur oder des Geschmacks – sehr exzentrisch. Auf dem Kopf hatte sie eine Wollmütze, dazu trug sie eine Menge ohne erkennbaren Stil zusammengewürfelter karierter, gestreifter und geblümter Kleidungsstücke, sodass sie Ähnlichkeit mit einem der zahllosen Flecken auf ihrem Sofa hatte.

Am meisten verwunderte mich jedoch, dass die Frau die Mutter des Mädchens sein sollte, das mich abgeholt hatte, denn dazu war sie viel zu alt. Sie musste mindestens auf die Hundert zugehen und war vom Alter völlig ausgezehrt. Es war undenkbar, dass ein derart vertrockneter Leib das junge Mädchen geboren hatte.

Eine Weile sprach niemand. Die Greisin ließ gleichgültig die Schultern hängen und hielt den Blick gesenkt. Sie räusperte sich nicht einmal. Diese starre Haltung ließ ihren Körper noch eingeschrumpfter, älter und kraftloser erscheinen.

Vielleicht wollte sie mich mit ihrem Schweigen prüfen oder meine Persönlichkeit ergründen. Oder hatte ich womöglich bereits einen Fehler begangen und damit die Missbilligung der alten Frau auf mich gezogen? Zum Beispiel, indem ich es versäumt hatte, ein Gastgeschenk mitzubringen, oder die falsche Krawatte trug …

Es gab da viele Möglichkeiten. Hilfe suchend sah ich zu dem Mädchen hinüber, das an einem Erkerfenster saß. Aber sie schenkte mir nicht einmal das kleinste aufmunternde Lächeln und strich nur beflissen den Saum ihres Kleides glatt.

Eine Hausangestellte servierte Tee. Das Klappern der Tassen und Untertassen lockerte die steife Atmosphäre ein wenig auf, gleich darauf breitete sich jedoch wieder Stille aus.

Die Bibliothek hatte eine hohe Decke, und ich fröstelte. Kein Sonnenstrahl drang in den Raum, denn ungeachtet des schönen Wetters waren die dicken Vorhänge zugezogen. Das Licht, das durch die verstaubten Lampenschirme drang, war schwach, sodass der ganze Raum im Halbdunkel lag. Die Bücher in den Regalen, die die nördliche Wand bedeckten, verströmten einen eigentümlichen Geruch nach Leder und Papier.

Auf den ersten Blick handelte es sich um eine gut bestückte Sammlung. Natürlich konnte ich nichts Bestimmtes sagen, ehe ich sie nicht genauer in Augenschein genommen hatte. In der Eingangshalle, im Treppenhaus und im Korridor waren mir einige Gemälde und Skulpturen aufgefallen, und auch die Bibliothek hatte einige Raritäten zu bieten: Standuhren, Vasen, Lampen und Kunstwerke aus Glas. Das Problem war nur, dass ihr Zustand nicht gerade der beste war und sich Kostbares willkürlich mit irgendwelchem Trödel abwechselte. Neben einem silbernen Lampenfuß in Form eines Hirsches aus dem vergangenen Jahrhundert stand ein Aschenbecher, den offenbar jemand aus einer billigen Kneipe hatte mitgehen lassen. All diese Objekte zu sichten, zu ordnen und zu reparieren würde viel Zeit und Mühe in Anspruch nehmen. Verglichen mit meinen bisherigen Projekten stand hier ein wesentlich größerer Aufwand bevor.

Schließlich konnte ich die Stille nicht mehr ertragen. »Das könnte ein gutes Museum werden«, sagte ich. Abrupt hob die alte Frau den Kopf und sah mich zum ersten Mal an.

»Für eine Privatsammlung ist das Niveau ausgezeichnet. Nicht nur die Kunstwerke und das Kunsthandwerk, auch das Mobiliar, der Garten und das Anwesen als Ganzes sind wie geschaffen für ein Museum.«

»Wovon reden Sie?«

Verblüfft über die Lautstärke und Kraft der Stimme, die unvermutet aus diesem schwächlichen Körper ertönte, geriet ich ins Stottern.

»Nun ja, natürlich wird alles vorher mit Ihnen abgesprochen. Ich möchte einfach nur darauf hinweisen, wie vielfältig die Möglichkeiten sind. Angefangen damit, im Rathaus eine Ecke einzurichten und einige Objekte der Sammlung mit Ihrem Namen dort auszustellen, bis hin zur Errichtung eines neuen Museumsgebäudes hier auf dem Anwesen …«

»Ich habe Sie gefragt, wovon Sie vorhin geredet haben.«

»Ja, also vorhin, was war das noch …? Auf jeden Fall irgendetwas über das Museum.«

»Oh, wie ich so was hasse! Sie müssen ja ein schwaches Gedächtnis haben, wenn Sie nicht einmal wiederholen können, was Sie vor ein paar Sekunden gesagt haben. Nicht zu fassen! Und Sie wollen Museumsexperte sein? Wenn ich etwas nicht ausstehen kann, sind es Schlafmützen. Lahmarschige Kerle. Es ist mir zuwider, wenn etwas nicht präzise und ohne Zeitverlust erledigt wird. Es ist ja wohl nicht zu übersehen, dass ich keine Zeit zu verlieren habe.«

Stakkatoartig schossen die Worte zwischen ihren tief in den Kiefer eingesunkenen Lippen hervor und zischten durch den Raum. Dabei bebten die Finger, Schultern und Kniescheiben der alten Frau wie von den Schwingungen ihrer Worte in Bewegung gesetzt.

»Ich erinnere mich nicht, Sie darum gebeten zu haben, den ganzen Schrott hier in ein Museum zu stellen. Also reden Sie nicht so eigenmächtig daher. Wer hat schon Lust, sich den Krempel anzugucken, für den irgendwelche Vorfahren von mir ihr Geld aus dem Fenster geschmissen haben? Niemand! Im besten Fall kommen irgendwelche dämlichen Trottel, kreischen ›Oh, wie interessant‹ oder ›Oh, welch Verschwendung‹ und begrabbeln mit ihren klebrigen Fingern die Vitrinen.«

Die Alte krümmte sich immer mehr, bis sie mich gewissermaßen von unten ansah. Ihre Wangen waren eingefallen, die Augenbrauen spärlich, und auf dem schmalen Stück Stirn, das unter der Mütze hervorlugte, hatte sie einen eitrigen Abszess.

Beherrscht wurde ihr Gesicht jedoch von den Falten. Ihre Augäpfel, ihre Nasenlöcher und ihre Lippen, alles versank in tiefen Schluchten. Ihre Haut erinnerte mich an die eines arktisches Walrosses aus dem Naturkundemuseum, in dem ich einmal gearbeitet hatte.

»Für kein Stück von dem Plunder, der hier rumsteht, habe ich selbst einen Finger krumm gemacht. Alles von meinen Vorfahren. Warum sollte ich mich darum kümmern? Für nichts in der Welt! Aus Prinzip tue ich nie das, was alle tun. Das ist mein wichtigster Grundsatz. Es gibt bis jetzt also zwei Regeln, die Sie beherzigen müssen. Wiederholen Sie gefälligst!«

Ich sammelte meine Gedanken, wobei ich einen Knopf meines Jacketts öffnete und meinen Blick auf den erkaltenden Tee richtete.

»Die Dinge effizient vorantreiben und tun, was sonst keiner tut …«

Die Alte schnaubte nur, und es war nicht auszumachen, ob meine Antwort richtig oder falsch gewesen war.

»Was ich im Auge habe, ist ein grandioses, bedeutungsvolles Museum, das einzigartig ist und das ein Grünschnabel wie Sie sich gar nicht vorstellen kann. Und wenn Sie einmal angefangen haben, unterstehen Sie sich, mittendrin aufzuhören! Mein Museum wird sich unendlich und unaufhaltsam vergrößern. Man könnte es eine bedauernswerte, zur Ewigkeit verdammte Existenz nennen. Aber seine Ausstellungsstücke mit der Begründung, dass sie sich endlos vermehren, im Stich zu lassen, hieße, die Ärmsten ein zweites Mal sterben zu lassen. Man könnte sie ja einfach unbeachtet lassen, dann würden sie in ihrer Ecke verfallen, ohne Ansprüche zu stellen. Aber wenn man sie einmal hervorgeholt und neugierigen Blicken und zeigenden Fingern ausgesetzt hat, dann darf man sie nicht wieder im Stich lassen. Das wäre grausam. Finden Sie nicht? Das heißt, Sie dürfen auf keinen Fall mittendrin aufhören. Das ist die dritte Regel.«

Die Stille, die nun eintrat, war ebenso unvermittelt wie der Beginn ihrer Rede. Kaum hatte sie ihren Mund geschlossen, verwandelte sie sich sogleich wieder in eine winzige Greisin. Das Zittern ihrer Glieder legte sich, sie senkte den Blick, und die Stille des Raums sog die Energie auf, die sie eben noch zusammen mit ihrem Speichel versprüht hatte.

Wie sollte ich an diese Sache herangehen, um sie zu einem guten Ende zu bringen? Es hätte mir schon geholfen, wenn das Mädchen mir wenigstens – und wenn auch nur mit einem Blick – Verständnis signalisiert hätte, aber es versteckte sich weiter in der Zimmerecke.

Trotz der zugezogenen Vorhänge merkte ich, dass die Sonne unterging und der Wind auffrischte, denn von ferne war das Rauschen der Bäume zu hören. Die Kühle, die vom Boden aufstieg, verlieh der Stille eine noch größere Dichte.

»Geben Sie mir doch mal eine Kostprobe Ihrer museumskundlichen Kenntnisse.«

Ihr Gebiss drohte herauszufallen, und Speichel flog durch die Luft.

»Ja, gern.«

Mir war klar, dass jeder Versuch, auf sie sympathisch zu wirken, ohnehin sinnlos gewesen wäre, und ich beschloss, einfach zu sagen, was mir in den Sinn kam.

»Ein Museum ist eine ständige Einrichtung, die ohne Profitstreben der Öffentlichkeit zugänglich ist und auf selbstlose Weise der Gesellschaft und ihrer Entwicklung dient. Außerdem führt ein Museum verschiedene Projekte durch, die in relevantem Zusammenhang mit den Menschen und ihrer Umwelt stehen. Es werden Nachweise erbracht, gesammelt und archiviert, um sie in den Dienst von Forschung, Bildung und Unterhaltung zu stellen.«

»Hm, das klingt ziemlich öde. Sie beten ja bloß die internationalen Museumsrichtlinien runter«, krächzte die Alte und rückte, nachdem sie einmal geniest hatte, ihr Gebiss zurecht.

»Also gut. Vergessen wir jetzt mal diesen kleinkarierten Regelkram. In meiner Jugend habe ich mir Museen auf der ganzen Welt angeschaut, von riesigen Nationalmuseen, in denen man drei Tage rumlaufen kann, bis zur letzten Scheune, die irgendein starrsinniger alter Querkopf für seine Sammlung von landwirtschaftlichen Geräten umgebaut hat. Aber nicht eines davon hat mich überzeugt. Keines war mehr als eine Abstellkammer. Sie besaßen nicht einen Bruchteil der Inbrunst, die ein Opfer an die Göttin der Weisheit erfordert. Was ich schaffen will, ist ein Museum, das über die menschliche Existenz hinausreicht. Sogar in den faulenden, wertlosen Gemüseabfällen in einer Mülltonne finden sich noch Spuren vom Wunder des Lebens, etwas, das alle Reichtümer dieser Welt im Keim enthält … Ach, es lohnt sich nicht, das zu erklären. Und schon gar nicht jemandem, der etwas von ›Einrichtungen ohne Profitstreben‹ daherfaselt. Übrigens, welches Datum ist heute? Der 30. März? Das ist doch der Tag, an dem der Feldhase geopfert wird. Wo bin ich nur mit meinen Gedanken? Da muss ich doch einen Hasenschenkel essen. Die Sonne ist auch schon untergegangen. Also dann.«

Die alte Frau griff nach ihrem Stock und erhob sich. Als ich ihr helfen wollte, winkte sie mit einer unwirschen Bewegung ihres Stocks ab und humpelte, gefolgt von dem jungen Mädchen, aus der Bibliothek. Sprachlos starrte ich den beiden nach. Auf dem Sofa, auf dem die Alte gerade noch gesessen hatte, war eine kleine Kuhle zu sehen.

Für die Nacht wies man mir ein hübsches Zimmer in einem Doppelhaus an, das im rückwärtigen Garten lag. Das zweistöckige Gebäude bestand aus zwei symmetrischen Flügeln, und neben mir wohnte das Gärtnerehepaar. Der Mann war der Fahrer, der mich mit dem Wagen vom Bahnhof zur Villa gebracht hatte, und die Frau die Hausangestellte, die in der Bibliothek den Tee serviert hatte.

»Sie sind neu hier?«, sprach der Gärtner mich freundlich an, als wir uns vor dem Eingang begegneten.

»Ja, aber ich vermute, dass es mit meiner Anstellung nichts wird. Das Vorstellungsgespräch ist nicht besonders gut gelaufen.«

»Das kann man nie wissen.«

»Ich glaube nicht, dass ich der alten Frau besonders gefallen habe.«

»Wie kommen Sie auf die abwegige Idee, dass irgendjemand ihr gefallen könnte? Machen Sie sich nichts daraus. Gehen Sie früh zu Bett, Sie müssen von Ihrer langen Reise müde sein.«

Der Gärtner hatte die robuste Statur eines Menschen, der jahrelang körperliche Arbeit verrichtet hat. Auch seine sonnenverbrannten Arme, die unter seinen aufgerollten Ärmeln zum Vorschein kamen, vermittelten diesen Eindruck. Die Villa war zu groß, das Mädchen zu jung, die alte Frau zu alt – in dem ganzen widersprüchlichen Chaos wirkten seine Bescheidenheit und seine unkomplizierte Fürsorglichkeit ermutigend auf mich.

Nach Sonnenuntergang war die gesamte Szenerie vor meinem Fenster in Dunkelheit gehüllt. So angestrengt ich auch starrte, ich vermochte nicht den mindesten Lichtpunkt zu entdecken. Die Villa, die hinter Bäumen lag, verwandelte sich langsam in einen schwarzen Klotz, bis sie schließlich ganz in der Finsternis versunken war.

Nachdem ich das Abendessen verzehrt hatte, das mir von der Haushälterin gebracht worden war, gab es für mich nichts mehr zu tun. Die Küche und das Wohnzimmer waren im Erdgeschoss, im ersten Stock befanden sich Schlafraum und Bad. Alle Möbel und Dinge des täglichen Gebrauchs waren funktional, von guter Qualität und im Vergleich zum Haupthaus mit viel Sachverstand angeordnet. Da ich vermutlich am nächsten Tag wieder abreisen würde, beschloss ich, so wenig wie möglich in Unordnung zu bringen.

Meine Reisetasche stellte ich ungeöffnet neben dem Bett ab. Weil ich im Bad kein Durcheinander hinterlassen wollte, nahm ich nur ein Handtuch, um mich abzutrocknen, und spülte mir noch den Mund aus. Auf dem Nachttisch lag ordentlich zusammengefaltet ein gebügelter Schlafanzug. Bestimmt hatte die Haushälterin ihn vorsorglich für mich bereitgelegt. Ich zögerte zuerst, entschied aber dann, ihn nicht anzuziehen, und kroch in meiner Unterwäsche ins Bett.

Nur das *Tagebuch der Anne Frank* holte ich aus meiner Tasche. Seit vielen Jahren gehörte es zu meinen Gewohnheiten, vor dem Einschlafen darin zu lesen. Welche Stellen und wie viel ich las, entschied ich spontan. Meist waren es ein oder zwei zufällig aufgeschlagene Seiten, manchmal las ich mir auch die ganze Eintragung eines Tages laut vor.

Warum ich damit anfing, weiß ich heute nicht mehr. Das *Tagebuch der Anne Frank* war ein Andenken an meine Mutter. Sie starb, als ich achtzehn war.

Ich bin noch keinem von ihnen begegnet, doch gibt es genug Menschen auf der Welt, die vor dem Einschlafen in der Bibel lesen. Sooft ich in einem Hotel in der Nachttischschublade eine Bibel fand, fragte ich mich, ob diese Menschen und ich vielleicht ähnliche Empfindungen hatten. Natürlich war meine Mutter nicht Gott. Aber die Methode, sich durch Zwiesprache mit etwas Unsichtbarem, Fernem zu beruhigen, kurz bevor sich das Bewusstsein vom Körper löst, erschien mir verwandt.

Sowohl der Einband als auch die Seiten des Buches waren mittlerweile bräunlich verfärbt. Die Ecken waren teils geknickt, das Lesebändchen war zerfranst, stellenweise waren die Heftfäden gerissen, und einige Seiten drohten herauszufallen. Daher musste man behutsam damit umgehen und durfte es nur sachte aufschlagen, indem man es ohne überflüssigen Kraftaufwand mit beiden Händen festhielt.

Innen stand noch der Name meiner Mutter, den sie hineingekritzelt hatte, um ihr Eigentum zu kennzeichnen – natürlich ohne daran zu denken, dass das Büchlein für ihren Sohn später zu einem Andenken werden würde. In all den Jahren war die Tinte verblasst und mit ihr allmählich auch der Name. Der Gedanke, dass er eines Tages ganz verschwinden würde, konnte mich in Panik versetzen. Ich fürchtete mich nicht nur vor der Trauer angesichts des fortschreitenden Verlusts der Erinnerungen an meine Mutter, sondern vor einer Verletzung, die noch tiefer gehen würde. Meine Furcht war so groß, als sollte das Buch mit all den Fingerabdrücken von mir und meiner Mutter mit Messern zerfetzt und ins Feuer geworfen werden.

Plötzlich fiel mir wieder ein, was die alte Frau am Nachmittag über den zweimaligen Tod gesagt hatte. »Eine bedauernswerte Existenz, zur Ewigkeit verdammt.« Ich schüttelte rasch den Kopf, um den Klang ihrer Stimme zu verscheuchen.

Ich schlug das Buch auf. Donnerstag, 17. Februar 1944. Anne liest Frau van Daan und Peter vor, was sie geschrieben hat. Die Stelle, an der ihre Liebe zu Peter aufkeimt und die mir sehr gefällt. Die Zeile »Du brauchst wirklich nicht zu glauben, dass ich verliebt bin, denn das ist nicht wahr« vom 18. Februar war mit einer Wellenlinie unterstrichen. Sie wirkte so zart, als könne der geringste Hauch sie fortwehen.

Anstatt laut zu deklamieren, flüsterte ich deshalb in eine kleine dunkle Höhle im Inneren meines Gehörgangs hinein. Ich spürte, wie die Worte Anne Franks sich über die Dunkelheit senkten wie nächtlicher Tau. Da es ruhig war und die Luft klar, eignete sich das Schlafzimmer gut zum Vorlesen. Obwohl es meine erste Nacht in einem fremden Bett war, schlief ich ausgezeichnet.

Am nächsten Morgen traf ich gleich nach dem Aufstehen die Vorbereitungen für meine Abreise, auch wenn Vorbereitungen vielleicht zu viel gesagt ist. Ich wusch mir das Gesicht, zog meine Sachen vom Vortag an und packte das *Tagebuch der Anne Frank* wieder in die Tasche.

Blendend hell schien die Morgensonne ins Zimmer. Der aus dem Wäldchen aufsteigende Nebel verdunstete allmählich unter ihren Strahlen und löste sich bald ganz auf. Das schöne Wetter würde anhalten. Am Abend hatte ich es nicht bemerkt, aber im hinteren Teil des Gartens, wo das Gärtnerhaus stand, schienen früher Pferde gehalten worden zu sein. In der Mitte gab es einen Brunnen, der gleichzeitig als Tränke dienen konnte, und auf der anderen Seite stand ein imposanter aus Steinen gemauerter Stall. In einem Gartenstück östlich davon wiegten sich bunte Blumen im Morgenlicht.

Ich zog die Bettdecke glatt und schaute mich nochmals im Schlafzimmer um, um sicherzugehen, dass ich nichts vergessen hatte. Ich war ein wenig nervös, weil ich nicht wusste, wann ein Zug fuhr. So wie der Bahnhof aussah, hielt dort wahrscheinlich höchstens einoder zweimal am Tag ein Express.

Sicher konnte der Gärtner mir weiterhelfen. Ich ging hinunter, um mich bei ihm zu erkundigen, und als ich die Haustür öffnete, vernahm ich die Stimme des jungen Mädchens.

»Guten Morgen! Ich dachte, Sie schlafen noch.«

Als sie mich mit meiner Reisetasche in der Hand sah, stutzte sie.

»Aber was ist denn los?«

»Ich reise ab, sobald ich mich von Ihrer Frau Mutter verabschiedet habe. Aber weil es noch so früh ist, wollte ich lieber noch ein Weilchen warten und habe mich so herumgedrückt.«

»Wieso wollen Sie denn abreisen?«

»Ihre Frau Mutter war so verärgert, und mir ist klar geworden, dass unser Gespräch nicht zum Besten verlaufen ist.«

»Meine Mutter war nicht verärgert. Auf ihre Art ist sie schüchtern und verhält sich immer so, wenn sie jemandem zum ersten Mal begegnet. Ich hatte Ihnen doch geraten, mit einigen Seltsamkeiten zu rechnen. Sie haben mit Erfolg bestanden und werden das Museum einrichten. Sie brauchen nicht abzureisen«, sagte sie, während sie sich mit den Fingern durchs Haar fuhr.

Wahrscheinlich war sie von der Villa durch den Garten gelaufen, denn ihre Wangen waren gerötet und ihre Waden, die unter dem Rocksaum hervorschauten, feucht vom Tau auf den Gräsern. Unschlüssig, ob ich mich über meinen Erfolg freuen sollte oder nicht, bedankte ich mich unbeholfen.

»Am besten machen Sie sich möglichst bald an die Arbeit. Zuerst einmal müssen Sie heute das Dorf kennenlernen. Ich führe Sie herum. Der Wagen wartet schon am Tor. Können wir gleich fahren? Erinnern Sie sich an die erste Regel meiner Mutter? Sie verabscheut Schlafmützigkeit.«

# 2

Der Gärtner setzte uns auf dem Hauptplatz ab, wendete und fuhr wieder zurück.

»Man kann fast überall zu Fuß hingehen. Es ist wirklich nur ein kleiner Ort«, sagte das Mädchen.

So früh am Morgen waren die Geschäfte rund um den Platz noch geschlossen. Dennoch führten schon eine ganze Menge Leute ihre Hunde spazieren oder war auf dem Weg zur Arbeit. In der Mitte des Marktplatzes stand ein Springbrunnen mit zwei einander gegenüberstehenden Löwen, die Wasser aus ihren Mäulern spien. Scharen von Tauben saßen am Rand.

Fünf Straßen mündeten auf den Platz: eine große, die zum Bahnhof führte, eine Ladenpassage und drei zweispurige Fahrbahnen. Auf unserem Rundgang ließen wir keine davon aus. An jeder Kreuzung schlug das Mädchen, ohne zu zögern, als hätte es alles gewissenhaft im Voraus berechnet, eine bestimmte Richtung ein. Als ich unsere Route später mit einem Farbstift auf dem Stadtplan nachzeichnete, zeigte sich, dass wir mit dem Marktplatz als Anfangs- und Endpunkt den ganzen Ort durchmessen hatten.

Das Mädchen hatte zwar von einer Führung gesprochen, hielt sich aber nicht mit langatmigen Erklärungen über historische Gebäude auf. Vielmehr kam es häufig zu Gesprächspausen, weil das Gehen all unsere Energie in Anspruch nahm.

Sie trug eine dünne Bluse mit rundem Kragen und rote Sandalen mit flachen Korksohlen, die ein rhythmisches Geräusch erzeugten, derweil sie mit erhobenem Kinn und schwingendem Haar ausschritt. Mit der Zeit fragte ich mich verunsichert, wie weit wir noch so gehen würden.

»Sagen Sie mir Bescheid, wenn ich auf irgendetwas achten soll«, sagte ich. »Vielleicht sollte ich mir zur Vorbereitung auf meine Arbeit Notizen machen oder fotografieren?«

»Nein, machen Sie sich keine Gedanken. Da Sie nun eine Weile bei uns leben werden, wäre es doch unpraktisch, sich im Ort nicht auszukennen, nicht wahr? Sie müssen wissen, wo der Fleischer ist und der Zahnarzt … Wenn etwas Sie interessiert, sagen Sie es mir. Dann halten wir an.«

»Etwas muss ich Sie unbedingt fragen. Was ist das eigentlich für ein Museum, das Ihre Frau Mutter da plant?«

»Das sollten Sie sich auf jeden Fall von ihr selbst erklären lassen.«

Das Mädchen stieß mit der Fußspitze gegen den Stamm eines Alleenbaums und vergrub dann die Hände in den Rocktaschen.

»Dann gehen wir mal weiter«, sagte sie.

Der Ort hatte nichts Besonderes vorzuweisen. Es gab

eine Konzerthalle, ein Krankenhaus, einen Lebensmittelmarkt, einen Park mit einem Friedhof, eine Schule und ein öffentliches Bad. Anscheinend war alles Notwendige vorhanden. Auch die unbelebteren Seitenstraßen waren gepflegt, auf den Fenstersimsen der Häuser standen Blumenkästen, und die Menschen, denen wir begegneten, machten einen gelassenen Eindruck und waren geschmackvoll gekleidet. Einige, die das Mädchen kannten, grüßten im Vorübergehen.

Später sah ich auf der Karte, dass das Dorf auf drei Seiten von Bergen umschlossen war, zu deren Füßen verstreut mehrere kleine Seen lagen. Der Bach floss von Osten nach Westen. Der Umriss des Ortes glich einem Ahornblatt mit dem Bahnhof als Stiel.

Es gab viele steile Straßen, und von fast überall konnte man die Berge sehen. Als die Sonne höher stieg, kam von dorther Wind auf.

Hin und wieder blieb das Mädchen stehen und gab mit fast schüchtern gesenktem Kopf eine kurze Erklärung.

»Das ist der Botanische Garten. Das Gebäude vor uns dient der Erforschung von Heilpflanzen. In der Apotheke, die dort betrieben wird, kaufen wir immer das Gichtmittel für meine Mutter.«

Oder:

»Das hier ist die Bronzestatue eines hiesigen Agrarwissenschaftlers, der eine neue Kartoffelsorte gezüchtet hat. Eine Kartoffel mit dünner Schale, die beim Kochen nicht platzt. Leider ist der auf dem Sockel eingravierte

Name verwittert, sodass man ihn nicht mehr entziffern kann.«

Sie sprach wie eine Erwachsene, konnte aber eine gewisse Kindlichkeit, die sich in kleinen Gesten offenbarte, nicht verbergen. Dieses Ungleichgewicht begleitete sie die ganze Zeit. Obwohl sie sich Mühe gab, die Rolle einer routinierten Fremdenführerin zu spielen, schien sie meinem Blick nicht ohne Verlegenheit begegnen zu können. Ihre schlanken Beine waren zwar die einer erwachsenen Frau, dennoch trug sie diese Sandalen mit roten Blümchen.

Dass sie wirklich noch ein Mädchen war, zeigte sich eindeutig, als wir hinter dem Rathaus an eine Mauer mit einer Reihe sonderbarer, gleich großer Öffnungen in einer lang gestreckten S-Form kamen, die in regelmäßigen Abständen auf mittlerer Höhe an der Mauer angebracht waren.

»Ganz, ganz früher dienten sie dazu, zu bestimmen, wer schon Steuern zahlen musste und wer noch nicht. Man glaubte, dass zwar das Körperwachstum irgendwann abgeschlossen sei, die Ohren jedoch das ganze Leben lang weiterwachsen würden. Also mussten die Leute ihr Ohr in eins dieser Löcher pressen, und wenn man die Geräusche darin unterscheiden konnte, brauchte man keine Steuern zu zahlen. Jedes Jahr am 30. September mussten sich die Steuerpflichtigen hier versammeln und sich dieser Prüfung unterziehen. Auf der anderen Seite der Mauer standen die Beamten, vergewisserten sich, ob die Ohren exakt in den Öffnungen lagen, und läuteten dann mit Glöckchen oder spielten Flöte oder Zither. Möchten Sie es mal versuchen?«

Sie lehnte sich gegen die Mauer, griff eins ihrer Ohrläppchen und passte ihr Ohr geschickt in eine der Öffnungen.

»Gucken Sie – so.«

Ihr linkes Ohr fügte sich in die Öffnung, als würde es von innen angesaugt. Ohne jede unnatürliche Gewaltanwendung passte es so vollkommen hinein, als wäre es eigens dafür gemacht.

Erfolglos versuchte ich, es ihr gleichzutun.

Die Löcher waren nur ein paar Zentimeter breit, und als ich mein Ohr mit Gewalt hineinpressen wollte, verzog es sich schmerzhaft.

»Um Steuern zu sparen, gingen einige sogar so weit, ihre Ohrknorpel abzuschaben. Es scheint eine Menge Ärzte gegeben zu haben, die solche illegalen Ohrverkleinerungen durchführten.«

Das Ohr in die Maueröffnung gelegt, beobachtete sie kichernd meine vergeblichen Bemühungen.

Am lebhaftesten ging es auf dem Marktplatz zu. Die verschiedenen Lebensmittel, die hier verkauft wurden, boten einen bunten Anblick. Mit Tüten beladene Menschen gingen ihren Einkäufen nach. Das junge Mädchen stellte mich dem Bäcker, dem Gemüsehändler, dem Fleischer und dem Fischhändler vor.

»Das ist der Museumsexperte, der von nun an bei uns arbeiten wird«, erklärte das Mädchen. Alle hoben freundlich die Hand zum Gruß, und einer schenkte mir sogar einen Apfel.

Obwohl es sich nicht um einen Touristenort handelte, gab es mehrere Souvenirgeschäfte. Das Einzige, was mir zwischen all den Postkarten, Puppen und Alben mit Gebirgsbildern ins Auge fiel, waren kleine eiförmige Gegenstände mit verschiedenen Mustern.

»Das sind Ziereier. Das einzige Kunsthandwerk, das hier im Dorf überlebt hat. Die Schale von ausgeblasenen Eiern wird mit einem Spezialpräparat verstärkt und dann dekorativ bearbeitet.«

Das Mädchen und ich drückten unsere Gesichter nebeneinander an die Schaufensterscheibe. Im Inneren des Ladens war eine Werkstatt, und auf einem Podest, das mit einem wahrscheinlich von zerbrochenen Eierschalen stammenden weißen Staub bedeckt war, arbeitete der Künstler. Einige Eier waren mit Edelsteinen verziert, eins diente als Tischglocke und ein anderes als Zuckerdose. Bei wieder anderen erschien das Muster, wenn man sie gegen das Licht hielt.

»Wir hatten einmal eine lange Dürreperiode, während der die Hühner keine Eier mehr legten. Als es aber zu einer vollkommenen Sonnenfinsternis kam, legten alle Hühner gleichzeitig goldfarbene Eier. Nachdem die überraschten Dorfbewohner die Eier vorsichtig eingesammelt und auf ihre Fensterbänke gelegt hatten, zog endlich Regen auf, und das Dorf war gerettet … So geht zumindest die Legende. Heutzutage haben wir keine Dürreperioden mehr, auch wenn wir die Götter noch so darum bitten würden. Im Herbst regnet es so viel, dass es kaum auszuhalten ist.«

Ich bat sie, mich beim Kauf eines Eis zu beraten.

»Oh, das hier ist hübsch.«

Nachdem wir uns eine Weile jedes einzelne angeschaut hatten, entschied sich das Mädchen für eins ohne überflüssige Verzierungen, nur mit einem transparenten Engel, der die Augen geschlossen hielt.

Als wir das Zentrum des Dorfes verlassen hatten, begegneten wir nur noch wenigen Menschen, und die Straßen wirkten langweilig. Kleine hübsche Häuser mit Vorgärten reihten sich aneinander, es gab viele Katzen, und immer wieder sahen wir Traktoren, die Gemüse, Dünger oder Heu beförderten.

Die ganze Zeit spürte ich zu meiner Linken die Anwesenheit des Mädchens. Eindrücke wie ihre Atmung und ihr im Wind wehender Rock rührten an mein Bewusstsein. Die schnellen, verstohlenen Blicke, die ich zu ihr hinüberwarf, trafen stets ihre seidigen Waden und Sandalen.

Als wir die nordöstliche Spitze des Ahornblatts erreichten, kamen wir in einen bewaldeten Park. Wir begegneten einem Paar auf Fahrrädern und einem Maler mit seiner Staffelei, aber sonst war alles ruhig. Außer dem vereinzelten Flügelschlag eines zwischen den Ästen aufflatternden Vogels drang kein Laut an mein Ohr. Auf einem Spazierweg gingen wir in den Wald hinein, bis er sich wieder öffnete und vor uns ein rundes Gebäude auftauchte – das Baseballstadion.

Es war schon älter und sehr schlicht, sein Umfang betrug wahrscheinlich nicht einmal 90 Meter. Die Betonwände waren rissig, die weißen Linien auf der Anzeigetafel verblasst und die Zahlen von 1 bis 9 beschädigt.

Wir kauften uns am einzigen Hotdog-Stand etwas zu essen und setzten uns auf die Tribüne am ersten Schlagmal, um unser Mittagessen zu verzehren.

»Wir sind vielleicht ein bisschen zu schnell. Wenn wir am Nachmittag noch eine Stunde herumgehen, haben wir den ganzen Ort gesehen«, sagte das Mädchen und leckte sich den Ketchup von den Fingern.

»Das macht doch nichts«, erwiderte ich.

Die Tribünen bestanden einfach aus mehreren Betonbänken, zwischen Innen- und Außenfeld gab es keinen Unterschied. Außer einem kleinen Dach hinter dem Netz gab es keinen Sonnenschutz, sodass die Sonne bis in den hintersten Winkel des Feldes drang. Obwohl es ein kleines Stadion war, wirkte es riesig, wenn man nur zu zweit darin saß. Es war der ideale Picknickplatz für einen schönen Tag.

Im Gegensatz zu dem in die Jahre gekommenen Stadion war das Spielfeld gut gepflegt. Der grüne Rasen war sorgfältig gemäht, und die Schlagmale waren so makellos weiß, als stünde unmittelbar ein Spiel bevor.

»Wer spielt denn hier?«, erkundigte ich mich.

»Alle möglichen Leute. Das große Kindersportfest findet hier statt. Außerdem spielen hier die Finanzbeamten gegen die Eier-Künstler. Die Dorfbewohner sind alle ganz wild auf Baseball.«

Als das Mädchen seinen Hotdog verputzt hatte, trank es die Limonade in einem Zug zur Hälfte aus und griff nach den Pommes frites.

Der Wald reichte direkt bis an die äußere Einfriedung des Stadions. Wenn der Ball bei einem Homerun aus dem Feld flog, war es unmöglich, ihn wiederzufinden. Über dem Wald breitete sich der Himmel aus, und in der Ferne ragten im Dunst die Umrisse der Berge auf. Der Wind fegte um die Stadionkurven, sodass das Mädchen und ich unser flatterndes Hotdog-Papier festhalten mussten.

»Wenn du möchtest, kannst du die auch noch essen.« Ich beschloss, sie zu duzen.

Sie nahm die Pommes frites, die ich ihr anbot, ungeniert an und bedankte sich leise.

»Gehst du noch zur Schule?«, fragte ich.

»Ich gehe nicht auf die höhere Schule, weil Mutter mich bei sich haben will. Aber ich belege Fernkurse«, erwiderte sie.

»Ich bin nicht sicher, ob ich in der Lage bin, den Erwartungen deiner Mutter zu entsprechen.«

»Sie brauchen sich nicht so viele Gedanken zu machen, glaube ich. Sie hat einen schwierigen Charakter, und der Umgang mit ihr kann mühsam sein, aber wenn Sie den Dreh ein bisschen raushaben, läuft bestimmt alles glatt.«

»Was für einen Dreh?«

»Das kann ich nicht gut erklären. Wir sind halt Mutter und Tochter. In Ihrem Fall ist es anders.«

»Ich hätte da eine etwas indiskrete Frage. Sie ist nicht deine Großmutter, sondern deine Mutter?«

»Nicht biologisch. Sie war schon alt, als sie mich adoptiert hat. Niemand würde uns für Mutter und Tochter halten. Machen Sie sich keine Sorgen, so eine Frage ist doch nicht indiskret. Die erste Hürde haben Sie ja schon genommen. Immerhin haben Sie ihr aufrichtig zugehört und konnten Ihren Ärger im Zaum halten, ohne ihn ihr zu zeigen. Das genügt. Deshalb hat Mutter Sie genommen.«

»Gab es außer mir denn noch andere Bewerber?«

»Natürlich. Jede Menge. Sie waren nicht der Einzige, der zur Auswahl stand.«

Das Grün des Waldes war so dicht, dass der Wind es kaum zum Schwanken brachte. Das feuchte Baseballfeld schien locker und weich, und seine Oberfläche war noch von Spuren des Rechens durchzogen. Es musste ein herrliches Gefühl sein, nach Herzenslust darauf herumzurennen.

»Aber eins will ich Ihnen deutlich sagen …«, fuhr sie fort, während sie in die Tüte mit den Pommes frites starrte.

»Meine Mutter ist kein böser Mensch. Auch kein guter, und besonders liebenswürdig ist sie auch nicht, aber auf keinen Fall ist sie bösartig. Sie schaut immer weit voraus. Sie reißt ihre Augen auf, knirscht mit dem Gebiss und sieht Dinge, die niemand je gesehen hat. Sie geht dabei bis zum Äußersten, wissen Sie? Ohne auf ihren altersschwachen Körper zu achten, geschweige denn

Rücksicht auf andere zu nehmen … Aber könnten Sie mir nicht lieber von den Museen erzählen, die Sie bisher eingerichtet haben?«

Das Mädchen steckte sich das letzte Pommes frites in den Mund, indem es Zeigefinger und Daumen an die Lippen führte und dabei seine Augen langsam schloss und wieder aufschlug. Ich sah, wie ihre Haare sich auf dem verschwitzten Nacken ringelten. Auf einmal befürchtete ich, das gerade erst erworbene Zierei in meiner Hosentasche könnte zerbrochen sein, und betastete es vorsichtig.

Zum Nachtisch verspeisten wir den Apfel, den ich zuvor auf dem Markt geschenkt bekommen hatte. Währenddessen erzählte ich dem Mädchen von einigen meiner Erlebnisse in den Museen, in denen ich bisher zu tun gehabt hatte. Dazu gehörte, wie ich einmal auf einer Akquisereise eine einheimische Krankheit bekommen hatte; mit welcher Methode wir das Skelett eines Blauwals in einen Ausstellungsraum bugsiert hatten; die Entwicklung einer Beleuchtung, die keine chemischen Veränderungen bei Exponaten hervorruft; wie ein Obdachloser über ein Jahr lang unbemerkt in einem Magazin gelebt hatte; die Möglichkeiten neuer Ausstellungstechniken; meine Affäre mit einer Restauratorin von Metallobjekten …

Das Mädchen hörte aufmerksam zu, stellte Fragen, nickte und lachte. Noch nie hatte ich ein derartiges Interesse an meinen Erfahrungen erlebt. Die meisten Leute assoziieren mit dem Wort Museum einen düsteren, langweiligen Ort und sind nicht bereit, ihre Vorstellungskraft darüber hinaus zu bemühen. Das Mädchen indes war so hingerissen, als handle es sich bei einem Museum um ein geheimnisvolles Paradies in einem fernen Land. Dabei knabberte sie unentwegt an dem Apfel, von dem fast nur noch das Gehäuse übrig war.

Als wir zum Dorfplatz zurückkehrten, um unsere Nachmittagstour zu beenden, war es kurz vor drei. Es waren mehr Leute unterwegs als am Morgen, aber es ging nicht wirklich hektisch zu. Man sonnte sich in aller Ruhe auf den Bänken oder hielt ein gemütliches Schwätzchen bei einer Tasse Tee auf der Terrasse des Cafés.

Am Springbrunnen stand ein einzelner Mann, der völlig aus diesem Rahmen fiel. Er hatte ein weißes Fell um sich geschlungen, sein Haar war zerzaust, und er trug keine Schuhe. Anfangs hielt ich ihn für einen Bettler, aber es war nirgendwo eine Schale zu sehen. Außerdem schienen die Vorübergehenden ihn mit eher respektvollen als mitleidigen Blicken zu bedenken.

»Er ist ein Verkünder des Schweigens«, flüsterte das Mädchen mir zu. »Im Frühling kommt er aus den Bergen zu uns ins Dorf.«

»Was tut er da?«

»Man sieht ihn nur selten. Ich sehe ihn auch erst zum zweiten oder dritten Mal …«

Der Mann war groß, hager und etwas gebeugt, er schien ungefähr dreißig zu sein, also in meinem Alter. Das Fell war nichts weiter als ein Viereck mit einem

Loch in der Mitte, das er sich wie einen Poncho über den Kopf gezogen hatte. Überdies schien er es schon lange zu tragen, denn es war zerschlissen und starrte vor Schmutz.

»Er geht den Weg des Schweigens. Er hat gelobt, sein ganzes Leben lang nicht zu sprechen, und dient dem Ideal, in vollkommenem Schweigen zu sterben. Das ist ein sehr harter Weg. Von Mutter weiß ich, dass er in einem Kloster nördlich des Dorfes lebt. Nur wenige sind schon einmal dort gewesen. Die Mönche tragen das Fell der weißen Bergbüffel als Kutte und kommen von Zeit zu Zeit in den Ort, um das Schweigen zu verkünden.«

Der Mann hatte die Hände vor dem Körper gefaltet und stand mit gesenktem Blick reglos da. Das Wasser aus dem Springbrunnen spritzte auf seine bloßen Füße, und seine rissigen Fersen waren schon ganz rot. Es sah aus, als erleide er schreckliche Schmerzen oder entziffere unsichtbare Zeichen. Eine dichte Stille umgab ihn. Offenbar war es nicht der Mann, auf den die Leute achteten, sondern seine Ausstrahlung.

»Er verkündet seine Lehre also nicht mit Worten.«

»Natürlich nicht. Er steht einfach nur bewegungslos da. Es ist aber nicht verboten, ihn anzusprechen. Im Gegenteil. Abergläubische behaupten, dass ein Geheimnis, das man dem Verkünder erzählt, niemals aufgedeckt wird. Da, schauen Sie, die Frau.«

Eine Frau mittleren Alters mit einem Kopftuch und einer Einkaufstasche trat ehrfurchtsvoll an den Mann heran. Mit gesenktem Blick blieb sie vor ihm stehen, um ihn nicht zu stören. Nach einigem Zögern legte sie ihre Handflächen auf die Brust und neigte den Kopf wie zum Gebet. Dabei verringerte sich die Distanz zwischen den beiden noch mehr.

Wir konnten ihre Stimme nicht hören, aber an den ruckartigen Bewegungen ihres Kopftuchknotens war zu erkennen, dass sie etwas erzählte. Die Haltung des Mannes änderte sich nicht. Die gefalteten Hände, das abgewetzte Fell, sein Schatten auf der Erde, alles behielt den gleichen Umriss. Dennoch erweckte er keinesfalls den Eindruck, als weise er die Frau zurück. Er nahm sie in seine kleine Welt des Schweigens auf und barg ihre geheimen Worte im Innern seiner Fellkutte.

Die Frau sprach lange. Sie redete und redete, wie aus einer Quelle sprudelte ihr Geheimnis hervor. Das Mädchen und ich standen nebeneinander auf dem Gehsteig und beobachteten die Gestalt des Verkünders. Natürlich nicht, um das Geheimnis der Frau zu erfahren, sondern um einen Blick auf die Welt des Schweigens zu erhaschen und um uns der Zeit, die wir heute gemeinsam verbracht hatten, nochmals zu vergewissern.

Vom vielen Herumlaufen waren die Sandalen des Mädchens ganz staubig geworden. Die Tauben flogen vom Brunnen auf, und Wasserspritzer funkelten im Sonnenschein. Wenig später näherte sich auf der großen Straße der Wagen, um uns abzuholen.

An diesem Abend stellte ich das Zierei auf die Fensterbank meines Schlafzimmers und schlief ein.

Die Arbeit wollte nicht recht in Gang kommen. Die alte Frau zeigte sich launisch, und jedes Mal, wenn ich dachte, wir könnten endlich loslegen, hatte sie einen Vorwand, um wieder von vorne anzufangen. Vor allem blieb weiterhin unklar, um was für eine Art Museum es sich überhaupt handeln sollte. Unablässig und herrisch verkündete die Alte ihre Ansichten, zog sich aber am Ende stets in ihre Villa zurück, weil sie beleidigt war, angeblich Hunger hatte oder zu müde war, ohne zum Kern der Sache zu kommen. Ihre Wollmütze, ihre exzentrische Kleidung, ihr faltiges Gesicht und die Intensität ihrer Stimme änderten sich dabei nie.

Wenn ich ihr direkte Fragen stellte, erklärte sie, sie folge nur ihrem eigenen Kalender, und das Ganze sei ein Projekt, das vom Schicksal des Universums bestimmt werde. Ihr Almanach lag in einem Geheimfach, das sich in einer Regalecke in der Bibliothek befand. Sie zeigte ihn mir nur ein einziges Mal.

Dazu schraubte sie die Spitze ihres Stocks auf, holte einen Schlüssel hervor und öffnete das Geheimfach.

»Strenge Sicherheitsvorkehrungen haben Sie da«, bemerkte ich.

»Was glauben Sie denn?«, erwiderte sie und drosch mit ihrem Stock gegen eine Außenwand des Regals.

Der Almanach war zu schwer, als dass sie ihn allein hätte heben können. Der Einband aus rotbraunem Leder glänzte, als wäre er jahrelang durch eine Vielzahl von Händen gegangen.

Jeweils zwei Seiten darin waren für einen Tag vorgesehen. Vom 1. Januar bis zum 31. Dezember waren in schöner Handschrift alle möglichen mündlich überlieferten Dinge, Verhaltensmaßregeln, die man beherzigen sollte, Tabus, Bauernregeln, Ratschläge zu allgemeinen Familienangelegenheiten, Empfehlungen, historische Ereignisse, Zaubersprüche, Gebete und Hausmittel festgehalten. Dazwischen bemerkte ich Illustrationen in zarten Farbtönen.

»Das ist ja Wahnsinn!«, entfuhr es mir unwillkürlich, als ich die ersten Seiten umblätterte.

»Habe alles ich geschrieben«, erklärte die alte Frau stolz.

»Sind die Zeichnungen auch von Ihnen?«

»Natürlich.«

In diesem Augenblick machte ich eine Entdeckung. Es überraschte mich kaum, dass sie diese eleganten, wunderschönen Zeichen geschrieben hatte, die in völligem Widerspruch zu ihrem Charakter zu stehen schienen. Was mich jedoch erstaunte, war ihr Gesichtsausdruck.

Sie hatte sich, seit wir uns kennengelernt hatten, unverändert herrisch und egozentrisch aufgeführt. Man könnte sogar sagen, ziemlich großspurig. Doch in dem Stolz, mit dem sie mir jetzt ihren Almanach zeigte, glaubte ich eine gewisse lobheischende Schüchternheit zu erkennen – eine Seite, die ich zum ersten Mal an ihr beobachtete.

»Eine erstaunliche Arbeit. Einen solchen Almanach habe ich noch in keinem der Museen gesehen, die ich eingerichtet habe.«

»Die Planung und die ganzen Nachforschungen mit eingerechnet, hat es auch 23 Jahre gedauert, bis ich ihn fertig hatte.«

»Daher haben Sie auch am Tag meiner Ankunft vom Tod des Feldhasen gesprochen.«

»Genau. Der März ist der Monat des neuen Lebens. Die Zeit, in der sich die Feldhasen vermehren. Sie sind arglose Tiere, deren einziges Mittel, sich zu schützen, die Flucht ist. Es heißt, wenn man an dem Tag ein Hasenbein isst, wirkt das gegen Gicht. Allerdings nicht ohne das Gelenk. Das ist sogar das Wichtigste dabei.«

Sie wirkte glücklich, als sie von ihrem Almanach sprach. Beinahe unschuldig.

»Aber man darf nicht grob damit umgehen. Behandeln Sie so die Museumsstücke? Ihnen fehlt wirklich jede Ausbildung. Falls Sie eine einzige Schuppe darauf fallen lassen, sind Sie entlassen. Auf der Stelle!«

Ihr Drang, andere zu beleidigen, ließ anscheinend nie nach.

Offenbar hatte es mit dem Almanach zu tun, dass sie die Vorbereitungen für das Museumsprojekt nicht in die Tat umsetzte, obwohl sie dauernd behauptete, Verzögerungen zu hassen. Dem Almanach zufolge war die Zeit des abnehmenden Monds nicht geeignet, etwas Neues in Angriff zu nehmen. In ihr sollte man Bäume beschneiden, Unkraut jäten oder nutzlose Dinge wegwerfen, aber nicht säen. Mit der Einrichtung eines Museums, das weiterwachsen sollte, musste man warten, bis der Mond wieder zunahm. Zumindest nach Meinung der Alten.

Abgesehen von der beruflichen Ebene lief mein neues Leben in reibungslosen Bahnen. Am Komfort meiner Unterkunft gab es nichts auszusetzen. Das benachbarte Gärtnerehepaar war sehr hilfsbereit, und ich ahnte schon jetzt, dass ich gut mit den beiden auskommen würde. Ich bekam sogar ein neues Fahrrad, sodass ich mich frei im Dorf bewegen konnte.

Da die Haushälterin mir die Mahlzeiten zubereitete, hatte ich kaum Pflichten. Das Mittagessen nahm ich häufig im Wintergarten der Villa ein, aber weder die Alte noch das junge Mädchen leistete mir dabei Gesellschaft. An dem Tag, an dem das Mädchen mich durchs Dorf geführt hatte, waren wir einander zwar nähergekommen, aber wenn wir zu dritt waren, hielt es sich unweigerlich an die alte Frau.

Es hatte sich eingebürgert, dass ich mich morgens um neun mit der alten Frau in der Bibliothek traf, während das Mädchen vormittags in seinem Zimmer seinem Fernstudium nachging. Für mich war dies die anstrengendste Zeit des Tages. Es überforderte mich, die Vorstellungen, die die Alte von ihrem Museum hatte, zu begreifen, gleichzeitig ihre Angriffe zu parieren und sie einigermaßen zu beruhigen. In ihrer Gegenwart fühlte ich mich wie ein Feldhase, dessen einzige Möglichkeit der Verteidigung die Flucht war.

Es ist schwierig, konkret zu schildern, worüber wir uns unterhielten. Meistens redete die Alte unablässig auf mich ein. Dann wiederum verfiel sie unvermittelt in Schweigen, gab mir ein Thema vor und befahl mir, nach

Gutdünken darüber zu sprechen. Das Haus, in dem ich in meiner Kindheit gelebt hatte, das erste Museum, das ich in meinem Leben besucht hatte, mein Lieblingsmythos, Baseballregeln, die Evolution der Tiere, das Rezept für einen echten Früchtekuchen … Die Themen wechselten, ohne einem erkennbaren Schema zu folgen. Doch wenn ich anfing zu sprechen, lauschte sie sehr aufmerksam. Oder tat zumindest so.

Nach unseren Gesprächen pflegte sie mir alle möglichen Aufträge zu erteilen: dem Gärtner beim Düngen der Blumenbeete helfen, Artikel aus Zeitungen ausschneiden und in ein Album einkleben, mit dem Fahrrad Besorgungen machen. All das machte mir wesentlich mehr Freude, als mit der alten Frau in der Bibliothek zu sitzen.

Wenn ich abends in meine Wohnung zurückkam, hatte ich frei. Manchmal lud mich das Gärtnerehepaar zum Tee ein, die meiste Zeit verbrachte ich jedoch allein.

Zum ersten Mal seit Langem stellte ich wieder einmal mein Mikroskop auf, um die Chromosomen von Erntemilben zu betrachten, die ich in einem Graben im Garten gefunden hatte. Mein Bruder, zehn Jahre älter als ich und inzwischen Physiklehrer, hatte es mir in meiner Kindheit abgetreten. Obwohl es kein teures Mikroskop war, hatte die Linse eine gute Qualität, sodass es meinen Ansprüchen genügte.

Das Erste, das ich durch das Mikroskop gesehen hatte, waren Staubgefäße gewesen. Gespannt hatte ich beobachtet, wie mein Bruder sie auf ein Glasplättchen legte, mit etwas Karminsäure beträufelte und über einer Alkohollampe erhitzte, nachdem er sie mit einem Glasplättchen abgedeckt hatte.

»Darf ich jetzt?«, fragte ich ungeduldig.

»Bei der Arbeit am Mikroskop darf man nichts überstürzen«, hatte mein Bruder mich beruhigt und bedächtig, wie um mich auf die Folter zu spannen, das Präparat auf den Objekttisch gelegt und die Schärfe eingestellt.

»So, jetzt kannst du gucken.«

Die Welt, die sich damals jenseits der Linse vor meinem noch unbedarften Auge auftat, ist mir bis heute unvergesslich. Die geometrische Anordnung der Zellen erinnerte mich an Backsteine. Ausnahmslos jede von ihnen hatte einen Kern, und die Körnchen in der Flüssigkeit zitterten, als seien sie kurz davor, ängstlich die Flucht zu ergreifen. (Mein Bruder erklärte mir später, dass man diesen Vorgang als Brown'sche Bewegung bezeichnet.) Ich hielt die Luft an und suchte vergeblich nach Worten für meine Empfindungen. Stattdessen hielt ich nur den Ständer umklammert.

»Siehst du den Flaum an den Staubgefäßen? Die kleinen an den Spitzen sind die jungen Zellen, die großen an der Basis die älteren.«

Mein Bruder legte mir die Hand auf die Schulter. In diesem Augenblick waren wir uns sehr nahe.

An einem mir unbekannten Ort lag eine ganze Welt verborgen. Noch dazu eine so fragile und schöne Welt.

Um nicht das winzigste Detail zu verpassen, riss ich

die Augen auf, bis sie vor Trockenheit schmerzten, denn selbst der Augenblick des Blinzelns hätte mich gereut. Die geschwungenen Konturen, die schier endlose Regelmäßigkeit, die kühnen Strukturen, die schillernden Farben. All das war eine Entdeckung, ein Wunder.

»Danke«, sagte ich zu meinem Bruder.

Für mich war mein Bruder der Schöpfer dieser wunderbaren Welt.

Die Milben machten einen kräftigen und gesunden Eindruck. Durch die Linse konnte ich Kopf, Bauch und Schwanz deutlich unterscheiden. Als ich die vierte oder fünfte mit der Pinzette ergriff, versuchte die Milbe zu fliehen, da sie wohl Gefahr witterte. Ich fasste mit der Pinzette ihren Kopf und zog ihn heraus. Er ließ sich ganz leicht abtrennen. Auf beiden Seiten der miteinander verbundenen Verdauungskanäle hafteten die transparenten Speicheldrüsen. Der Körper wand sich noch kurz, beruhigte sich aber bald.

Dass die Chromosomen der Speicheldrüsen bei Zweiflüglern 150 Mal so groß sind wie die normalen, weshalb man sie auch durch ein Mikroskop wie meins betrachten kann, hatte mir wohl mein Bruder beigebracht. Oder hatte ich es aus meinem Buch über Experimente mit Lebewesen? Ich konnte mich nicht mehr erinnern. Ich färbte die Chromosomen ein, legte ein Glasplättchen darüber und drückte sachte ein Stückchen Filterpapier darauf. Neuerdings war mir aufgefallen, dass meine Gesten denen meines Bruders sehr ähnlich waren. Von der Form meiner Nägel und Knöchel bis zu den fleischigen Fingerspitzen und den übertrieben sorgfältigen Bewegungen glichen meine Hände sehr den seinen. Sooft ich mit dem Mikroskop hantierte, erinnerte ich mich daran, wie sich seine Hand auf meiner Schulter anfühlte.

Nachdem ich am späten Abend vor dem Zubettgehen das Licht gelöscht hatte, starrte ich im spärlichen Schimmer des Monds auf das Zierei. Die Mondsichel war verschwindend schmal.

Als ich am nächsten Morgen wie üblich in der Bibliothek eintraf und dabei war, mir im Flur die Schuhe auszuziehen, sah ich das junge Mädchen und die Alte gemeinsam die Treppe herunterkommen.

»Guten Morgen«, begrüßte ich sie.

»Auf geht's, wir gehen ins Magazin«, sagte die Alte und schaute, auf das Mädchen gestützt, zu mir herunter.

»Wohin …?«

»Sie sind wohl schwer von Begriff, was? Haben Sie gestern Nacht den Mond nicht gesehen? Er nimmt jetzt wieder zu.«

Sie stieß mit ihrem Stock in die Luft. Ich hörte den Schlüssel zu ihrem Geheimfach klirren.

# 3

Der Raum, den sie ihr »Magazin« nannte, war eine ehemalige Waschküche und lag im Keller des Ostflügels. Als wir die Tür öffneten, schlug uns ein Geruch nach muffigen Stoffen oder verwelkten Pflanzen entgegen. Auf alle Fälle roch es nach verfallender Materie.

Der Raum war recht groß, aber ziemlich chaotisch und schmutzig. Überall standen Regale, Tische und Kommoden herum, auf denen sich die verschiedensten Gegenstände (die wahrscheinlich zur Sammlung gehörten) im Zustand völligen Durcheinanders stapelten. Keiner davon schien einen richtigen Platz zu haben. Aber es war nicht die Unordnung im Raum, die mich irritierte, sondern irgendetwas anderes. Es dauerte eine ganze Weile, bis ich begriff, woran es lag.

Wir gingen bis ungefähr in die Mitte des Magazins. In Anbetracht der Schimpfkanonade, die die Alte von sich geben würde, wenn ich irgendwo anstieß, nahm ich mich bei jedem Schritt in Acht. Der Fußboden war mit modernen Kacheln im Schachbrettmuster ausgelegt. Hoch oben an den Wänden gab es längliche schmale Fenster, durch die man das Grün des Gartens und das Blau des Himmels sah und die den Kellerraum erhellten. Wohl noch aus der Waschküchenzeit waren überall Wäscheleinen gespannt. Außerdem standen eine altmodische Schleuder und ein Bügeleisen herum.

Eigentlich sollten mir alle Arten von Magazinen vertraut sein. Ich liebe es, mich in solchen Räumen aufzuhalten, zu denen gewöhnliche Besucher keinen Zutritt haben – allein und umgeben von historischen Gegenständen. Doch dieser unterschied sich von allen anderen, in denen ich bisher gewesen war. Vielleicht um seine Eigenständigkeit zu behaupten, schien jedes einzelne Objekt eine unerträgliche Disharmonie zu erzeugen, wo doch normalerweise die Dinge in jedem noch so vernachlässigten Magazin zumindest gemeinsam haben, Teil desselben Museums zu sein. Hier dagegen gab es nicht die geringste Verbindung zwischen den Stücken, keinerlei Eintracht. Es herrschte nicht einmal der Eindruck, dass sie ihre gegenseitige Anwesenheit überhaupt wahrnahmen. Das war es, was mich beunruhigte.

Eine Spindel, Goldzähne, Handschuhe, Pinsel, Wanderschuhe, Schneebesen, Gips, eine Wiege ... Über einen Gegenstand nach dem anderen glitt mein Blick, aber es ergab sich kein Zusammenhang. Meine Verunsicherung nahm zu.

»Das sind alles Erinnerungsstücke«, erklärte die Alte. »Sie stammen von Bewohnern dieses Dorfes.« Anders als in der Bibliothek ertönte ihre Stimme nun ganz nah an meinem Ohr.

»Ich will, dass Sie ein Museum errichten, um sie auszustellen und zu konservieren.«

Erst jetzt merkte ich endlich, was der wahre Grund für meine Nervosität war. Sie trug ihre Mütze nicht. Zwischen den wenigen ihr noch verbliebenen weißen Haaren schauten winzige, selbst für ihre Körpergröße zu kleine Ohren hervor. Wie verschrumpelte welke Blättchen klebten sie an den Seiten ihres Kopfes. Sie hatten gänzlich ihre Form verloren und waren nicht mehr als eine Umrandung der Öffnung.

»Sie haben da sehr, sehr viel …«, sagte ich langsam und versuchte meine Aufmerksamkeit von ihren Ohren abzulenken.

»Mit elf habe ich angefangen zu sammeln. Es war im Herbst. Die Sammlung hat folglich eine lange Geschichte. Außerdem wird sie ja noch immer fortgesetzt.«

Das Mädchen stützte die alte Frau, indem es die rechte Hand um ihre Schulter legte, während es mit der linken ihre Hüfte umfasste. Anscheinend wusste sie genau, wo und wie viel Kraft sie aufwenden musste. Die beiden wirkten, als sei jede auch ein Teil der anderen.

»Ich habe mir vorgenommen, mir jedes Mal, wenn im Dorf jemand stirbt, einen persönlichen Gegenstand des Verstorbenen anzueignen. Wie Sie gesehen haben, ist der Ort klein, sodass nicht jeden Tag jemand stirbt. Mir war jedoch sofort klar, dass eine solche Sammlung eine ernste Angelegenheit ist. Wahrscheinlich für eine Elfjährige ein zu schwieriges Unterfangen. Trotzdem habe ich all diese Jahrzehnte durchgehalten. Das Hauptproblem ist zunächst, dass die meisten Objekte für mich nicht infrage kommen. Ein nur ein- oder zweimal getragener Kimono, ein Schmuckstück, das bloß in der Kommode gelegen hat, oder eine Brille, die erst drei Tage vor dem Tod angefertigt worden ist: solches Zeug empfinde ich als Betrug. Stattdessen suche ich ein Zeugnis für die zweifelsfreie Existenz einer Person, das möglichst lebendig und naturgetreu an sie erinnert. Ohne einen solchen Gegenstand bleibt ihr Tod für alle Ewigkeit unvollendet, all die Jahre ihres Lebens hätten damit ihren Sinn verloren. Das hat nichts mit Sentimentalität zu tun. Und selbstverständlich auch nichts mit materiellem Wert.«

Die Alte schluckte ihren Speichel herunter und strich sich mit einer unwirschen Geste eine Strähne aus der Stirn. Durch ein Fenster sah ich hoch am Himmel einen Vogel fliegen. Die Erinnerungsstücke, die uns umgaben, wahrten ihr Schweigen.

»Das hier sollten Sie sich zum Beispiel einmal ansehen.«

Die Alte zwinkerte dem jungen Mädchen zu, woraufhin dieses rasch den Arm ausstreckte und einen kleinen Gegenstand aus dem Durcheinander hervorzog, um ihn mir zu zeigen.

»Das ist ein …?«

Es war ein Reif. Für ein Schmuckstück nicht hübsch genug, aber als Teil eines Mechanismus auch nicht geeignet.

»Vor etwa fünfzig Jahren wurde hier im Dorfgasthof eine ältere Prostituierte ermordet. Nicht nur, dass sie erstochen wurde, der Täter schnitt ihr auch noch die

Brustwarzen ab und nahm sie mit. Es war die grausamste Tat in der Geschichte unseres Dorfes. Seither ist hier kein Mord mehr geschehen. Wegen ihres Berufes hat sich niemand um die Tote gekümmert, und bei ihrer Einäscherung war ich die einzige Anwesende. Die Erlaubnis dazu verschaffte ich mir, indem ich mich als eine gute Freundin von ihr ausgab. Das hatte ich natürlich nur erfunden, um an ein Andenken zu kommen. Nach der Verbrennung habe ich diesen Ring hier in der Asche gefunden. Als ich ihn an mich nahm, war er noch warm, als wäre die Körpertemperatur der Prostituierten darin gespeichert. Ich beschloss, ihn als Erinnerung an sie aufzubewahren. Schließlich handelte es sich um ihr Diaphragma. Als Nächstes haben wir hier …«

Das Mädchen nickte, legte das Diaphragma wieder zurück und nahm von einem anderen Regal einen Glasbehälter. Ich fragte mich, ob es zwischen den beiden eine stillschweigende Übereinkunft oder eine Zeichensprache gab, die nur sie verstanden. Auf alle Fälle machte das Mädchen den von der Alten gewünschten Gegenstand sofort ausfindig.

In dem Behälter befand sich ein nicht identifizierbarer Körper, der eindeutig organischer Natur war und wie mumifiziert wirkte.

»Eines Tages starb eine ganz gewöhnliche alte Frau mit über achtzig Jahren an einer Lungenentzündung. Sie hatte keinerlei besondere Fähigkeiten. Nachdem ihr Mann, ein Elektriker, gestorben war, hatte sie allein gelebt, seine Rente verzehrt und ein bisschen Gemüse im

Garten gezüchtet. Weder hatte sie einen Beruf noch Interesse an Kunst, sie war weder besonders sympathisch noch besonders unsympathisch oder eigenartig. Sie war eine einfache alte Frau, die ihr Leben mit häuslichen Verrichtungen verbrachte. Das einzig Bemerkenswerte an ihr war, dass sie einen Hund mit zerzaustem ockergelbem Fell besaß, an dem sie sehr hing. Dieser Hund war bereits ein Jahr zuvor gestorben, ebenfalls an Lungenentzündung. Der Kummer darüber gab der alten Frau wohl den Rest. Jedenfalls hinterließ sie ein Testament, in dem sie verfügte, dass ihre Asche neben der des Hundes in ihrem Garten begraben werden sollte. Am Abend vor der Bestattung schlich ich mich dorthin, grub den Kadaver des Hundes aus und nahm ihn mit.«

Bei genauerem Hinsehen waren noch stellenweise Haare an den Knochen zu entdecken. Offensichtlich hatte man den Hundekadaver nicht chemisch präpariert. Die Vorderbeine waren unnatürlich angewinkelt. Der Kiefer hing noch am Schädel, und die schwarzen Augenhöhlen starrten verwundert in die Ferne.

»Verstehen Sie nun im Großen und Ganzen, worum es mir geht?«, fragte mich die alte Frau.

»Ja, also … ein Diaphragma und eine Hundemumie …«

Ich murmelte die beiden Worte vor mich hin und ließ mir ihre Geschichte noch einmal durch den Kopf gehen.

»Im Grunde haben Sie sich diese Dinge nicht auf ehrlichem Weg angeeignet.«

»Ehrlich? Dass ich nicht lache! Ich habe Ihnen doch erklärt, was ein Erinnerungsstück ist. Bei echten, authentischen Andenken spielt es keine Rolle, ob man sie legitim oder illegitim in die Hände bekommt. Ich habe keinen Freund oder Bekannten mehr im Dorf, von dem ich auf normalem Weg ein Andenken erhalten könnte. Früher schon, aber inzwischen sind alle gestorben. Ich will mich nicht loben, aber wenn man einen Plan verwirklichen will, kann man sich keine Halbherzigkeiten erlauben. Fast alle Stücke hier sind gestohlen. Diebesgut!«

Wie zuvor, als sie mir ihren Almanach zeigte, schien die alte Frau stolz auf sich zu sein. Im Eifer des Gefechts wäre ihr beinahe das Gebiss herausgefallen. Mit einem undefinierbaren Laut schloss sie gerade noch rechtzeitig den Mund. Ihr Versuch, sich dabei aufzurichten, wurde von ihrem steifen Rücken verhindert und führte dazu, dass ihre Ohren wackelten.

»Wie sind Sie bloß auf so eine Idee gekommen?«, fragte ich.

Das junge Mädchen stellte die Hundemumie wieder an ihren Platz. Auf der staubigen Oberfläche der Flasche blieben seine Fingerabdrücke zurück.

»Oho, das ist eine gute Frage.« Zur Abwechslung erntete ich ein Lob. »Im Alter von elf Jahren erlebte ich in einem Herbst, wie ein Mensch zu Tode kam. Unser Gärtner war auf eine Leiter gestiegen, um die Rosenranken zu stutzen. Durch irgendeinen unglücklichen Zufall stürzte er und schlug mit dem Kopf auf einen

Stein. Er war der Urgroßvater unseres jetzigen Gärtners. Außer mir war niemand in der Nähe. Es war das erste Mal, dass ich jemanden sterben sah, trotzdem wusste ich ganz genau, dass er tot war. Er war ein alter, erfahrener Mann. Aber obwohl die Leiter nicht morsch war und auch kein starker Wind wehte, war er heruntergefallen – wie von einem Spalt in der Atmosphäre aufgesaugt. Man kann da wirklich nur von einem ›Zufall‹ sprechen. Vorsichtig näherte ich mich ihm, da ich fürchtete, ebenfalls von diesem Spalt verschluckt zu werden. Sein Gesicht war weder schmerzverzerrt, noch blutete er. Eigentlich sah er aus, als würde er weiterhin angestrengt nach überstehenden Zweigen Ausschau halten. Er schien einfach noch nicht begriffen zu haben, wie er so plötzlich in diese Lage geraten war. Die Rosenschere hielt er noch in der Hand. Die schwarz glänzende, gut erhaltene Schere passte exakt zwischen die Finger des Gärtners. Die Schneide war ein bisschen feucht vom Saft der Rosen. Unwillkürlich löste ich die Schere aus seiner Hand und verbarg sie in meiner Rocktasche. Es war gar nicht schwer. Leicht und ohne Widerstand glitt sie aus seiner Hand. Als hätte die Schere selbst eingesehen, dass sie ihre Aufgabe nun erledigt hatte. Warum ich sie an mich nahm, kann ich mir bis heute nicht erklären. Jedenfalls nicht, weil ich eine Gartenschere haben wollte. Hatte es mir ein Erdgeist oder eine innere Stimme befohlen …? Wie dem auch sei, ich tat damals genau das, was ich tun musste. Daran habe ich keinen Zweifel.«

Sie stieß einen langen Seufzer aus. Danach stopfte

sie sich den Schal, der aus ihrem Ausschnitt herausgerutscht war, wieder unter den Kragen. Inzwischen war die Sonne weitergewandert und beschien den Boden zu unseren Füßen.

»Also, was meinen Sie?« Die alte Frau fixierte mich.

»Tja, das größte Problem besteht darin, dass die Exponate hier direkter Sonneneinstrahlung ausgesetzt sind. In besonders schlechtem Zustand sind die Stücke aus Holz. Da wir uns in einer ehemaligen Waschküche befinden, ist die Luftfeuchtigkeit vermutlich extrem hoch. Als Erstes müssten wir das Lager umbauen …«

»Danach habe ich nicht gefragt, Sie Idiot«, stieß sie hervor, dass der Speichel nur so spritzte, und fuchtelte mit ihrem Stock durch die Gegend, wobei sie beinahe das Gleichgewicht verlor. Dadurch verhedderte sie sich in ihrem bodenlangen Rock und wäre gestürzt, wenn das Mädchen sie nicht rasch unter den Achseln gepackt und aufgefangen hätte.

»Los, dann sagen Sie doch mal, wie Sie sich das Museum vorstellen!«, keifte sie, aber das machte mir nichts mehr aus.

Inzwischen hatte ich mich an ihre Art gewöhnt und war jetzt in erster Linie damit beschäftigt, den Charakter und Zustand der hier versammelten Gegenstände zu erfassen.

»Aber wozu überhaupt ein Museum …?«

»Wozu? Muss es für ein Museum etwa eine rationale Existenzberechtigung geben? Etwas Bleibendes zu schaffen ist eins der primitivsten Grundbedürfnisse des

Menschen. Schon im alten Ägypten haben die Menschen ihre Trophäen in Schreinen aufgestellt, um sich daran zu erfreuen.«

Ihre Stimme war plötzlich leiser geworden, und ich hatte das Gefühl, eine sehr dumme Frage gestellt zu haben. Nachdem die Alte sich etwas Schleim aus den Augen gerieben und mit dem Nagel ihren Abszess auf der Stirn ausgedrückt hatte, fuhr sie fort.

»Ehrlich gesagt, weiß ich ganz genau, dass die Leute nicht Schlange stehen werden, um sich so ein Museum anzugucken. Aber die Rolle eines Museums besteht ja nicht nur darin, Dinge auszustellen. Seine Hauptfunktion ist es, zu sammeln, zu bewahren und zu dokumentieren. Das steht bestimmt auch in Ihren geliebten Statuten.«

Ich nickte.

»Wie Sie sehen, bin ich sehr alt. Es ist merkwürdig, aber wenn man alt wird, bekommt man das Gefühl, die Welt altere mit. Die Toten werden immer mehr. Und mit meinen morschen Knochen kann ich mich nicht mehr als Freundin ausgeben, um an Bestattungen teilzunehmen, oder in der Nacht um die Häuser schleichen. Von nun an wird das Sammeln von Erinnerungsstücken Ihre Arbeit sein. Für die Unterbringung werde ich die Stallungen im hinteren Garten renovieren lassen. Die Schreinerarbeiten kann bestimmt der Gärtner durchführen. Meine Tochter wird Ihnen auch helfen. Darüber haben wir uns schon geeinigt. Unser Museum wird zum Zufluchtsort einer vergangenen Welt.«

Ihre Stimme wurde wieder lauter, sie klang jetzt so kräftig, dass sie die Wäscheleinen über uns zum Schwingen brachte. Die Falten in ihrem Gesicht schienen sich zu verkrampfen, und Blut trat auf ihre rissigen Lippen. Das Mädchen wischte es mit dem Zeigefinger ab.

Jede Nacht nahm der Mond ein bisschen zu. Damit wurde auch das Licht heller, welches das Zierei am Fenster beleuchtete, und die Gestalt des Engels spiegelte sich deutlich auf der Scheibe wider.

Auf einmal hatte ich sehr viel zu tun. Neben dem Sortieren und Nummerieren der willkürlich zusammengewürfelten Gegenstände gehörte es zu meinen wichtigeren Aufgaben, sie in einem Heft zu dokumentieren. Ein erster Schritt war es, die Objekte, von denen viele wie irgendwelches Gerümpel wirkten, zu identifizieren.

An allen Gegenständen waren Zettel mit dem Namen und Todestag ihres Besitzers befestigt, aber da die meisten davon zerrissen waren oder die Schrift nicht mehr zu entziffern war, half mir das wenig. Die Alte saß auf einem Hocker in der Waschküche und überwachte unsere Arbeit. Sooft mir ein Stück von zweifelhafter Herkunft in die Hände kam, musste ich es ihr zeigen und sie um Hinweise bitten.

»9. Mai 19.., Fabrikarbeiter, gestorben an Wundbrand am Fuß.«

»29. Dezember 19.., Friseuse, gestorben an Darmverschluss.«

»Sie können ja nicht mal ein Exponat von einem gewöhnlichen Gegenstand unterscheiden, Sie Trottel. Das ist doch bloß ein Wäschenetz! Schmeißen Sie es weg!«, schrie sie und zog eine faltige Grimasse.

In aller Eile hielt ich die nötigen Daten auf der provisorischen Archivkarte fest und bemühte mich, möglichst effizient zu arbeiten, um keinen ihrer Ausbrüche zu provozieren.

Das Gedächtnis der alten Frau war phänomenal. Sie brauchte nur einen Blick auf einen Gegenstand zu werfen, um ihn umgehend identifizieren zu können. Geradeso als hätte sie ein komplettes Archiv in ihrem Gehirn. Sie beantwortete meine Fragen dermaßen prompt, dass ich mich manchmal fragte, ob sie nicht willkürlich hervorstieß, was ihr gerade durch den Kopf schoss.

Das Mädchen erwies sich als unschätzbare Hilfskraft. Es scheute sich nicht, Fragen zu stellen, ließ keine Unklarheit durchgehen und versuchte zudem, eigene Ideen zu entwickeln. Es war aufmerksam, hatte eine schöne Schrift und war bemüht, mich in allem nach Kräften zu unterstützen.

Der Ablauf war für gewöhnlich so: Zuerst nahm das Mädchen den Gegenstand aus dem Regal, befreite ihn mit einem Pinsel von Staub und reichte ihn an mich weiter. Nachdem ich ihn eilig untersucht und fotografiert hatte, fragte ich die alte Frau nach seiner Herkunft und hielt ihre Antwort anschließend auf einer vorläufigen Karteikarte fest. Das Mädchen schrieb die Nummer der Karte auf ein Etikett und befestigte es an dem Erinnerungsstück.

Das Mädchen und ich verrichteten unsere Arbeiten schweigend, sodass in der Waschküche meist nur die Stimme der Alten und das Klicken des Fotoapparates zu vernehmen waren. Mit der Zeit schritt unsere Arbeit immer reibungsloser voran. Ich brauchte nur einen Blick auf die Finger des Mädchens zu werfen, um zu wissen, wann es mir das Stück übergeben würde und ich eine neue Karte nehmen musste. Auch die sonderbarsten Gegenstände (eine schwere Kugel, die das Mädchen nicht alleine heben konnte; ein Stück Schmutz aus einem Nabel; ein von Maden zerfressener ausgestopfter Marder und dergleichen) konnten den reibungslosen Ablauf unserer Zusammenarbeit nicht mehr stören. Das Gezeter der alten Frau und das Klopfen ihres Stockes auf dem Boden unterstrichen und akzentuierten unseren Arbeitsrhythmus.

In schier endloser Abfolge kam ein Stück nach dem anderen zum Vorschein. Obwohl wir räumten und räumten, tauchte immer wieder irgendwo noch etwas auf. Ungefähr zehn Tage lang waren wir in der Waschküche eingesperrt. Unterdessen wurde es noch einmal kalt, und es gab leichten Schneefall. Dann klarte es auf und wurde wärmer, bis es schließlich einen ganzen Tag lang wie aus Eimern goss. Wenn wir drei uns morgens um neun in der Waschküche trafen, verkündete die alte Frau mit lauter Stimme, was dem Almanach entsprechend an diesem Tag zu beachten war.

»Heute ist der Tag, an dem der Kuckuck zum ersten Mal ruft. Hört man ihn noch im Bett, muss man sich höllisch vorsehen, da Schwierigkeiten ins Haus stehen.«

»Heute ist der heilige Donnerstag. Man muss die Fußmatten waschen und mit ein paar Tropfen Lavendelöl beträufeln.«

»Ein Dachsjunges wird sich zeigen. Weite Reisen führen zu Verdruss. Da heißt es, im Hause bleiben und brav arbeiten.«

Wenn die Alte mit ihren Anweisungen fertig war, setzte sie sich auf ihren Hocker. Das Signal für uns, mit der Arbeit zu beginnen.

Gegen zwölf nahm ich im Wintergarten das Mittagessen ein. Um drei war Teepause. Die von der Haushälterin zubereiteten Speisen waren originell und ansprechend angerichtet. Geschmacklich war auch nichts daran auszusetzen. Zum Tee reichte sie stets hausgemachte Süßigkeiten: kandierte Nüsse oder mit Schokolade überzogene Orangenschalen. Da die Alte und das Mädchen sich dazu in das Speisezimmer zurückzogen, blieb ich während dieser Zeit allein. Laut Aussage des Mädchens mochte die alte Frau es nicht, mit anderen zusammen zu essen.

»Sie ist zu alt, um noch elegante Tischmanieren zu haben, und schämt sich. Denken Sie bloß nicht, das hätte etwas mit Ihnen zu tun«, fügte sie hinzu.

Als die erste Inventur beendet war, hatte der Frühling Einzug gehalten. Die Sonne schien viel wärmer als zur Zeit meiner Ankunft, und bunte Blumen blühten. Wenn ich am Morgen den Sonnenaufgang beobachtete, stieg der feuchte Dunst aus dem Wäldchen auf, den der Frühjahrsregen zurückgelassen hatte, und wurde in die höheren Regionen des Himmels gesaugt.

Auch nachdem wir die beschädigten Objekte repariert, das Lager aufgeräumt, die Fotos entwickelt und richtige Karteikarten erstellt hatten, blieb noch viel zu tun. Als Nächstes verließ ich die Waschküche, um mit dem Gärtner über den Umbau der Stallungen zu sprechen.

»Was sagen Sie dazu? Das ist großartig, oder?« Der Gärtner war so stolz, als spräche er von seinem Eigentum. »Man könnte leicht 100 oder 200 Pferde darin halten.«

In der Tat war das steinerne Stallgebäude nicht weniger imposant als das Haupthaus. In der Mitte der beiden ausladenden symmetrischen Flügel ragte ein bogenförmiges Tor auf. Beide Flügel waren in regelmäßigen Abständen von jeweils fünf halbrunden Fenstern durchbrochen, die von gemeißelten Weinranken umgeben waren. Ein sehr schöner architektonischer Entwurf. Allerdings war die Zeit nicht spurlos an dem Gebäude vorübergegangen. Die äußeren Mauern hatten ein verblichenes Hellbraun angenommen, und einige Steine waren an den Kanten beschädigt.

Es dauerte eine Weile, bis meine Augen sich an das Halbdunkel im Innern gewöhnt hatten. Das Tageslicht, das durch die Fenster drang, reichte nicht aus, um einen so großen Raum zu erhellen. Die Decken waren hoch, und die hinteren der Boxen, die sich zu beiden Seiten des engen Ganges aneinanderreihten, verloren sich im Dunkel. In der Mitte gab es ein rundes Wasserbecken, in dem man wahrscheinlich die Pferde gewaschen hatte. Nun war es völlig trocken. Außerdem entdeckte ich einen Schrank für Pferdegeschirr und einen Waschplatz; ansonsten gab es keinerlei Anhaltspunkte dafür, dass hier einmal Pferde gehalten worden waren, weder ein Hufeisen noch einen einzigen Strohhalm.

»Bis wann gab es hier eigentlich Pferde?«, fragte ich.

»Tja, soweit ich zurückdenken kann, gab es keine mehr«, antwortete der Gärtner. Er lehnte sich an eine Boxentür, deren Scharnier quietschte.

»Haben Sie von Kindheit an hier gelebt?«

»Ja, immer, seit meiner Geburt, im Gärtnerhaus. Damals war mein Großvater hier Gärtner und meine Oma Haushälterin. Ich bin niemals aus diesem Ort herausgekommen. Alles, was ich für meine Arbeit brauche, habe ich von meinem Vater gelernt.«

Ich musste an die Gartenschere denken, die die Alte als erstes Stück ihrer Sammlung an sich genommen hatte. Am letzten Tag unserer Archivarbeit war sie schließlich aus dem hintersten Winkel eines Regals zum Vorschein gekommen. Sie war völlig verrostet und ließ sich kaum noch bewegen. Dennoch hatte das Mädchen sorgfältig und behutsam den Staub abgewischt.

Hintereinander folgten wir dem Gang tiefer in den Stall hinein. Vergeblich hielt ich Ausschau, ob nicht zumindest irgendwo etwas Pferdemist kleben geblieben war. Aber es roch nicht einmal mehr nach Pferd. Die dumpfe Dunkelheit schien seit Ewigkeiten unangetastet auf den Mauern zu lasten. Selbst unsere Schritte vermochten die Stille nicht zu stören.

»Allein schon wegen der Ausmaße wird der Umbau ein größeres Projekt«, sagte ich.

»Keine Sorge, wir können uns drei oder vier Hilfskräfte aus dem Dorf holen«, meinte der Gärtner, offenbar unbeeindruckt von der Größe des bevorstehenden Unterfangens.

»Die Boxen kann ich mir relativ gut als einzelne Ausstellungskammern vorstellen, allerdings ist die Anordnung zu eintönig. Wir bräuchten noch etwas zur Auflockerung, finden Sie nicht?«

»Ich weiß nicht. Ich war noch nie in einem Museum.«

»Noch nie?«

»Ja, das ist peinlich, oder?«

»Überhaupt nicht. Für die meisten Menschen spielen Museen keine besondere Rolle.«

Nachdem wir den linken Flügel einmal abgegangen waren, kehrten wir zum Wasserbassin zurück und nahmen uns den rechten Flügel vor, der in etwa identisch konstruiert war. Auch er verfügte über eine Anzahl gleich großer Ställe, eine Abflussrinne und solide Haken an den Wänden, die zum Aufhängen von Sätteln gedient hatten.

Das Licht, das in schrägen Bahnen von oben durch die Fenster fiel, warf Flecken matter Helligkeit auf den Boden. Der Gärtner war einen Kopf größer als ich, seine

Schultern waren breit, und seine Muskeln wölbten sich im Nacken. Am Gürtel trug er eine kleine Säge, einen Gabelschlüssel und einen Schraubenzieher.

Ich versuchte mir vorzustellen, wie das Ganze als Museum aussehen würde. Ein Foyer, Ausstellungspaneele, ein ausgeschilderter Rundgang, Schaukästen und darin zahllose Erinnerungsstücke, die das Gedächtnis der Verstorbenen in sich bargen ... Ich hatte bisher schon schwierige Aufgaben bewältigt, zum Beispiel die alte, verfallene Lagerhalle eines Bürgerhauses zu einem Zentrum für Heimat- und Meereskunde umgestaltet. Und eine Köhlerhütte in den Bergen in ein Pilzmuseum verwandelt. Diesmal jedoch, wo mir eigentlich genügend Raum und Mittel zur Verfügung standen, fiel es mir schwer, eine vernünftige Abfolge und einen Gesamtplan zu entwerfen. Als ob der Schaltkreis meiner Nerven durcheinandergeraten wäre, fand ich mich stets aufs Neue am Anfang wieder.

»Die erste Schwierigkeit ist die Stromverteilung. Bei einer so hohen Decke ist es nicht ganz einfach, die richtige Beleuchtung zu finden. Einerseits ist Licht der natürliche Feind der Exponate, andererseits sehen die Besucher nichts, wenn es zu dunkel ist. Wir sollten auf alle Fälle kleine Spezialneonröhren anbringen, am besten mit ultravioletter Strahlung und geringem Stromverbrauch.«

Ich beschloss, meine Nervosität und Unsicherheit zu bekämpfen, indem ich mich praktischen Fragen zuwandte.

»Ich schaue mir die Leitungen mal an.«

Der Gärtner nahm sich meiner Fragen mit Ernst und Eifer an. Er flitzte durch den Stall, begutachtete jeden Winkel und zeigte mir sogar neue Möglichkeiten auf.

Der Einfachheit halber nannten ihn alle den »Gärtner«, wenngleich er praktisch für alle auf dem Anwesen anfallenden Arbeiten zuständig war. Er war zugleich Elektriker, Klempner, Maurer und Konstrukteur und hatte sich durch praktische Erfahrungen Kenntnisse in den verschiedensten technischen Bereichen angeeignet. Die für die Lampen benötigte Stromstärke, die Reduzierung der Boxen, die Verbreiterung des Durchgangs – alles ließ sich seiner Einschätzung nach wunschgemäß verwirklichen.

»Geht schon, geht schon«, war sein Lieblingssatz. Dabei klopfte er mit dem Schraubenzieher gegen die Wand. »Keine Sorge, überlassen Sie das ruhig mir. Ich kriege das hin.«

In seiner Gegenwart entspannten sich meine Nerven, und allmählich wuchs auch in mir die Überzeugung, dass wirklich alles machbar war. Nach und nach verwandelten sich die Stallungen in ein wunderbares Museum. Ach ja, und an einer prominenten Stelle sollte in einer besonderen Vitrine die Gartenschere seines Urgroßvaters ausgestellt sein:

Die Gartenschere, die der Ursprung dieses Museums war.

# 4

Was ich befürchtet hatte, trat ein. Es war an einem Montagmorgen. Die weißen Samenflusen der Pappeln auf dem Anwesen trieben durch die Luft, und die Lerchen zwitscherten nach Leibeskräften.

Seit dem Tag, an dem die alte Frau mir zum ersten Mal von ihrem Plan für das Museum erzählt hatte, war ich darauf gefasst gewesen. Allerdings hatte ich insgeheim und inständig gehofft, dass es entweder möglichst spät oder aber am besten gar nicht dazu kommen würde. Meine Hoffnung erfüllte sich jedoch nicht: Im Dorf war jemand gestorben.

Der Tote, ein ehemaliger Chirurg, war 109 Jahre alt geworden. Da er offenbar der älteste Einwohner des Dorfes gewesen war, widmete ihm die Lokalzeitung einen Artikel mit Bild. Darin stand, dass er aus einer Arztfamilie stamme, die schon seit Generationen ein Krankenhaus leite. Noch mit über 100 habe er praktiziert und erst, als sein Gehör sich zunehmend verschlechterte, aufgehört. Als Todesursache wurde Altersschwäche angegeben.

»Los geht's«, sagte die Alte und schwang ihren Stock in Richtung Fenster. Als Zeichen ihrer inneren Erregung rötete sich die Beule auf ihrer Stirn, und die

Adern auf ihren Handrücken schwollen besorgniserregend an.

»Was soll ich mir also für Sie geben lassen?«, tastete ich mich zaghaft vor.

»Geben lassen? Was reden Sie da für einen Quatsch? Ich habe es Ihnen doch schon einmal gesagt. Freiwillig geben die einem nur irgendwelchen seelenlosen Krimskrams. Andenken, wie wir sie suchen, werden ausnahmslos an schwer zugänglichen Orten verborgen gehalten. Unsere Aufgabe ist es, sie zu befreien. Egal, wie gefährlich oder schmutzig die Mittel auch sein mögen, die wir dabei einsetzen müssen. In dem Augenblick, in dem der Gegenstand sicher in unserem Museum angekommen ist, erweist sich jedes Mittel, ob gut oder schlecht, als gerechtfertigt.«

Sie räusperte sich, leckte sich die Lippen und nahm sich ausnahmsweise die Zeit, kurz nachzudenken. Die Falten um ihren Mund verzerrten sich krampfhaft.

»Ein Skalpell«, krächzte sie schließlich. »Ein Spezialskalpell für die Verkleinerung von Ohren. Ein passenderes Andenken an ihn kann es nicht geben. Er hat illegale Verkleinerungsoperationen durchgeführt und gut daran verdient, der alte Gierhals. Für Geld hätte er den Leuten skrupellos alles wegoperiert: Ohren, die Nase und sogar den Schädel. Hinter der Treppe in seinem Wartezimmer ist ein kleines Zimmer mit einem Schild ›Blutabnahme‹. Dort steht ein Schränkchen für Injektionsnadeln, das Sie beiseiteschieben müssen. Dahinter stoßen Sie auf eine kleine, moosgrün gestrichene Tür, hinter der eine Treppe in den Keller führt. Es ist zwar stockdunkel, aber Sie haben nichts zu befürchten. Sie müssen nur bis zur letzten Stufe hinuntergehen. Dort befindet sich sein geheimer Operationsraum. Haben Sie verstanden?«

Ich nickte stumm.

»Es ist ein quadratisches Zimmer ohne Fenster. In der Mitte steht eine Liege mit einem seltsam geformten Metallapparat, der dazu dient, den Kopf zu fixieren und die Ohren abzuspreizen. Er sieht aus wie eine Art Geschirr für einen großen Hund oder ein unfertiger Helm. Das Skalpell liegt in der vierten Schublade von oben, die dritte von rechts. Verwechseln Sie es nicht mit einem gewöhnlichen Skalpell. Das, das wir suchen, ist relativ groß, hat einen leicht gebogenen Griff und eine abgebrochene Klinge. Das Skalpell, mit dem auch meine Ohren verkleinert wurden.«

Sie kratzte heftig an ihrem Abszess und wischte sich den Speichel, der aus ihren Mundwinkeln quoll, mit dem Ärmel ihres Pullovers ab. Ihre zerknitterten Ohren schimmerten durch das graue Haar.

Das Mädchen wirkte elegant in dem Trauerkleid aus feiner Seide, das sanft seine Gestalt umspielte. Der ausgestellte Rock flatterte bei jedem Windzug und gab ein Stückchen von ihren Knien frei. Das Schwarz betonte ihre durchscheinend blasse Haut. Sooft sie sich mir zuwandte und ihr Haar das Kleid streifte, ertönte ein leises Rascheln, als würde es mir etwas zuraunen.

»Die erste Voraussetzung einer tüchtigen Assistentin

besteht in unserem Fall darin, in Trauerkleidung gut auszusehen, nicht wahr?«, sagte sie und lächelte.

Ich fand, ein Auto wäre für unsere Zwecke eher hinderlich, da es nicht wendig genug war, und entschied mich für Fahrräder. Wir stellten sie auf dem Hauptplatz ab und machten uns zu Fuß auf den Weg zu der chirurgischen Klinik, wo die Totenwache abgehalten wurde. Wir durchquerten die Einkaufspassage und bogen am Postamt in die Gasse ein, an deren Ende die Klinik lag. Das Gebäude war mit künstlichen Blumen und Kerzen geschmückt, sodass es sich hell von der umgebenden Dunkelheit abhob. Es war ein milder Abend. Kein Stern war am Himmel zu sehen, und Dunst verschleierte den Mond, dass es aussah, als würde er zerlaufen.

»Bist du so weit?«, fragte ich das Mädchen oder eigentlich eher mich selbst, um mich zu beruhigen. Sie nickte. In der Tasche des schwarzen Anzugs, den mir die Alte geliehen hatte, steckte ein Klappmesser. Der Gärtner hatte es mir mit der Bemerkung, es sei unentbehrlich, mitgegeben.

Die Schlange der Trauergäste reichte bis vor das Tor, und wir reihten uns unauffällig ein. Durch den Haupteingang der Klinik und über den Hof gelangte man zur Wohnung des Arztes. Der 109-jährige ehemalige Chirurg war im Salon aufgebahrt. Wir bewegten uns sehr konzentriert, um jederzeit Blickkontakt aufnehmen zu können und nicht getrennt zu werden. Glücklicherweise herrschte im Haus großes Gedränge, und niemand achtete auf uns.

»Totenwachen und Trauerfeiern sind wie Feste«, hatte die Alte mir erklärt. »Wenn die Monotonie des Alltags abrupt durch einen Todesfall unterbrochen wird, gerät alle Welt in Aufregung, das Gleichgewicht der Hormone wird gestört, die Bewegungen von Händen und Füßen lassen sich nicht mehr reibungslos koordinieren, und allmählich setzt der kühle Verstand aus. In solchen Situationen achtet keiner darauf, wer neben ihm steht. Allein schon der Umstand, dass jemand Trauerkleidung trägt, weist ihn als Zugangsberechtigten aus. Seien Sie also nicht ängstlich, und versuchen Sie auch nicht zu schauspielern. Sie brauchen sich einfach nur ganz ruhig von der Strömung treiben zu lassen wie ein Tiefseefisch im nächtlichen Ozean. Mehr nicht.«

Ich konnte mich an jedes ihrer Worte erinnern. Wiederholt vergewisserte ich mich in Gedanken ihrer Anweisungen. Inzwischen hatte ich zwar mehr als genug von ihrem Eigensinn, aber ihre praktische Einstellung zur Beschaffung von Erinnerungsstücken war würdevoll und besonnen.

Schließlich kamen wir an die Reihe, unsere Räucherstäbchen anzuzünden. Das Bild auf dem Altar zeigte einen alten Mann in Weiß. Der Sarg stand offen, aber außer Blumen und weißem Stoff waren nur die spitzen Knöchel seiner über der Brust gefalteten Hände sichtbar. Das Mädchen hielt die Augen geschlossen und betete lange mit gesenktem Kopf. Sie schien weder ängstlich noch angespannt, sondern wirkte ganz wie ein Mensch in Trauer über den Verlust einer geliebten Person.

Anschließend setzten wir unseren Plan schweigend und wie abgesprochen fort. Statt zurück zum Ausgang zu gehen, huschten wir an Küche und Esszimmer vorbei den Flur entlang. Aus der Küche, wo ein paar Leute in Schürzen geschäftig herumwerkelten, drang Essensgeruch. Nachdem wir im Innenhof zweimal abgebogen waren, sahen wir auf der linken Seite einen Waschraum und auf der rechten eine Abstellkammer. In der Mitte vor uns lag eine schlichte graue Tür, hinter der sich die Klinik befand. Ohne zu zögern, schlüpften wir so flink und selbstgewiss hindurch, dass wir sicherlich keinen Verdacht erregten.

In der Klinik war niemand zu sehen. Nur das Lämpchen über dem Notausgang leuchtete. Als wir die Tür wieder schlossen, hörten wir die Geräusche von der Totenwache nur noch entfernt. Die Zeichnung, die die Alte angefertigt hatte, war äußerst exakt. Von der Position des Sofas im Wartezimmer bis hin zu den Farben der Pantoffeln stimmte alles. So gelang es uns, ohne uns zu verlaufen, den Raum für die Blutabnahme zu finden.

Nur das Verrücken des kleinen Schranks erforderte mehr Kraft als erwartet. Er war aus rostfreiem Stahl und ziemlich schwer. Bei jedem unvorsichtigen Rütteln klirrten die Spritzen, Ampullen und Desinfektionsmittel darin beunruhigend.

Einer auf den Atem des anderen lauschend, um den richtigen Zeitpunkt abzupassen, rückten wir den Schrank Stück für Stück beiseite. Meine Handflächen waren schweißnass. Als meine Augen sich an die Dunkelheit gewöhnt hatten, konnte ich die Gestalt des Mädchens so deutlich im Mondlicht erkennen, dass ich die weichen Rundungen seiner Wangen und die Konturen seiner feucht schimmernden Lippen hätte nachzeichnen können.

Schließlich kam die von der Alten beschriebene moosgrüne Tür zum Vorschein. Man sah ihr an, dass sie lange nicht benutzt worden war. Schimmel und Staub hatten sich darauf niedergelassen; dennoch hob sich die moosgrüne Farbe, die offensichtlich nicht von einem Fachmann aufgetragen worden war, unnatürlich frisch und adrett von der übrigen Umgebung ab. Als ich den Türknauf drehte, ließ die Tür sich widerstandslos öffnen. Es staubte, und ich schaltete meine Taschenlampe ein.

Im Operationsraum roch es so intensiv nach verdorbenen Chemikalien, dass mir fast übel wurde. Eigentlich hatte ich keine rechte Vorstellung, wie ein solcher Raum auszusehen hat, aber mir schien, als mangele es hier an einer gewissen medizinisch-technischen Ordnung.

Die an der Liege befestigte Apparatur schien wie ein Symbol für den gesamten Raum. Sie wirkte kompliziert, selbstgefällig und hässlich. Mehrere dünne Metallreifen waren zu einer Form gebogen, in die wohl der Schädel eingepasst wurde. Außerdem war der Apparat mit irgendwelchen Ledergurten, Federn, großen Klammern, Schrauben und Drähten versehen, deren Funktionen mir im Einzelnen nicht ersichtlich waren. Wahrscheinlich wurden die Ohren irgendwie automatisch herausgezogen und gedehnt, wenn man den Kopf in den Apparat legte, aber ein allgemeines Prinzip, nach dem das Ganze funktionierte, konnte ich nicht erkennen.

Klar war nur, dass mehrere Menschen hier gelegen haben mussten und ihre Ohren hindurchgesteckt hatten. Beweis dafür waren die Haare, die an der Innenseite der Metallbänder klebten, und die dunklen Verfärbungen an den Ledergurten, die offenbar von dem Blut stammten, das sie aufgesogen hatten.

Die vierte Schublade von oben und die dritte von rechts im Medizinschrank. Stumm zählten wir die Schubladen ab. Nur noch einen Schritt weiter, ermutigte ich mich selbst, und ich würde den Gegenstand, den wir suchten, in der Hand halten.

Aber die Schublade war verschlossen. Ich versuchte sie auf verschiedene Weise herauszuziehen, indem ich von vorn, von oben oder von der Seite daran rüttelte, aber es war nichts zu machen.

Ich wandte mich nach dem Mädchen um. Seine Augen wirkten schwärzer als die Dunkelheit, die uns umgab. Während sie mich anstarrte, spürte ich ihren warmen Atem auf der Hand, in der ich die Taschenlampe hielt.

Ich zog das Klappmesser aus der Anzugtasche. Als der Gärtner es mir gegeben hatte, war mir nicht aufgefallen, wie schwer es war, aber nun, da ich es benutzen wollte, spürte ich sein Gewicht umso deutlicher, und als ich es aufklappte, schlug es mir mit solcher Kraft gegen den Finger, dass dieser sich ganz taub anfühlte.

Ich hatte noch nie ein Schloss aufgebrochen und fuhrwerkte aufs Geratewohl daran herum, indem ich mit dem Messer in dem Spalt zwischen den Schubladen herumstocherte. Wenn Klinge und Schloss aufeinandertrafen, entstand ein unangenehm kreischendes Geräusch, das sich wie Kratzen auf dem Trommelfell anfühlte. Das Mädchen kniete sich hin, um mir jederzeit assistieren zu können, und beobachtete meine ungeschickten Versuche.

Unverhofft öffnete sich das Schloss mit einem Klicken, während mir Schweißperlen den Rücken hinunterrannen. Das Mädchen öffnete die Schublade, in der mehrere Skalpelle lagen. Dennoch erkannten wir dasjenige, das die Alte haben wollte, sofort. Es befand sich in einem besonderen Etui und wirkte außerdem deutlich stabiler als die anderen.

Mit diesem Skalpell war es wohl nicht schwierig, Knorpel zu durchtrennen. Ich vergewisserte mich noch einmal im Licht der Taschenlampe, ob es auch wirklich das richtige war. Die Klinge war an einigen Stellen beschädigt und blutverkrustet. Vielleicht handelte es sich ja sogar um das Blut der Alten. Erst jetzt steckte ich das Skalpell zusammen mit dem Klappmesser und der Stablampe in meine Tasche.

Als wir in die Blutabnahme zurückkehrten, war der Mond hinter den Wolken verschwunden. Wir schlossen die moosgrüne Tür hinter uns und machten uns daran, das Schränkchen an seinen ursprünglichen Platz zurückzuschieben. Vielleicht lag es daran, dass wir jetzt, wo wir den gewünschten Gegenstand in der Hand hielten, nachlässig geworden waren. Vielleicht waren wir auch durch die lange Anspannung erschöpft, ich weiß es nicht, jedenfalls schien die Harmonie unserer Zusammenarbeit, die bis dahin existiert hatte, beeinträchtigt. Im Schrank fiel ein Fläschchen um und zerbrach.

Das Geräusch konnte nicht besonders laut gewesen sein, aber es genügte, um uns in Aufregung zu versetzen.

»Nichts passiert«, sagte ich. Meine ersten Worte, seit wir uns in die Klinik geschlichen hatten.

Ich spürte ihre Angst. Sie sank zu Boden und klammerte sich mit geschlossenen Augen an das Schränkchen. Ihr schwarzes Kleid breitete sich kreisförmig auf dem Boden aus, und ihre zierlichen Beine schauten darunter hervor.

Wir warteten, bis auch der leiseste Nachhall unserer Unachtsamkeit verklungen war. Ich zählte die Tropfen aus der zerbrochenen Flasche: 1, 2, 3, 4 … Sie waren die einzige Bewegung im Raum.

Auf einmal vernahmen wir Schritte im Wartezimmer. Anfangs waren sie so leise, dass ich sie fast für Einbildung hielt. Doch allmählich wurden sie lauter und kamen sogar näher.

Wir warteten wie erstarrt. Wahrscheinlich hätten wir uns besser irgendwo verstecken sollen, aber in dieser Stille hätte die kleinste Bewegung uns verraten. Wir hielten sogar den Atem an und wagten kaum zu blinzeln.

Was sollte ich tun, wenn wir entdeckt wurden? Wie konnte ich das Skalpell retten und unnötigen Aufruhr vermeiden, ohne das Mädchen mit hineinzuziehen? Ich konnte meinen Blick einfach nicht von ihren schmalen zitternden Schultern abwenden und mich konzentrieren. Ich verspürte den unwiderstehlichen Drang, sie in die Arme zu nehmen, denn ich hatte das sichere Gefühl, wir würden unentdeckt bleiben, wenn ich nur irgendeinen Teil von ihr berühren würde, ganz gleich, ob es ihre Schultern, Knie oder Ohren wären.

Die Schritte klangen schwach und unsicher, als fürchte die Person ebenfalls, entdeckt zu werden. Sie ging durch die Eingangshalle, den Warteraum und näherte sich dem Treppenabsatz. Ich konnte sogar hören, wie eine Hand das Geländer berührte.

Ob es der Chirurg war, der zurückkam, um eine Operation vorzunehmen? Mehr noch als die Furcht, entdeckt zu werden, ängstigte mich meine Fantasie: der Arzt kommt die Treppe herunter und fordert das Mädchen auf, ihm in den Operationsraum im Keller zu folgen und sich auf das Bett zu legen. Er fährt mit seinen Fingern durch ihr Haar, um ihre Ohren zu lokalisieren, und setzt ihr den Metallapparat auf den Kopf. Er fixiert die Drähte, zieht die Ledergurte und Schrauben fest. Ihre Ohren sehen so lebendig aus, als wären sie eigenständige Wesen. Die Adern schimmern durch die transparente Haut, und jedes einzelne Härchen glänzt im Licht. Ohne zu zögern, setzt der Arzt das Skalpell an und trennt den einer glänzenden Koralle gleichenden Knorpel ab, der nun widerstandslos zu Boden fällt …

Kurz darauf hörten wir, wie jemand wieder die Treppe hinaufging und sich die Schritte in den ersten Stock entfernten. Ohne uns weiter um das Schränkchen mit der zerbrochenen Flasche zu kümmern, rannten wir Hand in Hand ins Freie. Draußen wimmelte es noch von Trauergästen. Kopflos rannten wir an ihnen vorbei.

Draußen umfing uns eine milde Brise. Als wir die Ladenpassage erreichten, war kaum eine Menschenseele zu sehen. Dennoch rannten wir weiter, ohne unsere Geschwindigkeit zu verringern. Geschäfte mit heruntergelassenen Gittern, Straßenlaternen und die im Wind wehenden Haare des Mädchens glitten durch mein Blickfeld. Ihre Hand war so klein, dass ich sie mit meiner vollständig umschließen konnte.

Völlig außer Atem gelangten wir zum Marktplatz, wo unsere an einer Leitplanke angeschlossenen Fahrräder auf uns warteten. Ich nahm das zitternde Mädchen in die Arme, um es zu beruhigen.

Das Scheinwerferlicht eines Autos, das um den Platz fuhr, streifte unsere Füße und verschwand in der Dunkelheit. Der Springbrunnen war bereits ausgeschaltet, und von den Tauben, die sich sonst immer am Brunnenrand versammelten, war keine mehr zu sehen; sie waren wohl zu ihren Schlafplätzen zurückgekehrt. Ich hätte mich gerne vergewissert, ob die Ohren des Mädchens noch unversehrt waren, konnte aber nicht nachschauen, weil ich es so fest an meine Brust gedrückt hielt.

In dieser Nacht schrieb ich zum ersten Mal seit meiner Ankunft im Dorf an meinen Bruder. Es war schon weit nach Mitternacht.

Nachdem ich das Mädchen bis zu seinem Zimmer begleitet hatte, ging ich allein in die Waschküche im Keller und trug unser neuestes Erinnerungsstück in das Register ein. Es sah dort zwar immer noch chaotisch aus, aber allmählich entstand die mir vertraute Atmosphäre eines Magazins. Ich legte das Skalpell an den Rand eines Regals und setzte mich auf den Hocker, der sonst der Alten vorbehalten war. Nachdem ich eine Weile gedankenverloren dort gesessen hatte, kehrte ich in mein Zimmer zurück. Trotz aller Erschöpfung konnte ich nicht einschlafen.

Bitte entschuldige, lieber Bruder, dass ich mich so lange nicht gemeldet habe. Natürlich hatte ich vor, Dir sofort zu schreiben, aber ich habe eine Weile gebraucht, um mich hier einzugewöhnen. Mach Dir also bitte keine Sorgen, es geht mir gut … Bei Dir hat ja jetzt das neue Schuljahr begonnen. Wie geht es in der Schule? Hoffentlich machen die neuen Schüler Dir keinen allzu großen Ärger. Es wäre schön, wenn ich das Mikroskop im Biologiesaal wieder benutzen dürfte, wenn ich das nächste Mal nach Hause komme. Vielleicht im Sommer … Der Bauch Deiner Frau ist inzwischen sicher schon ganz schön rund. Ich freue mich riesig auf den Tag, an dem ich Onkel werde, und kann es kaum erwarten. Sag meiner Schwägerin, sie soll bitte sehr gut auf sich aufpassen ... Das neue Museum ist ein einmaliges Projekt, wie mir sonst keines in dieser Art bekannt ist. Wir haben zwar jede Menge Schwierigkeiten zu bewältigen, da wir nicht mit konventionellen Mitteln vorgehen können, aber dafür lohnt es sich umso mehr. Alles andere ist auch in Ordnung. Die Nachbarn sind nett, meine Assistentin ist tüchtig und meine Auftraggeberin äußerst großzügig. Das Dorf ist ruhig und meine Wohnung sehr gemütlich. Eigentlich läuft alles bestens ...

Am nächsten Sonntag begleiteten das Mädchen und ich den Gärtner zu einem Baseballspiel. Die »Vereinigung der Hühnerzüchter« trat gegen die »Genossenschaft der Hersteller von Präzisionsinstrumenten« an. Die Haushälterin gab uns ein großes Paket Sandwiches mit.

In der Woche zuvor hatte ich hart gearbeitet und den Billardraum, der sich ebenfalls im Keller befand und mir zur Verfügung stand, teilweise renoviert, um ihn als Werkstatt nutzen zu können. Außerdem hatte ich neue Kategorien erarbeitet und das Register neu angelegt, da ich den Eindruck hatte, dass sich mit dem herkömmlichen Inventarsystem das Wesentliche der Exponate nicht völlig korrekt erfassen ließ. Ich hatte die Fotos der Gegenstände entwickelt und für jedes einzelne eine offizielle Karteikarte ausgestellt.

Doch sosehr ich mich auch in meiner Arbeit vergrub, ich konnte einfach nicht vergessen, wie wir dem 109-jährigen Chirurgen das Skalpell entwendet hatten. Das Gefühl, das ich bei der Berührung des Skalpells gehabt hatte, blieb lebendig, auch wenn ich an meiner aus einem Billardtisch gebastelten Arbeitsplatte saß und die Exponate vermaß oder überprüfte, ob sie beschädigt waren. Es war früher für illegale Operationen benutzt und danach nicht mehr gebraucht worden.

Vergeblich versuchte ich mich damit zu trösten, dass seine Familie den Diebstahl nicht einmal bemerken würde. Das Schuldgefühl, das mich immer wieder überfiel, verwandelte sich mit der Zeit in eine quälende Erschöpfung, die mich fast zu Boden drückte.

Als der Gärtner vorschlug, gemeinsam ein Baseballspiel zu besuchen, war ich nicht gerade begeistert. Andererseits wollte ich ihn auch nicht enttäuschen, weil er immer so freundlich zu mir war, und sagte zu. Außerdem hoffte ich, etwas Abwechslung würde mich vielleicht aus meiner Lethargie reißen.

Das Wetter war herrlich, es wehte ein schwacher Wind, und die sonst stets diesig verschwommene Linie der Bergkämme zeichnete sich deutlich am Himmel ab. Ein besseres Baseballwetter konnte man sich kaum vorstellen.

Mir fiel gleich auf, dass im Waldparkstadion eine ganz andere Atmosphäre herrschte als damals, als ich mit dem Mädchen dort gewesen war. Auf dem Weg, der zum Stadion führte, reihten sich Buden mit Eis, Zuckerwatte und kandierten Äpfeln aneinander. Sogar Knallkörper wurden gezündet. Schon von Weitem hörte man eine Blaskapelle spielen. Die Kinder hielten bunte Luftballons in der Hand, und Liebespaare schlenderten eng umschlungen durch den Park. Es ging so lebhaft zu, dass ich mich fragte, woher all diese Leute kamen.

Als könne das Mädchen es gar nicht erwarten, trieb es uns zur Eile an. Sie trug einen Wickelrock, eine perlenbestickte Bluse und einen Strohhut mit breiter Krempe. Die ernsthafte, entrückte Miene vom Abend der Totenwache war verschwunden, und sie wirkte wieder wie ein ganz normales Mädchen.

Nicht nur dem Mädchen schien es so zu gehen. Auch alle anderen Bewohner des Dorfes, die das Stadion betraten, genossen die Wärme des Frühlings und freuten sich auf das bevorstehende Spiel. Niemand schien daran zu denken, dass der 109-jährige Chirurg erst vor Kurzem an Altersschwäche gestorben war.

Das Stadion war, wie man es mir angekündigt hatte, fast voll, und wir ergatterten mit Müh und Not noch drei freie Plätze in der obersten Reihe der mittleren Tribüne. Der Gärtner wickelte sofort die Sandwiches aus und kaufte zwei Dosen Bier. Dem Mädchen goss er Tee aus einer mitgebrachten Thermoskanne ein.

»Ein großes Ereignis, nicht wahr?«, sagte ich.

»Es ist das Eröffnungsspiel für das Frühjahrsturnier. Es beginnt diesmal mit einem besonders spannenden Match. Die Mannschaft der Hühnerzüchter hält mit zwölf Siegen den Rekord. Zudem haben sie die letzten fünf Spiele gewonnen. Das Team der Hersteller von Präzisionsinstrumenten ist relativ jung, hat aber neuerdings ein paar starke Spieler hinzugewonnen und letztes Jahr seinen ersten Sieg errungen. Greifen Sie bitte zu!«

»Danke. Welche Mannschaft soll ich denn nun anfeuern?«

»Die, die Sie mögen, natürlich. Die junge Dame und ich sind selbstverständlich für die Hühnerzüchter. Wir sind seit jeher ihre Fans. Das ist schon seit der Zeit meines Urgroßvaters so. Sie haben zwar nicht ganz so viel Kraft, aber mehrere Spieler, die sehr präzise Bälle werfen können.«

Der Gärtner nahm einen großen Bissen von seinem Sandwich und spülte ihn mit Bier hinunter. Ein Signal ertönte, und das Spiel begann.

Da ich auf ein Amateurspiel gefasst gewesen war, hatte ich nicht viel erwartet, stellte aber nun mit Erstaunen fest, dass das Spielniveau sehr hoch war. Der Werfer der Präzisionsinstrumente-Mannschaft war Linkshänder, und seine Würfe waren sehr hart. Der von den Hühnerzüchtern war nahezu mager, machte aber gute Seitenarmwürfe. Beide Verteidigungen waren auch bestens in Form, und die besten Schläger der Mannschaften überzeugten durch kraftvolle Treffer.

Das Spiel begann eher ruhig. Jede Mannschaft erreichte je einen Treffer, aber dann kam nichts mehr, und der Spielstand blieb bis zum 3. Inning bei 0:0.

»Spielen Sie eigentlich kein Baseball?«, fragte mich das Mädchen, nachdem eine Gelegenheit, das Second Base zu erreichen, durch den Centerfielder zunichtegemacht worden war, und es sich enttäuscht wieder gesetzt hatte.

»Ich bin nicht besonders sportlich«, erwiderte ich.

»Kaum zu glauben, ein junger Mann, der nicht Baseball spielt, oder?«, wandte sie sich Zustimmung heischend an den Gärtner. »Beim Baseball kann man doch etwas fürs Leben lernen, nicht wahr?«

»Da haben Sie ganz recht, junge Dame.«

Er goss ihr noch etwas Tee nach. Beide Ellenbogen auf die Knie gestützt, verputzte sie ein Sandwich nach dem anderen, wobei es sie offenbar nicht störte, wenn dabei Tomatenscheiben oder Thunfisch zwischen den Brotscheiben herausfielen.

Aus einer der vorderen Reihen kam ein Zwischenruf, auf den lautes Gelächter folgte. Auch die anderen Zuschauer um uns herum packten ihren Proviant aus. Es wurde unentwegt gegessen: Brathühnchen, Kartoffelchips und so fort. Viele tranken Bier.

Der dritte Schlagmann der Präzisionsinstrumente-Mannschaft positionierte sich am Schlagmal, und der Werfer wartete auf ein Signal des Fängers. Die erste Hälfte des 4. Innings begann.

»Wie haben Sie denn gelernt, wie es auf der Welt zugeht?«

Ich musste nachdenken. »Vielleicht am Mikroskop?«, antwortete ich schließlich.

Das Mädchen und der Gärtner zeigten sich gleichermaßen überrascht.

»Wie kann man denn von einem Mikroskop lernen, was Geduld, Demütigung, Opferbereitschaft oder Eifersucht bedeuten?«

»Tja, ich kann es vielleicht nicht so gut erklären, aber

auch zwischen den Zellen der Lebewesen, die man unter dem Mikroskop beobachtet, gibt es so was wie Opferbereitschaft oder Eifersucht. Besuch mich doch mal, dann zeige ich es dir.«

»Wirklich? Ich nehme Sie beim Wort.«

In dem Augenblick, als das Mädchen sich den Rest eines Hühnchensandwichs in den Mund schob, erzielte der Schlagmann einen Treffer in Richtung Centerfield. Jubel und Stöhnen waren zu hören, und ein Wogen ging durch die Zuschauertribüne.

Die Sonne stand im Zenit, und jedes einzelne Sandkorn, das die Schuhe der Spieler aufwirbelten, glitzerte. Ein Luftballon, der einem Kind entschlüpft war, schwebte hoch hinauf und würde bald hinter dem Wald verschwunden sein. Der vierte Schlagmann der gegnerischen Mannschaft schlug einen senkrechten Ball, der sofort gefangen wurde, doch als der fünfte einen Treffer zwischen First und Second Base landete, kam unter den Anhängern der Hühnerzüchter Unruhe auf.

Das Mädchen konzentrierte sich ganz auf sein Essen und das Spiel. Abwechselnd schluckte sie ein Stück von ihrem Brot hinunter und feuerte dann den Werfer der Hühnerzüchter an. Bei jedem Strike klatschte sie Beifall. Schließlich fand sie noch die Zeit, zum Nachtisch ein Stück Apfelkuchen zu verspeisen. Das rote Band an ihrem Strohhut huschte unentwegt auf ihrem Rücken hin und her.

Der sechste Schlagmann verschlug den ersten Wurf und landete dann einen Groundball. Die Verteidigung der Hühnerzüchter fing den Ball geschickt ab, aber weil er zu schwach geschlagen war, gelang ihr kein Double Play, und der gegnerische Läufer, der auf dem Third Base gestanden hatte, schaffte es zur Home Plate. Das Mädchen ärgerte sich und nahm einen besonders großen Bissen von seinem Apfelkuchen.

Der Gärtner und ich kauften noch ein Bier und eine Tüte Popcorn.

»Ach, das muss ich Ihnen ja noch zurückgeben.« Ich zog das Klappmesser, das ich immer noch bei mir hatte, hervor. »Vielen Dank, wir konnten es sehr gut gebrauchen. Ohne Ihr Messer wären wir nie an das Objekt herangekommen. Allerdings könnte die Klinge beschädigt sein, weil ich damit ein Schloss aufgebrochen habe.«

Der Gärtner klappte das Messer auf und hielt es hoch, um die Klinge zu prüfen. In dem Operationsraum im Keller hatte das Messer sich wie ein gewöhnliches Stück schweres Metall angefühlt, aber in der hellen Sonne wirkte es wie ein edler und geschmackvoller Ziergegenstand. Der Griff war eine silberne Einlegearbeit, und der Verbindungsring war mit einem elfenbeinernen Stern verziert. Von der Spitze bis zum Heft besaß der Schwung der Klinge eine ausgeklügelte Ausgewogenheit.

»Nein, es ist ganz in Ordnung. Die Klinge ist nicht beschädigt. Das Messer ist zu stabil, um an einem Schubladenschloss Schaden zu nehmen. Wenn Sie wollen, schenke ich es Ihnen. Als Willkommensgeschenk. Ich habe Ihnen ja noch gar nichts gegeben.«

Er klappte das Messer zu und reichte es mir zurück.

»Darf ich das überhaupt annehmen? Etwas so Wertvolles.«

»Ich habe es nicht gekauft, sondern selbst geschmiedet. Machen Sie sich also keine Gedanken. Sollte die Klinge mal beschädigt werden, geben Sie das Messer mir. Ich schleife es dann für Sie.«

In dem Moment flog ein verirrter Ball in unsere Richtung. Das Mädchen schrie auf und klammerte sich an den Gärtner.

»Keine Angst!«, rief dieser und streckte den rechten Arm in die Höhe, sodass der Ball genau in seiner Hand landete. Im gleichen Augenblick fiel mir der Strohhut des Mädchens vor die Füße.

»Gut gefangen!«, jubelten die Zuschauer. Ein wenig verlegen warf der Gärtner den Ball mit einem gezielten, harten Wurf einem Balljungen zu. Ich steckte das Klappmesser in die Hosentasche zurück, hob den Strohhut auf und setzte ihn dem Mädchen auf den Kopf.

Bis zum 7. Inning blieb es beim 1:0. Je weiter das Spiel fortschritt, desto besser wurden die Bälle des linkshändigen Werfers, und die Hühnerzüchter bekamen kaum eine Chance, einen Treffer zu landen. In der ersten Hälfte des 8. Innings schien dann auch noch ihr Werfer zu ermüden, und die Hersteller der Präzisionsinstrumente erzielten nach vier Treffern einen weiteren Punkt. Bei zwei Aus und drei besetzten Bases verpasste der Spieler an der dritten Base den Ball, der jedoch so gegen das Schlagmal prallte, dass die Hühnerzüchter doch noch das dritte Aus erringen konnten.

»Ein komisches Spiel, nicht?«

Die Wangen des Mädchens leuchteten rot von der Sonne, und sein Mund war voller Apfelkuchenkrümel.

»Mit etwas Geduld bekommen sie bestimmt noch eine Chance. So ist das beim Baseball. Keine Sorge, das kriegen die schon hin.«

Der Lieblingssatz des Gärtners kam auch im Baseballstadion zur Anwendung. Inzwischen hatte er sein zweites Bier ausgetrunken und schob die leere Dose unter die Bank. Heruntergefallenes Popcorn bedeckte den Boden.

Auf der Anzeigetafel erschien eine Eins für die erste Hälfte des 8. Innings. Die Tafel war ziemlich abgenutzt, die Null und die Eins hingen schräg, und die Farbe war abgeblättert. Der Schatten der Überdachung hinter dem Fangnetz rückte langsam weiter und veränderte allmählich seine Form, dennoch saßen wir weiter in der prallen Sonne. Mit der Zeit wuchs auch in mir Sympathie für die Mannschaft der Hühnerzüchter. Auch wenn es ihr an Durchschlagskraft fehlte, zeigte sie genügend Sportsgeist, um auch einfache und unspektakuläre Züge nicht zu vernachlässigen. Alle Spieler waren kräftig und hatten viel Ballgefühl, was jedem ihrer Spielzüge eine gewisse Eleganz verlieh. Alles an ihnen gefiel mir: ihre vertrauensvolle Haltung im Innenfeld, ehe sie in die Verteidigung gingen; die warme Herzlichkeit, die diejenigen auf der Bank nach einem Erfolg ihren Mannschaftskollegen entgegenbrachten, und die Gesten des Trainers, mit denen er den Staub vom Trikot der Spieler klopfte, die gerade auf die Home Plate gerutscht waren.

Schließlich begann die zweite Hälfte des 9. Innings. Der erste Schlagmann kam umgehend auf die erste Base.

»Sehen Sie, ich habe es ja gesagt. So etwas wie ein aussichtsloses Spiel gibt es nicht.«

Da der Gärtner und das Mädchen aufstanden, tat ich es ihnen nach. Als ich dabei ins Schwanken geriet, merkte ich erst, dass ich angetrunken war.

In der Schlussphase des Spiels griffen die Hühnerzüchter energischer an. Nicht die Kraft des Linkshänders bei der gegnerischen Mannschaft ließ nach, aber die Zielsicherheit seiner Würfe. Dem nächsten Schlagmann der Hühnerzüchter, der bis dahin dreimal verschlagen hatte, gelang ein sogenannter Texas Hit. Und der darauffolgende landete ebenfalls einen Treffer. Die Bases waren also voll besetzt. Der Gärtner und das Mädchen schrien abwechselnd die Namen der Schlagmänner. Der Second Baseman schlug nach vierzehn Versuchen einen niedrigen Ball nach rechts. Der Läufer am Third Base erreichte die Home Plate, und die Hühnerzüchter machten endlich einen Punkt.

Der Gärtner und das Mädchen waren außer Rand und Band, anscheinend hatte sich das Blatt gewendet. Sie hüpften vor Freude auf und nieder und zertrampelten dabei das Popcorn auf dem Boden.

»Hoffentlich stirbt keiner mehr …«, murmelte ich.

Ich hatte diese Worte, die mir aus tiefstem Herzen

kamen, an niemanden gerichtet, sondern sie nur leise, beinahe lautlos, vor mich hin gesprochen.

Dennoch wandte der Gärtner sich mir zu und schaute mir in die Augen.

»Das ist ein vergeblicher Wunsch«, sagte er. »Alle Dorfbewohner werden sterben, einer nach dem anderen. Das ist ein Naturgesetz. Unser Tod ist schon vorherbestimmt, bevor wir geboren werden, und niemand kann etwas daran ändern.«

Tröstend legte er mir die Hand auf den Rücken.

»Ich habe Angst, dass ich es beim nächsten oder übernächsten Mal nicht schaffe, das richtige Erinnerungsstück zu besorgen.«

»Ich verstehe. Aber wahrscheinlich sind Sie es bloß noch nicht gewöhnt, sich heimlich einem Toten zu nähern. Kein Wunder, Sie sind ja noch nicht lange im Dorf. Aber das meiste lässt sich viel einfacher bewerkstelligen, als man es sich vorstellt.«

Der nächste Schlagmann traf einen Ball, der relativ hoch geworfen war. Der Ball sauste über das ganze Feld hinweg in Richtung des linken Spielfeldrandes.

Ich konnte den Ball deutlich sehen. Seine Flugbahn zeichnete sich so scharf ab, dass ich einen Stich in der Brust verspürte. Während die Hand des Gärtners noch auf meinem Rücken lag, streifte das Haar des Mädchens, das unter dem Strohhut hervorschaute, meine Schulter. In diesem Augenblick fühlte ich mich eins mit ihnen. Gemeinsam hatten wir etwas Wichtiges vollbracht: Wir hatten, indem wir zusammenhielten, erfolgreich den

Beweis für die Existenz eines ehemaligen Chirurgen gesichert.

Der Läufer auf dem Third Base erreichte die Home Plate, und der nächste hatte bereits die Second Base verlassen. Aber der Ball war im Aus.

# 5

Dem Almanach der Alten zufolge war der Juni der heiterste Monat des Jahres und die Zeit, in der man Unkraut jätet, Blumenkränze flicht und Lagerfeuer entzündet. Und tatsächlich wurde das Grün des jungen Laubes satter, und der Wind, der von den Bergen kam, war erfüllt von sommerlichem Duft.

Der Gärtner begann mit der Renovierung der Stallungen. Dazu stellte er drei junge Männer aus dem Dorf ein, die unter seiner Anleitung arbeiteten. Als Erstes ließ er sie ein paar Zwischenwände einreißen. Jeden Tag, solange es nicht regnete, radelten die drei aus dem Dorf zu uns heraus, um wortkarg ihrer Arbeit nachzugehen. Sie bohrten Löcher in die Wände, klopften sie mit Hämmern entzwei und schafften am Ende die Trümmer schubkarrenweise auf die andere Seite des Gartens.

Aus einer Öltonne bastelte ich eine einfache Räuchervorrichtung und stellte sie im Garten auf, um dort die Exponate zu desinfizieren, indem ich sie mit einem Draht in die rauchende Tonne hängte. Als Brennmaterial benutzte ich Lindenholz aus dem Wäldchen. Der ganze Vorgang war ziemlich aufwendig, da ich ihn ständig selbst überwachen musste, weil sich die Temperatur in meiner Vorrichtung nicht regeln ließ.

»Und warum Lindenholz?«, fragte das Mädchen, während es eine Spule Draht aufwickelte.

»Es ist nicht so harzig, und sein Saft hat eine desinfizierende Wirkung. Außerdem bieten Linden seit jeher Reisenden Schutz und sind ein Symbol der Reinheit. In der ›Winterreise‹ von Schubert gibt es doch das Lied vom Lindenbaum.«

»Aha.« Sie schien die »Winterreise« nicht zu kennen. Sie mühte sich gerade damit ab, eine dicke, aus Holz geschnitzte Eule aufzuhängen, an deren aufgeplusterten Flügeln der Draht einfach keinen Halt fand.

»Aber warum müssen wir jetzt so einen Aufwand betreiben?«

Ständig löcherte sie mich mit Fragen, wobei sie sich mit der Zunge über die Lippen fuhr, blinzelte und mich mit einem Blick musterte, der keinen Zweifel daran ließ, dass sie auf einer Antwort bestand.

»Auch wenn ein Gegenstand, nachdem wir ihn abgewaschen haben, oberflächlich sauber aussieht, können sich in seinem Inneren noch immer Würmer oder Schimmelpilze verbergen, und es wäre katastrophal, wenn diese das gesamte Magazin befallen würden. Deshalb ist höchste Sorgfalt geboten.«

Ich durchsuchte die Karteikarten nach der Registernummer der Eule. Sie war das Andenken an einen Vorsitzenden des Vogelschutzvereins, von dem es hieß, er habe Vögel mehr geliebt als seine Familie. Die Eule war das Wappentier des Vereins und hatte auf dem Schreibtisch im Vorstandsbüro gestanden.

»Sie sind sehr gewissenhaft.«

»Nicht über das in jedem Museum übliche Maß hinaus. Eigentlich würde ich gern noch gründlicher vorgehen. Objekte aus Metall sollten beispielsweise luftdicht mit Kunstharz versiegelt werden. Holzprodukte hingegen müssten eingefroren, das heißt gefriergetrocknet werden, damit sie sich nicht verziehen oder rissig werden. Oder ... Ach, es gibt da so viele Verfahren, für die wir hier nicht ausgerüstet sind. Wir wollen ja auch nicht zu anspruchsvoll sein.«

»Dinge zu konservieren ist viel komplizierter, als ich dachte.«

»Genau. Das meiste zerfällt irgendwann zu Staub, wenn man es nicht schützt. Insekten, Schimmel, Hitze, Feuchtigkeit, Luft, Salz, Licht – das sind Feinde der Exponate und darauf aus, alles auf der Welt zu zersetzen. Es gibt nichts auf der Welt, das nicht der Veränderung unterworfen wäre.«

»Doch, meine Mutter. Seit sie mich adoptiert hat, ist sie genau die alte Frau geblieben, die Sie kennen.«

»Ja ... Das kann natürlich sein.«

Wir sahen uns an, lächelten und setzten unsere Arbeit fort. Endlich gelang es dem Mädchen, den Draht an den Füßen der Eule zu befestigen. Vorsichtig hängte sie sie an einen Haken. Ich warf noch ein paar Lindenzweige in die Tonne und schloss den Deckel.

Es war ein greller, heißer Nachmittag. In dem Haus, in dem das Gärtnerehepaar und ich wohnten, war alles still. Ab und zu wölbten sich die Gardinen aus den geöffneten Fenstern. Vor dem Kücheneingang flatterte ein Kohlweißling, der wohl vom Blumengarten herübergeflogen war. Das grüne Wäldchen links von uns warf Schatten. Jenseits davon sah man das Anwesen.

Vom Pferdestall hörte man unentwegt das Dröhnen des Elektrobohrers, die Stimme des Gärtners oder das Gerumpel fallender Backsteine. Das Mädchen und ich saßen auf dem Rand der ehemaligen Pferdetränke und sahen zu, wie die Eule geräuchert wurde. In unregelmäßigen Schwaden wallte der Rauch gen Himmel, um sich schließlich irgendwo aufzulösen.

Die Haare des Mädchens waren gewachsen, seit ich es zum ersten Mal gesehen hatte, und reichten jetzt fast bis zur Mitte seines Rückens. Sie wischte sich mit einer Hand den Schweiß von der Stirn und holte einen Backstein, um die Karteikarten zu beschweren, damit sie nicht davonflogen.

Der Bohrer dröhnte nun lauter, aber das störte mich nicht. Es war sogar eher ein Vergnügen, beim tatkräftigen Getöse des Bohrers den Handwerkern bei der Arbeit zuzusehen. Mir war nicht ganz klar, welche Vorstellung sie von dem Museum hatten, an dem sie gerade bauten, doch immerhin scheuten sie keine Mühe. Als ich meinen Blick zufällig ein bisschen weiter schweifen ließ, stellte ich fest, dass der Schutthaufen am Waldrand höher geworden war und wir unserem Ziel wieder ein wenig näher gekommen waren.

Wir hatten die Exponate auf einer Plastikplane auf dem Boden ausgelegt. Rechts lagen die schon mit Rauch behandelten Stücke, links die noch unbehandelten. Eine Schmuckschatulle, ein Wollknäuel, eine Blumenzwiebel, ein Rhinozeroshorn, ein Paar Lederschuhe, ein Brocken Granit, ein Schal … warteten geduldig darauf, an die Reihe zu kommen.

Die Gegenstände, die mir anfangs so unsagbar disharmonisch und fremd erschienen waren, hatten nun, nachdem ich jeden beim Registrieren und Reparieren mehrmals in der Hand gehabt hatte, etwas Vertrautes. Auch wenn ich aus ihrer Menge eine beliebige Anzahl von Teilen herausnahm, fügten sich diese zu einem harmonischen Ganzen zusammen. Die Zeit und die Erinnerungen, die diese Andenken in sich bargen, gingen eine subtile Verbindung miteinander ein und strahlten nun eine gewisse Eintracht aus.

»Jetzt geht es also den kleinen Insekten in der Eule an den Kragen«, sagte das Mädchen, während es dem Rauch mit den Augen folgte. Zwei junge Männer schoben eine Ladung Schutt aus dem Stall. Der Gärtner schaute mit einer Skizze in der Hand aus der Tür, hob den rechten Arm zu einem kurzen Gruß und verschwand gleich wieder im Stall.

»Ja, gewisse Bestandteile im Rauch und die Hitze töten sie.«

Um die Temperatur zu erhöhen, schürte ich die Flammen mit einem Feuerhaken.

»Aber sie haben sich doch nur am Bauch oder am Flügelansatz der Eule gemütliche Nestchen gebaut und Eier gelegt. Müssen sie denn wirklich sterben?«

»Ja«, antwortete ich. »Aber mach dir keine Sorgen. Sie müssen nicht leiden. Sie haben nur ganz kurz ein komisches Gefühl, und das war's.«

Die Schubkarre kippte mehrmals beinahe um, weil der Weg voller Steine und Schlaglöcher war. Doch jedes Mal gelang es den jungen Männern, sie im Gleichgewicht zu halten und weiter auf den Wald zuzuschieben. Dennoch war der Rasen hinter ihnen staubgefleckt. Die Sonne hatte fast ihren höchsten Stand erreicht und brannte auf die weißen Wangen des Mädchens.

»Das heißt, auch wir werden von diesen Substanzen, von denen es so viele auf der Welt gibt, allmählich zersetzt«, sagte sie.

Der Wind wirbelte Holzasche auf, sodass einige Flocken auf ihren Rock aus gelb-grünem Gingham-Karo fielen, der sich über den Rand der Tränke breitete.

Vielleicht weil die Sonne sie blendete oder sie müde war, hielt sie ihren Blick für eine Weile auf ihre über den Knien gefalteten Hände gesenkt. Als ob sie auf diese Weise beobachten könnte, wie ihr Körper sich zersetzte.

»Was sehe ich denn da? Sich in der Sonne aalen, das könnte euch so passen«, ertönte plötzlich die Stimme der Alten. »Kaum kehre ich euch mal den Rücken, schon wird gefaulenzt. Man kann euch doch keinen Moment aus den Augen lassen.«

Sie tauchte aus dem Schatten eines Gebüschs auf, fuchtelte wie immer mit ihrem Stock herum und zauste dabei die Blüten der Veilchen zu ihren Füßen. Offensichtlich war sie alleine vom Haus herübergelaufen, denn ihr Rocksaum, der auf dem Boden schleifte, war voller Erde.

»Mutter, dieser Ofen dient dem Desinfizieren der Erinnerungsstücke. Er reinigt sie bis tief in ihr unsichtbares Inneres. Er hat ihn selbst konstruiert.«

Das Mädchen versuchte die Sachlage zu erklären, aber die Alte war nicht mehr zu halten.

»Wie? Desinfektion? Das soll ich glauben? Wenn auch nur einem Stück durch dieses komische Ding etwas passiert, können Sie sich auf was gefasst machen. Die Stücke müssen so bleiben, wie sie sind. Jede überflüssige Behandlung ist bloß eine Beleidigung der Toten. Ihre Aufgabe ist die Konservierung, nicht mehr und nicht weniger. Es steht Ihnen nicht zu, eigenmächtige Entscheidungen zu treffen oder irgendwelche Ideen umzusetzen, verstanden? Ihnen fehlt es an Ehrfurcht. Ohne die gebührende Achtung vor diesen Dingen, ganz gleich wie nebensächlich sie Ihnen erscheinen mögen, wird das Museum nie fertig.«

Sie würgte geräuschvoll und spuckte den Schleim aus. Niemand war besonders überrascht, denn es kam regelmäßig vor, dass sie aus einer Laune heraus plötzlich auftauchte, um mich zu beschimpfen. Es war eher eine willkommene Abwechslung in unserem eintönigen Arbeitsalltag.

»Wie kann es vorangehen, wenn man tatenlos rumsitzt? Der Pferdestall ist noch immer ein Pferdestall. Ich sehe keinen Fortschritt. Ich hatte mich schon so darauf gefreut zu sehen, wie aus dem Stall ein Museum wird.

Und jetzt? Was für eine Enttäuschung! Sagen Sie bloß nicht, Sie haben das vergessen. Faulenzer und Schlafmützen sind mir verhasst. Mehr noch als Raupen, Durchfall oder Saufbolde.«

Ich wollte ihr die Funktion der Tonne und die unbedingte Notwendigkeit der Desinfizierung erklären, aber kaum dass sie ihrem Unmut Luft gemacht hatte, schwang sie ihren Stock und machte kehrt.

Ungeachtet der Hitze war sie wie immer dick angezogen, trug einen zerknitterten Schal um den Hals und auf dem Kopf eine Wollmütze. Ohne Rücksicht auf die Blumen und den Rasen zu nehmen, stapfte sie energisch, den Blick stur geradeaus gerichtet, in die Richtung, aus der sie gekommen war. Ihr Rücken wirkte, als hätte er den gesamten Missmut der Welt aufgesogen und gespeichert. Ich hatte den Eindruck, dass die Last ihrer üblen Laune sie selber niederdrückte und sie deshalb so tief gebeugt ging.

»Dann wollen wir mal …« Ich stand auf. Die Lindenzweige waren fast niedergebrannt, und es wurde allmählich Zeit, die Eule aus der Tonne zu nehmen.

Nach dem Abendessen besuchte mich das Mädchen in meinem Zimmer. Ich hatte ja versprochen, ihr mein Mikroskop zu zeigen.

»Entschuldigen Sie, dass ich so spät komme. Es war schwierig, von Mutter die Erlaubnis zu bekommen«, erklärte sie etwas außer Atem.

»Bestimmt hält sie das Mikroskop für eine Kinderei.«

Sie nahm den Schal ab, den sie um die Schultern trug, und strich sich übers Haar.

»Möchtest du etwas trinken?«, fragte ich sie, aber sie lehnte höflich ab und starrte neugierig das Mikroskop auf dem Tisch an.

»Es ist ein altes Modell und auch nicht hundertprozentig präzise, aber zumindest hat es alles, was man von einem Mikroskop erwartet. Außerdem habe ich es immer gut gepflegt.«

Sie zeigte mit dem Finger auf die einzelnen Teile und erkundigte sich nach ihren Namen: Okular, Objektivrevolver, Objektglas, Objekttisch, Kondenseinrichtung, Federhebel, Grobeinstellung, Feineinstellung … Bei jedem Wort stieß sie einen kleinen Seufzer aus.

Es gefiel mir, ihre Fragen zu beantworten, egal welche. Das war auch der Grund, aus dem ich sie eingeladen hatte, durch mein Mikroskop zu schauen – die Illusion, dass meine bescheidenen Antworten für sie möglicherweise eine große Bedeutung hatten. Oder dass ich ihr zumindest etwas Brauchbares bieten konnte.

»Was würdest du dir denn gern als Erstes anschauen? Ich habe verschiedene Präparate da: Blatthärchen von der Falschen Akazie, Hühnerknorpel, die Schwanzflosse von einem Kärpfling, Flimmer in einem Froschmaul oder Spermien von einer Sumpfschnecke …«

Nach kurzer Überlegung entschied sie sich für den Frosch. Ich hatte ihn am selben Abend an dem kleinen Bach im Garten gefangen. Vorsichtig, um ihn nicht zu verletzen, band ich ihn mit einer Schnur auf ein eigens dafür vorbereitetes Brettchen. Sie ekelte sich überhaupt nicht und hielt sogar den Bauch des zappelnden Frosches behutsam fest.

»Fertig? Also, die Mundschleimhaut von Fröschen ist mit Flimmerhärchen versehen, die dazu dienen, ihre Beute in die Speiseröhre zu transportieren. Schau, so kann man es besser sehen.«

Ich öffnete das Maul des Frosches möglichst weit und streute farbiges Kreidepulver auf seinen Oberkiefer. Das pinkfarbene Pulver bewegte sich wie auf der Flucht vor irgendetwas in Richtung Speiseröhre.

»Oh!«, rief sie und starrte in das Froschmaul. Der Frosch gab nicht auf und zappelte unverdrossen weiter, um sich zu befreien. Meine Finger waren schon klebrig, weil er so schleimig war. Das Pulver wurde bis zum letzten Körnchen restlos in den dunklen Schlund gesogen.

Mit einer Pinzette schabte ich etwas Schleim von seinem Oberkiefer.

»Tut ihm das nicht weh?«

»Nein. Ich streiche ja nur über die Oberfläche.«

Ich tauchte die Spitze der Pinzette in eine physiologische Salzlösung, die ich auf das Objektglas aufgetragen hatte, deckte sie mit einem anderen Glas ab und schob das Ganze unter das Mikroskop. Sie verfolgte alle meine Bewegungen mit angehaltenem Atem, als fürchtete sie, dass eine unbedachte Frage den ausgeklügelten Ablauf des Vorgangs stören würde. Bis auf das Klopfen, mit dem die Hinterbeine des Frosches gegen das Brettchen schlugen, war es still im Zimmer.

»Setz dich hierher«, sagte ich. Dann forderte ich sie auf, ein Auge an die Linse heranzubringen. Sie blinzelte, reckte langsam den Hals und blickte dann gespannt in das Mikroskop.

Ich wusste genau, was sie jetzt sah. Als mein Bruder mir zum ersten Mal gezeigt hatte, wie man Froschzellen beobachtet, gaben wir auch farbige Kreide in das Maul des Frosches. Ich hatte so lange gebettelt, bis er mir diese Aufgabe überließ. Irgendwie rutschte meine Hand ab, und ich schüttete fast ein halbes Glas Kreide in das Maul. Diese verwandelte sich in einen rosa Matsch, der auf der Schleimhaut herumwogte, ohne abfließen zu können, und die Speiseröhre verstopfte. Ob dieses Missgeschick die direkte Todesursache war, kann ich nicht beurteilen. Zumindest verendete der Frosch wenig später, obwohl mein Bruder sein Maul hastig mit Gaze ausgewischt hatte.

»Ist das der Oberkiefer des Frosches?«, fragte sie, während sie den Stiel des Mikroskops umklammerte und aufmerksam durch die Linse spähte. »Es sieht überhaupt nicht aus wie bei einem Frosch, und doch ist es einer, nicht wahr?«

Die Flimmerhärchen bewegten sich sicher noch immer. Etwas Feineres und Zarteres als sie konnte es nicht geben. Und obwohl jedes einzelne von ihnen einen unterschiedlichen Bogen beschrieb, bildeten sie gemeinsam eine wunderschöne Ordnung. Die dicht aneinandergeschmiegten, untrennbaren Zellen waren mit einer transparenten Flüssigkeit gefüllt. Bei diesem Anblick musste eigentlich jeder den Drang verspüren, seine Fingerspitze, wenn auch nur ganz kurz, hineinzutauchen.

»Ganz recht, noch in dem kleinsten Tröpfchen Flüssigkeit auf dem Glas existiert der Frosch.«

Genau wie mein Bruder es immer getan hatte, stand ich jetzt neben dem Mikroskop und legte meine Hand auf ihren Rücken. Denn so konnten wir – das wusste ich –, wie es uns gefiel, jenseits der Linse spazieren gehen.

»Darf ich noch ein bisschen länger durchgucken?«

Sie wandte sich zu mir um.

»Natürlich«, antwortete ich. Ihr Haar duftete nach Lindenzweigen.

»Von wem haben Sie eigentlich gelernt, wie man mit einem Mikroskop umgeht?«

»Von meinem Bruder. Eigentlich hat das Mikroskop einmal ihm gehört, und er hat es mir geschenkt.«

»Das war großzügig von ihm.«

»Er ist zehn Jahre älter als ich. Unser Vater ist früh gestorben. Seither ist er eine Art Ersatzvater für mich.«

»Er ist bestimmt ein sehr netter Bruder, wenn er Ihnen ein so schönes Gerät geschenkt hat.«

»Ich glaube schon.«

Der Mond spendete nur spärlich Licht, und der kleine Pfad, der durch den hinteren Garten an Blumenbeeten und Büschen vorbei zum Haupthaus führte, verschwamm in der Dunkelheit. Das Gras dämpfte unsere Schritte. Die Alte war wohl schon zu Bett gegangen, denn nur zwei oder drei Fenster der Villa waren schwach erleuchtet.

»Er ist mittlerweile Biologielehrer und mit einer Kollegin verheiratet. Einer Sportlehrerin. Sie wohnen ziemlich weit von hier. Er hat eine große pädagogische Begabung und strahlt Autorität und Zuverlässigkeit aus, ohne großspurig zu sein. Seine Handbewegungen und sein Gesichtsausdruck sagen oft mehr als Worte. So war es auch, als er mir beigebracht hat, wie man mit einem Mikroskop umgeht. Er bereitete die Präparate vor, legte sie auf den Objekttisch und stellte die Linse ein. Eigentlich habe ich die richtige Vorgehensweise nur durch Zuschauen gelernt und indem ich mir seine routinierten Bewegungen abgeguckt habe. Die Arbeit am Mikroskop hat mich gleich fasziniert.«

»Sind Sie Ihrem Bruder ähnlich?«

»Nicht sehr. Er ist ein Mensch, der keinen großen Wert auf Besitz legt. Er hängt nicht an Dingen. Wahrscheinlich weil er weiß, wie Materie sich zusammensetzt. Auch der kostbarste Edelstein besteht nur aus einfachen Atomen, und die Zellen noch des primitivsten Organismus sind wunderschön angeordnet. Alles Äußere ist nur Schein, und er legt deshalb größeren Wert auf die unsichtbare Welt. Sein Grundsatz lautet: ›Die Beobachtung beginnt mit der Erkenntnis der Unzulänglichkeit des menschlichen Auges.‹«

»Das ist das genaue Gegenteil von dem, was Sie tun. Sie sammeln Dinge und sorgen dafür, dass sie möglichst lange ihre Form bewahren.«

»Stimmt genau.«

Ich sah zum Himmel hinauf. Trotz der zahllosen Sterne besaß die Dunkelheit eine unendliche Tiefe und hüllte alles lückenlos mit ihrer Schwärze ein. Das Mädchen griff nach den Enden seines Schals, der ihm schon beinahe von den Schultern geglitten war, und verknotete sie am Hals. Die Hitze des Tages war gewichen, und es wurde empfindlich kühl.

»Als wir nach dem Tod meiner Mutter ihren Nachlass zu ordnen hatten, wollte er alles fortwerfen.«

»Ihre Mutter ist also auch gestorben?«

»Ja, als ich achtzehn war, an Eierstockkrebs. Allerdings hat sie nicht viel hinterlassen, das als Erinnerungsstück infrage gekommen wäre. Eine Nähmaschine, Kleiderstoffe, Unmengen von Schnittmustern und ein paar billige Schmuckstücke. Da wir nichts damit anfangen konnten, stifteten wir die Sachen einer Schule für Schneiderinnen und der Kirche. Aber ich glaube, das Prinzip meines Bruders, statt Gegenstände nur die Erinnerung an unsere Mutter bewahren zu wollen, liegt mir nicht. Und als die Sachen abgeholt wurden, griff ich fast instinktiv in einen Karton und nahm noch etwas heraus. Ich konnte einfach nicht anders.«

»Ich hätte an Ihrer Stelle das Gleiche getan. Schließlich sind Sie es ja auch, der ein Museum für Erinnerungsstücke macht«, sagte das Mädchen. »Was haben Sie denn genommen?«

»Ein Buch. Das *Tagebuch der Anne Frank*. Hast du es gelesen?«

Sie schüttelte den Kopf.

»Wenn du möchtest, leihe ich es dir gerne. Ich habe es mir zur Gewohnheit gemacht, jeden Abend im Bett darin zu lesen. Ich kann dann besser einschlafen.«

Wir gingen nicht direkt zum Haupthaus, sondern machten einen kleinen Umweg am Bach entlang. Es war zu dunkel, um den Bach zu sehen, nur sein leises Plätschern war zu hören.

»Ich würde Ihren Bruder gern kennenlernen.«

»Gern. In der nächsten Zeit ist er allerdings beschäftigt. Er und seine Frau bekommen ihr erstes Kind. Allmählich müsste ich mich auch um ein Geschenk kümmern.«

»Ein Zierei wäre doch hübsch.« Sie blieb stehen und wandte sich nach mir um. Im Dunkel der Nacht spürte ich ihre Körperwärme deutlicher. Einzelheiten kamen mir ins Gedächtnis: ihre weiße Hand, die zögerlich das Mikroskop berührte, ihre halb geöffneten Lippen und der Schwung ihrer Wimpern, als sie die Linse berührten.

»Es gibt nichts Passenderes zur Geburt eines Babys. Meinen Sie nicht auch? Wäre es Ihnen recht, wenn ich es aussuche? Ich kenne mich aus mit Ziereiern.«

»Sehr gern. Ich bitte dich sogar darum. Am Wochenende gehen wir zusammen los und kaufen eins. So, ich glaube, hier können wir ihn freilassen.«

Ich stellte den Eimer auf die Erde und hob den Frosch mit beiden Händen heraus. Er hatte die ganze Zeit reglos auf dem Boden des Eimers gehockt, aber nun wurde er plötzlich lebhaft und zappelte mit den Beinen.

»Komm gut nach Hause«, flüsterte das Mädchen ihm zu. Ich ging am Ufer in die Hocke und ließ den Frosch frei. Wir lauschten eine Weile, wie er sich durch das Gras davonmachte.

Es sollte uns erst lange nach dem verabredeten Termin gelingen, ein Ei für das Baby zu kaufen. Freilich stand das Geschenk auch nicht mehr im Vordergrund, nachdem am folgenden Sonntag urplötzlich eine Katastrophe über uns hereinbrach. Auch als das Mädchen schon im Krankenhaus lag, erinnerte es mich noch ständig daran.

»Bitte, kaufen Sie das Ei nicht ohne mich. Bitte. Warten Sie, bis ich wieder gesund bin. Es macht mich ganz nervös, wenn ich daran denke, dass das Baby schon so bald auf die Welt kommt.«

Und jedes Mal tröstete ich sie, dass es noch nicht so weit sei, und streichelte dabei ihre bandagierten Hände.

»Es wird alles gut, mach dir keine Sorgen.«

# 6

An jenem Sonntagnachmittag wimmelte es auf dem Marktplatz von Spaziergängern, die an ihrem freien Tag einen Bummel unternahmen. Der Uhrturm warf seinen Schatten schräg über den Platz. Scharen von Tauben ruhten ihre Flügel darin aus. Blitzend brachen sich Sonnenstrahlen im Lack der Autos, die um den Kreisel fuhren. Die Kellner im Terrassen-Café eilten emsig zwischen den Tischen hin und her, und ein Straßenmusikant spielte auf seiner Drehorgel. Vor der Eisbude standen die Kinder Schlange.

Am Brunnen stand ein Verkünder des Schweigens. Ich hätte nicht sagen können, ob es derselbe Mann war wie beim letzten Mal, zumindest trug er das weiße Fell eines Bergbüffels, war barfuß, hielt die Hände vor sich gefaltet und den Blick gesenkt. Nichts von dem Lärm, der ihn umgab, vermochte den Bannkreis seines Schweigens zu durchdringen.

Das Mädchen und ich ketteten unsere Fahrräder an die Leitplanke und gingen quer über den Platz auf das Atelier mit den Eiern zu, das sich am Anfang der Ladenpassage befand. Es war dasselbe Geschäft, in dem das Mädchen das Ei mit dem geschnitzten Engel für mich ausgesucht hatte. Sie trug eine ärmellose Bluse mit

Spitzenkragen und ihre gewohnten roten Kindersandalen.

»Wenn wir ein schönes Ei gefunden haben, trinken wir im Café etwas Kaltes, ja?« Sie wandte sich noch zu mir um, während sie schon über die Straße lief. »Ich habe schrecklichen Durst.«

»Ich lade dich zu einem Getränk deiner Wahl ein«, sagte ich. Als ich mich anschickte, ihr zu folgen, sauste ein Motorrad vorbei. Sie suchte derweil schon das Schaufenster nach neuen Ei-Kreationen ab. Der Straßenmusikant begann ein neues Stück zu spielen, und seine Zuhörer applaudierten. Ein paar Tauben flatterten auf. Im nächsten Moment ging alles in einer lauten Explosion unter.

Es war etwas passiert, ohne Zweifel, aber was? Als ich wieder zu mir kam, lag ich auf dem Gehweg. Ich wusste nur, dass ich unerträgliche Kopfschmerzen hatte und das Mädchen aus meinem Blickfeld verschwunden war.

Ich rappelte mich hoch. Alle Gelenke meines Körpers fühlten sich steif und schwerfällig an, und ich konnte mich kaum bewegen, was jedoch verglichen mit meinen rasenden Kopfschmerzen halb so schlimm war. Bei jedem Schritt zerbrachen mit scharfem Knirschen Scherben unter meinen Schuhen. Ein Gemisch aus Glassplittern und Eierschalen bedeckte den ganzen Boden. Schleifen, Dekorationsteile aus Metall, Glasperlen, silberne Sockel, Troddeln, alles war kaputt, und kein einziges Ei war heil geblieben.

Das Mädchen lag flach auf dem Bauch vor dem Geschäft. Ich konnte ihr Gesicht nicht sehen, denn es war unter ihren wirren Haaren verborgen, aber ich wusste sofort, dass etwas Furchtbares geschehen war. Der Spitzenkragen ihrer Bluse war voller Blut, und einer ihrer nackten Füße – die Sandalen waren ihr offenbar abgerissen worden – war in einem unnatürlichen Winkel umgeknickt.

»Keine Angst«, sagte ich und richtete ihren Oberkörper auf. Beim Sprechen merkte ich, dass ich keine gewöhnlichen Kopfschmerzen hatte, sondern eine Störung meines Gehörs im Spiel sein musste. Meine Stimme schien durch meinen Kopf zu wirbeln, ohne nach außen dringen zu können, was die Schmerzen noch verstärkte.

»Keine Sorge. Gleich kommt Hilfe. Hab noch ein bisschen Geduld.«

Es drängte mich danach, mit ihr zu sprechen, denn es war so merkwürdig still um uns herum. Es war eine drückende Stille, die sich ungeachtet meiner Versuche, sie zu vertreiben, stets aufs Neue über uns senkte. Die Stimmung, die sie erzeugte, war beängstigender und unheimlicher als der laute Knall kurz zuvor.

Ich zog mein Jackett aus, um die Scherben, die ihren Körper bedeckten, zu beseitigen. Obwohl ich es mehrmals versuchte, gelang es mir nicht, sie steckten überall in ihrer bloßen Haut fest.

»Hast du Schmerzen?«

Sie öffnete die Augen und wollte antworten, aber

nur ein schwaches Stöhnen entrang sich ihren Lippen. Ich breitete das Jackett auf dem Boden aus und bettete sie darauf.

»Einen Rettungswagen, schnell, rufen Sie bitte einen Rettungswagen!«, schrie ich. Der Schmerz schoss durch mein Trommelfell und dröhnte bis in den Kern meines Schädels. Die Schaufensterscheiben waren völlig in Scherben, und nur noch die Haken, an denen die Eier befestigt gewesen waren, hingen an der Decke. Ich sah den Ladenbesitzer vor der Kasse hocken. Wegen des Schocks oder vielleicht auch, weil er ernsthaft verletzt war, barg er zitternd seinen Kopf in den Händen.

»Ich bin gleich wieder da, ja?«

Ich lief auf den Platz zu, um Hilfe zu holen. Obwohl die Sonne noch genauso strahlte wie vorher und der Uhrturm nach wie vor seinen kühlen Schatten warf, hatte sich die Szenerie völlig verwandelt. Die Eisbude war umgestürzt, und geschmolzenes Schokoladeneis rann aus einem der Behälter, die Drehorgel war zerbrochen, und ihre einzelnen Teile lagen überall verstreut. Überdies war der Brunnenrand geborsten, und das Wasser hatte alles im Umkreis überschwemmt.

Verschiedene Geräusche – Stöhnen, Schluchzen, Schreie, Fluchen, Hupen – vermengten sich und drangen wabernd wie aufsteigender Nebel an meine Ohren. Ich spürte, wie meine gelähmten Sinne sich allmählich wieder normalisierten. Pulverdampf stieg mir in die Nase. Mir wurde übel, und ich musste mich an einer Straßenlaterne festhalten.

»Ist Ihnen schlecht? Legen Sie sich auf ein Sofa im Café.« Ein junger Kellner stützte mich.

»Am Eingang der Ladenpassage liegt ein Mädchen. Bitte kümmern Sie sich zuerst um sie!«

Um meine Ohrenschmerzen zu lindern, presste ich den Kopf gegen einen Laternenpfahl und atmete tief ein. Der Kellner rannte sofort los.

Auf dem Platz lagen zahlreiche Verletzte. Einige klammerten sich schreiend aneinander, andere versuchten, sich hinkend in Sicherheit zu bringen, während wieder andere bewegungslos auf der Erde kauerten und die Hände auf ihre Wunden pressten. Weißlicher Staub und Rauch hingen noch in der Luft und verschleierten die Sicht.

Plötzlich sah ich den Verkünder mit gefalteten Händen auf dem Rücken mitten auf dem Platz liegen – genau an der Stelle, an der er kurz zuvor noch gestanden hatte. Der Saum seines Büffelfells war kein bisschen verrutscht. Um seine Gestalt herum schien alles unberührt, sodass es aussah, als ob er seine stumme Mission weiterführte.

Um zu ihm zu gelangen, schritt ich über die Verletzten hinweg, schob übereinanderliegende Tische und Mülltonnen beiseite und kniete schließlich neben ihm nieder. Niemand beachtete uns. Der Raum um ihn herum schien wie komplett aus der übrigen Szene herausgeschnitten und bildete ein Vakuum, das selbst die Blicke der anderen fernhielt.

Ich wollte ihn gerade ansprechen, als mir einfiel,

dass er ja ein Schweigegelübde abgelegt hatte, und ich schluckte meine Worte hinunter. In seiner Nähe herrschte eine ganz andere Stille als jene unheimliche, die ich gleich nach der Explosion verspürt hatte. Diese Stille war zwar absolut lautlos, aber nicht kalt, und besaß eine Großmut, die in aller Bescheidenheit auch hässliche Töne aufnahm und reinigte. Sie begleitete den Verkünder wie ein treuer Knecht.

Abgesehen davon, dass seine Haare und sein Rücken vom Brunnenwasser durchnässt waren, wirkte er unversehrt. Wohl bedingt durch seine strenge Askese waren seine Füße voller Schwielen und Risse, und sein hageres, bärtiges Gesicht war fast bis auf die Knochen ausgezehrt. Doch bei aller Magerkeit wirkte sein Körper geschmeidig. Der Mann blutete nicht. Seine Augen waren halb geschlossen, und er machte nicht den Eindruck, als hätte er Schmerzen.

Aber ich wusste es sofort. Warum, kann ich nicht erklären. Vermutlich hatte die Alte eine ähnliche Ahnung gehabt, als sie damals als junges Mädchen dem toten Gärtner ihr erstes Erinnerungsstück, die Schere, abnahm.

Der Verkünder war tot. Er hatte den Weg des Schweigens vollendet.

Ich zog ihm den Umhang aus Büffelfell aus. Es war wie eine spontane Eingebung. Mein Körper handelte mechanisch, losgelöst von meinem Bewusstsein. Ich fuhr mit der Hand unter den Rücken des Verkünders, hob seine Hüfte an und zog das Fell vorsichtig unter ihm hervor. Es war schwerer, als ich gedacht hatte. Sein ursprüngliches Weiß war längst verschwunden, aber warm und weich war es noch, und ich hatte das Gefühl, beide Hände in eine Masse aus Schweigen zu stecken. Es fühlte sich angenehm und beruhigend an. Meine Ohrenschmerzen ließen nach. Schließlich hob ich den Kopf des Verkünders an, zog das Fell vollständig unter ihm hervor, rollte es zusammen und verbarg es unter meinem Arm.

Nur noch mit seiner ärmlichen Unterwäsche bekleidet und die Hände gefaltet, lag er nun da, als würde er auf seine eigene Beerdigung warten. Inzwischen heulte die Sirene des Rettungswagens, und auf dem Platz herrschten Panik und Tumult. Trotz des Lärms und der vielen Leute um uns herum war mein Herz von vollkommener Stille erfüllt. Und mit dieser Stille im Herzen rannte ich zurück zu dem Mädchen.

Die Alte nahm meinen Bericht unerwartet gefasst auf. Kein zorniges Wort kam über ihre Lippen, weder gegen den, der die Bombe gelegt hatte, noch gegen mich, obwohl ich es gewesen war, der das Mädchen ins Dorf mitgenommen hatte. Sie wetterte nicht einmal gegen das Schicksal, das ein solches Unglück über uns hereingebracht hatte. Anfangs nickte sie nur stumm, dann flüsterte sie mit heiserer Stimme: »So, ja, ich verstehe.«

Als die Alte in Begleitung des Gärtners im Krankenhaus eintraf, lag das Mädchen noch in einem Dämmerzustand, nachdem man ihm unter Narkose sämtliche

Splitter aus dem Körper entfernt hatte. Die Alte hatte ihre Wollmütze noch tiefer ins Gesicht gezogen als sonst und humpelte, auf den Arm des Gärtners gestützt, durch den langen Krankenhausgang. Auf dem Linoleum hallte ihr Stock besonders laut.

Außerhalb ihres Anwesens wirkte sie noch winziger und gebrechlicher. Ihre Erscheinung und Aufmachung waren offenbar so sonderbar, dass die Leute, die uns begegneten, es sich nicht verkneifen konnten, sich nach ihr umzudrehen. Doch die Blicke anderer waren ihr offensichtlich gleichgültig und konnten ihre übliche resolute Ausstrahlung nicht trüben.

»Haben Sie auch etwas abbekommen?«, fragte sie mich sofort.

»Außer einer Trommelfellverletzung habe ich nur ein paar Schrammen abgekriegt.«

»Aha, die Ohren. Zeigen Sie mal her.«

Ich kniete mich auf den Boden des Krankenzimmers. Sie zerrte heftig an meinem Ohrläppchen und starrte eine ganze Weile in meinen Gehörgang, obwohl man eine Trommelfellverletzung auf diese Weise ganz bestimmt nicht erkennen kann.

»Man hat mir gesagt, das Trommelfell wachse von allein wieder zusammen.«

Ein kurzes Brummen war ihr einziger Kommentar. Sie ließ mein Ohrläppchen wieder los und setzte sich ans Bett des Mädchens.

Das Gesicht des Mädchens war komplett mit einem Verband umwickelt, der nur Augen, Nase und Mund frei ließ. Selbst die Nasenspitze, die ein wenig hervorschaute, war blutig. An einigen Stellen war Desinfektionsmittel durch den Verband gesickert und bildete stumpfgelbe Flecken, wodurch das Ganze noch bemitleidenswerter aussah.

Der Gärtner wartete mit ratloser Miene an der Tür, während ich hinter der Alten stand und mir die schmerzenden Ohren hielt. Darauf bedacht, den Schlaf des Mädchens nicht zu stören, wagten wir kaum zu atmen. Die Sonne war bereits untergegangen, und durch die geöffneten Fenster wehte eine abendliche Brise.

Die Alte streckte die Hand nach dem unter dem Verband hervorquellenden, zerzausten Haar des Madchens aus und streichelte es. Sie bürstete Staubteilchen ab und strich es glatt, sodass es ordentlich auf dem Kissen lag. Trotz der schweren Verletzungen war das Haar verschont geblieben. Auch im dämmrigen Licht des Krankenzimmers glänzte es. Immer wieder fuhr die Alte mit ihren runzligen, vertrockneten Fingern hindurch. Ich hätte nie für möglich gehalten, dass sie ein solches Maß an Zärtlichkeit zu zeigen vermochte.

Da das Mädchen nun im Krankenhaus lag, büßte die Museumsarbeit bald ihren eingespielten Rhythmus ein. Die Arbeit, die gerade erst in Gang gekommen war, stockte wegen kleiner, aber unvorhergesehener Probleme. Dauernd ging etwas kaputt oder verloren, und mir wurde bewusst, was für eine wichtige Rolle das Mädchen für das Museum spielte. Sie war die Lotsin der Erinnerungsstücke und zugleich ihre vertraute, liebevolle Hüterin.

Nach der Explosion änderte sich das Wetter, und es regnete nun jeden Tag so heftig, dass auch tief unter Büschen verborgene winzige Pflanzen fast ertranken und sämtliche Glassplitter und Eierschalen, die auf dem Platz verstreut lagen, in die Kanalisation gespült wurden. Als der Regen endlich aufhörte, kam ein Sturm und rüttelte den ganzen Tag an den Fenstern des Anwesens.

Während ich auf eine Wetterberuhigung wartete, stellte ich die Räucherarbeit ein. Auch der Zeitplan für die Renovierung des Pferdestalls geriet durcheinander, weil ein junger Mann ein Hüftproblem bekam, ein anderer sich den Fuß verstauchte und beide deshalb nicht zur Arbeit kommen konnten. Und damit nicht genug: frisch angeheuerte Männer hörten auf, noch ehe ihre erste Arbeitswoche zu Ende ging, ohne ihre Aufgaben zufriedenstellend ausgeführt zu haben.

Die Haushälterin und ich wechselten uns ab, das Mädchen im Krankenhaus zu besuchen. Sie kümmerte sich rührend um das Mädchen, brachte ihm frische Wäsche, fütterte es oder backte ihm seinen Lieblingskuchen. Was ich tun konnte, war dagegen nicht viel. Ich saß nur an ihrem Bett und unterhielt mich mit ihr, um ihr die Langeweile zu vertreiben, oder ich schob sie im Rollstuhl spazieren.

Nach und nach heilten ihre Wunden. Die Verbände an Armen und Beinen wurden von Tag zu Tag weniger, und sie klagte auch nicht mehr über Schmerzen. Nur eins beunruhigte mich: Der Verband auf ihrem Gesicht blieb. Wahrscheinlich teilten die anderen meine Sorge, aber niemand sprach sie aus.

Auch nach einer Woche oder zehn Tagen war der Attentäter noch nicht gefasst. Es war eine Zeitbombe gewesen, zu deren Herstellung man spezielle Kenntnisse brauchte. Der Täter hatte sie unter dem Brunnen deponiert. Laut Presseberichten waren elf Geschäfte und sechs Fahrzeuge beschädigt worden. Außerdem hatte es 34 Verletzte und einen Toten gegeben.

Der Verkünder des Schweigens war also als einziger ums Leben gekommen. Im Nachhinein war es mir ein Rätsel, warum in dem ganzen Chaos ausgerechnet er mir so besonders ins Auge gefallen war, dass ich sogar das Mädchen einfach liegen ließ, um an seine Seite zu eilen.

Nicht, dass ich seinen Tod sofort bemerkt hätte. Die Frage, ob er noch lebte oder nicht, hatte sich mir in dem Moment überhaupt nicht gestellt. Sonst hätte ich bestimmt mein Ohr auf seine Brust gelegt oder ihm den Puls gefühlt. Ich hatte lediglich den starken Drang verspürt, bei ihm zu sein.

Hätte ich mir das weiße Bergbüffelfell auch angeeignet, wenn ich kein Museumsexperte gewesen wäre? Ich glaube ja.

Den Umhang, den ich ihm abgenommen hatte, hatte ich voll Erleichterung an die Brust gedrückt. Nicht etwa, weil ich ein Erinnerungsstück hatte sicherstellen können, sondern weil mir etwas gelungen war, das der

Tote sich sehnlichst gewünscht hätte. So wie andere die Verletzten trösteten, indem sie ihnen die Hand hielten und ihnen den Rücken streichelten, hatte ich dem Verkünder seine Fellkutte ausgezogen.

Als Regen und Wind für kurze Zeit nachließen, stellte ich die Räuchertonne im Garten vor dem Pferdestall auf und desinfizierte das Fell des weißen Bergbüffels. Zuerst wollten die feuchten Lindenzweige nicht Feuer fangen, aber bald stieg doch wohlriechender Rauch auf. Am Ende gab ich dem Fell eine Nummer und trug sie ins Register ein, vermaß seine genaue Größe, notierte abgenutzte Stellen oder aufgegangene Nähte, machte ein Foto und klebte es auf die Karteikarte. Daraufhin legte ich es ins Regal neben das Skalpell für die operative Verkleinerung von Ohren.

Dies ist mein zweiter Brief an Dich, seit ich hier im Dorf bin. Was gibt es Neues? Wie geht es Deiner Frau? Du musst mich gleich benachrichtigen, wenn das Baby da ist. Ich warte schon sehnlichst darauf.

Eigentlich wollte ich Euch im Frühsommer, sobald das Baby auf der Welt ist, besuchen. Aber es hat hier einen Unglücksfall gegeben, weshalb ich das Dorf für eine Weile nicht verlassen kann. Die Tochter meiner Auftraggeberin, meine Assistentin also, ist bei einem Bombenanschlag verletzt worden. Die Bombe explodierte auf dem Marktplatz, als wir zum Einkaufen im Dorf waren. Ihre Verletzungen sind zwar nicht lebensgefährlich, aber sie erholt sich nur langsam und ist noch immer im

Krankenhaus. Ich selbst wurde nur leicht verletzt. Mein Trommelfell war geplatzt, ist aber schon wieder geheilt. Macht Euch also bitte keine Sorgen.

Mit dem Museum geht es zwar langsam, aber sicher voran. Inzwischen habe ich die meisten Exponate inventarisiert. Dennoch gibt es noch unendlich viel zu tun, und wir sind von unserem Ziel noch weit entfernt. Ich kann es im Brief nicht gut erklären, aber die größte Schwierigkeit bei diesem Museumsprojekt ist die Objektbeschaffung. Dabei helfen mir weder meine Ausbildung noch mein beruflicher Instinkt. Es ist nicht so, dass ich eine beliebige Summe Geld zur Verfügung habe und einfach kaufe, was ich will. Falls es überhaupt ein Leitmotiv gibt, an dem ich mich orientieren kann, könnte es vielleicht »Ehrfürchtige Liebe zu einer vergangenen Welt« lauten. Sobald unser Museum fertig ist, müsst Ihr unbedingt kommen. Das Dorf ist recht beschaulich. Du könntest mit Deiner Familie hier Urlaub machen.

Wenn die Verletzungen des Mädchens geheilt sind und auch alles andere geregelt ist, werde ich Euch einen Besuch abstatten. Darauf freue ich mich schon sehr. Es wäre schön, wenn Du mir bald einmal schreiben würdest …

Als Nächstes fing ich damit an, die Geschichte der einzelnen Exponate schriftlich zu dokumentieren. Dazu musste ich Gespräche mit der Alten führen, denn sie hatte alle Informationen über die Erinnerungsstücke im Kopf. Allerdings war ich mir nicht ganz sicher, ob sie mir so ohne Weiteres Zugang zu den Kammern ihres Gedächtnisses gewähren würde. Ich hatte auch noch keine Ahnung, wie ich alltägliche Gegenstände, die ich noch nie als Museumsstücke erlebt hatte, überhaupt dokumentieren sollte. Der Alten im trauten Zwiegespräch zu begegnen würde ebenfalls nicht leicht sein. Andererseits ließ sich die Sache nicht ewig hinausschieben.

Damit die Nachmittage für meine Besuche bei dem Mädchen frei blieben, wurden unsere Sitzungen jeweils für drei Stunden am Vormittag von neun bis zwölf anberaumt. Je nach Wunsch der Alten fanden sie immer in einem anderen Raum statt. Vermutlich folgte sie auch hierin dem Almanach.

Also nahm ich jeden Morgen ein paar Erinnerungsstücke an mich (wenn ein Gegenstand zu sperrig war, nahm ich stattdessen die entsprechende Karteikarte) und wartete in der Eingangshalle auf die Alte. Sie kam allein die Treppe herunter, warf mir einen Blick zu, räusperte sich statt einer morgendlichen Begrüßung und bedeutete mir mit dem Kinn, ihr zu folgen. Sodann führte sie mich humpelnd und immer wieder über einen Spalt im Holzboden oder über einen Teppichrand stolpernd in den Raum, in dem die Sitzung stattfinden sollte.

Einmal war es die Bibliothek, dann wieder der Wintergarten, aber daneben standen in der Villa noch unzählige andere Räume zur Auswahl: Gästezimmer, Schlafzimmer, Teesalon, Kinderzimmer, Weinkeller, Ballsaal,

Galerie, Frühstückszimmer, Treppenabsätze, Rauchsalon …

Allerdings hatten die meisten von ihnen ihre ursprüngliche Funktion schon seit Langem eingebüßt. Im Weinkeller lag keine einzige Flasche Wein mehr, die Tagesdecken in den Gästezimmern waren von Motten zerfressen, und der Orchestergraben im Ballsaal diente nur noch als Abstellkammer.

Einige Räume waren nur über mehrere labyrinthisch angelegte Gänge zu erreichen, zu anderen konnte man sogar nur über eine schmale Geheimtreppe gelangen. Da ich mir die Wege zu den einzelnen Zimmern nur schlecht merken konnte, verlief ich mich häufig auf dem Rückweg.

Während ich der Alten folgte, überkam mich manchmal beim Gedanken an die Größe des Anwesens ein Gefühl der Ohnmacht. Dann bildete ich mir ein, dass es sich mit jedem ihrer humpelnden Schritte nur noch mehr ausdehnte.

Ob sie nun in einem Saal oder einer Dienstbotenkammer stattfanden, der Ablauf unserer Sitzungen blieb immer der gleiche. In der Mitte des Raumes befanden sich ein kleiner Tisch und zwei bequeme, einander gegenüberstehende Stühle mit hohen Rückenlehnen und gepolsterten Armstützen. Ich legte das erste Stück für die jeweilige Sitzung auf den Tisch, schlug mein Notizbuch auf und wartete darauf, dass die alte Frau das Wort ergriff.

Die Vorhänge waren zugezogen, und es herrschte

dämmriges Licht. Nur der Schein einer altmodischen Tischlampe beleuchtete die unmittelbare Umgebung. Es war so still, dass man nur den Atem der Alten und den Regen hörte.

Warum nur kommt es mir so vor, als habe es während dieser Sitzungen immer geregnet? Das Wetter war zwar häufig schlecht, aber hin und wieder schien natürlich auch die Sonne. Dennoch hörte ich, wenn die Alte erzählte, auf dem Grund ihrer Stimme stets etwas wie das Rauschen von Regen. Wie eine Art Vorhang schien es sich um uns zu legen, damit niemand unsere zweisame Arbeit stören konnte.

Aufmerksam betrachtete sie den Gegenstand auf dem Tisch. Nachdem sie über ihre Netzhaut Konturen, Farbe, Geruch, Oberfläche, Unebenheiten, Schmutz, Kratzer, Schäden und Schatten aufgenommen hatte, begann sie zu erzählen. Sie ließ sich viel Zeit dabei.

Ich hatte damit gerechnet, dass es schwierig werden würde, ihre Aussagen in brauchbare Dokumente umzuwandeln, denn sie hatte die Neigung, ohne erkennbare Zusammenhänge abzuschweifen oder willkürlich weit auszuholen, um dann plötzlich abzubrechen. Aber es kam ganz anders. Hatte sie einmal angefangen, flossen ihr die Geschichten so leicht über die Lippen, als ob sie ein Wollknäuel abwickelte. Nie riss ein Faden oder verhedderte sich, sondern alles bildete von Anfang bis Ende eine durchgehende Linie. Außerdem enthielt jedes Wollknäuel alle von mir benötigten Informationen, ohne dass etwas Überflüssiges dabei war.

Ich brauchte ihre Worte nur niederzuschreiben und musste nie Fragen stellen. Zu meinem Erstaunen verbanden sich ihre Sprech- und meine Schreibgeschwindigkeit in wundersamem Einklang. Kaum geriet ich auch nur ein wenig ins Hintertreffen, glich sie dies durch eine Atempause aus und ging erst dann zum nächsten Absatz über. Ihre Stimme und mein Bleistift waren wie die verschlungenen Hände eines Liebespaars.

Nachdem sie das letzte Wort gesprochen und ich meinen Bleistift niedergelegt hatte, stand in meinem Notizbuch ein fertiger Bericht über die Hintergründe des entsprechenden Gegenstands. Ungereimtheiten, Widersprüche oder Fehler im Text gab es nicht, nur die Geschichte des Gegenstands, wie die Alte sie sich eingeprägt hatte.

War ein Dokument fertig, massierte sie sich mit geschlossenen Augen die Schläfen, und wir machten eine kleine Pause. Schon daran war zu merken, dass das Erzählen der Geschichten für die alte Frau bei all ihrer Energie eine große Anstrengung bedeutete.

»Sollen wir für heute lieber aufhören?«, schlug ich hin und wieder rücksichtsvoll vor.

»Vergeuden Sie unsere Zeit nicht mit überflüssigem Gequatsche«, fuhr sie mir dann sofort über den Mund.

Also nahm ich das bereits dokumentierte Exponat vom Tisch, holte ein anderes hervor, schlug eine neue Seite in meinem Notizbuch auf und wartete, bis sie wieder so weit war.

»In irgendeinem der Krankenzimmer schreit ständig ein Kind.«

»Wirklich?«

»Es schreit vor Schmerzen.«

»Ich höre nichts. Das kommt dir nur so vor.«

»Nachts, wenn das Licht aus ist, höre ich so viele Geräusche, dass ich nicht schlafen kann.«

»Das wird schon. Keine Sorge. Es ist doch nachts sehr ruhig hier.«

Das Deckenlicht war bereits ausgeschaltet, und nur eine kleine Nachttischlampe brannte. Die Augen des Mädchens, die unter seinem Verband hervorschauten, starrten wie zwei schwarze Tropfen in die Dunkelheit des Raums.

»Vielleicht kommt es daher, dass meine Ohren unter dem Verband sind und ich die Geräusche in meinem Herzen höre. Mutter sagt immer, wenn du etwas über die Zukunft erfahren willst, verstopf dir die Ohren. Dann hörst du die innere Stimme deines zukünftigen Ichs.«

Ich strich ihre Wolldecke glatt und legte meine Hand auf ihre Stirn. Durch das Fenster des Krankenzimmers sah ich die dunstverschleierte Mondsichel. Es hatte aufgehört zu regnen, und lautlose Dunkelheit erfüllte den Raum. Trotz des Verbandes konnte ich die Wärme ihres Körpers, die Glätte ihrer Haut und den zarten Flaum darauf spüren.

»Das Kind, das weint, bin ich, und ich kann nicht schlafen, weil ich mich vor meinem eigenen Schluchzen fürchte.«

»Hast du Schmerzen?«

Das Mädchen schüttelte langsam den Kopf.

»Nein.«

»Ach ja, ich habe dir das *Tagebuch der Anne Frank* mitgebracht. Ich hatte doch versprochen, es dir auszuleihen.«

»Vielen Dank. Wo es doch ein so unersetzliches Andenken an Ihre Mutter ist.«

»Mach dir deshalb keine Gedanken. Im Umgang mit Erinnerungsstücken sind wir beide doch Experten, nicht wahr?«

Ich nahm die Hand von ihrer Stirn und zog ihr die Wolldecke bis zum Hals. Auf ihrem Nachttisch lagen eine dünne Häkelnadel, eine antiseptische Salbe und eine Tüte Bonbons, die vermutlich die Haushälterin mitgebracht hatte. Auf dem Bettvorhang zeichnete sich mein gebückter Schatten ab. Da eine Brise durch das Fenster hereinwehte, bewegte er sich gelegentlich.

»Im täglichen Umgang mit so vielen verschiedenen Erinnerungsstücken ist mir etwas aufgefallen. Eigentlich sollen sie ja einen Beweis dafür darstellen, dass eine bestimmte Person gelebt hat. Aber manchmal kommt es mir so vor, als würden die Gegenstände eher etwas über ihre Besitzer im Totenreich erzählen. Das hieße, ein Andenken wäre nicht nur ein Behältnis, in dem die Vergangenheit bewahrt wird, sondern vielmehr ein Spiegel der Zukunft.«

»Ein Spiegel?«, fragte sie, während sie weiter in den Raum starrte.

»Ja. Wenn ich das Buch meiner Mutter in der Hand halte, habe ich das Gefühl, dass ich die Welt der Toten, die bisher weit fort im Nebel meiner Angst verborgen lag, jetzt ganz behaglich in meiner Hand halte. Immer wenn ich in dem Buch blättere und mit dem Finger über ihre Bemerkungen streiche oder an dem Papier rieche, verschwindet die Angst vollkommen. Ich empfinde sogar fast eine vertraute Nähe zum Tod … Ich atme leichter, werde ruhiger und kann besser einschlafen, nachdem ich ein Erinnerungsstück berührt habe.«

»Liegen denn Tod und Schlaf so nah beieinander?«

»Ich glaube schon. Sie sind wie eine rechte und eine linke Hand. Sie ähneln sich und sind nicht voneinander zu trennen.«

»Könnten Sie vielleicht noch ein bisschen bleiben und mir daraus vorlesen?«, fragte sie schüchtern.

»Natürlich gern«, antwortete ich. Ich schlug das *Tagebuch der Anne Frank* auf und beugte mich möglichst nah an ihr Ohr heran.

In dem Abschnitt erzählte Anne, wie erschöpft sie durch die Anspannung war und in ihrem Versteck herumflatterte wie ein Vogel mit gestutzten Flügeln.

Es war zwar das erste Mal, dass ich jemandem vorlas, dennoch hatte ich das Gefühl, dies schon seit Ewigkeiten zu tun. Nie hätte ich gedacht, dass ich so gut vorlesen konnte. Meine Stimme war so leise, dass sie die dunkle Stille des Krankenzimmers nicht störte. Indem ich dem Mädchen die Worte ins Ohr flüsterte, brachte ich die quälende Stimme in seinem Herzen zum Verstummen. Bald schloss sie die Augen und begann regelmäßig zu atmen. Dennoch las ich weiter, bis ich ganz sicher war, dass sie fest schlief. Weder die Schritte der Krankenschwestern noch die Geräusche der Nachbarn erreichten uns. Alles an ihr – von den Fingerspitzen, von denen man gerade den Verband entfernt hatte und die deshalb noch etwas geschwollen waren, bis zu jeder einzelnen Wimper – fiel von meiner Stimme gewiegt in den Schlaf.

# 7

Während das Mädchen im Krankenhaus lag, starben zwei Dorfbewohner. Der eine war ein alter Mann, der ein Stockwerk höher untergebracht war. Er hatte Hautkrebs. Ich kannte ihn vom Sehen, weil er – wenngleich extrem abgemagert – ab und zu noch recht munter durch das Krankenhaus spazierte.

Angeblich war er früher Organist gewesen und hatte den Kirchenchor geleitet. Dass er mit seiner Krächzstimme, die eher etwas Teuflisches hatte, Kirchenlieder sang, konnte sich niemand so recht vorstellen. Allerdings hatte sie wahrscheinlich auch durch die Nebenwirkungen seiner Krebsbehandlung gelitten.

Gern scharte er Kinder in der Eingangshalle um sich, um ihnen harmlose Gespenstergeschichten zu erzählen und sich dann köstlich zu amüsieren, wenn sie sich gruselten. Auf dem Weg zum Zimmer des Mädchens hatte ich ihn einige Male dabei beobachtet. Mit gerunzelten Brauen, effektvoll gekrümmten knochigen Fingern und einem unheimlichen Krächzen zog er die Kinder so sehr in den Bann seiner Geschichte, dass sogar das eine oder andere anfing zu weinen.

Dann spielte er seinen größten Trumpf aus. »Wo ist die Heulsuse?«, schrie er. »Das Ungeheuer kommt dich holen und frisst dir das Auge raus!« Dabei nahm er tatsächlich sein linkes Auge heraus, sodass die meisten Kinder laut aufschrien und blitzschnell in alle Richtungen davonstoben.

Es hieß, er habe sich in seiner Kindheit beim Spielen im Wald das Auge ausgestochen und trage seither dieses Glasauge. Nachdem er die Kinder in die Flucht geschlagen hatte, lachte er laut, als fände er das alles aus tiefster Seele komisch, ließ sein Glasauge ein paarmal auf der Handfläche hin- und herrollen und setzte es schließlich mit einem geübten Griff wieder in die Augenhöhle ein. Kurz darauf verwandelte sich sein Gelächter in ein seltsames Röcheln, von dem man nicht wusste, ob es ein Schluchzen oder Würgen war, und der alte Mann schleppte sich mit unsicheren Schritten davon.

Außer dem Krankenhauspersonal war niemand an seinem Totenbett erschienen, und als ich eine Schwester bat, persönlich von seiner sterblichen Hülle Abschied nehmen zu dürfen, erlaubte sie es mir, ohne den geringsten Verdacht zu schöpfen.

Man hatte dem alten Mann ein weißes Tuch über das Gesicht gelegt, und er sah noch abgemagerter und erbarmungswürdiger aus, obwohl er doch endlich von seinem Leiden erlöst war. Ich setzte mich auf einen Stuhl an sein Bett und sprach mit geschlossenen Augen ein stilles Gebet für ihn:

Du hast der Musik gedient, die zu Ehren Gottes gespielt wird, und tapfer gegen dein Leiden gekämpft und alles ertragen. Statt dich zu beklagen, hast du mit deiner

Behinderung den Kindern sogar noch Freude gemacht. Mögest du, namenloser tapferer Mann, in Frieden ruhen …

Anschließend hielt ich meine Augen noch eine Weile geschlossen. Nicht aus Trauer, sondern um mein Vorhaben möglichst lange hinauszuzögern.

Leider konnte ich nicht ewig warten. In Kürze würden die Leute vom Altersheim kommen, um die Leiche abzuholen. Ich hob das weiße Tuch an, öffnete das linke Lid und fuhr mit meinem Zeigefinger in die Augenhöhle, indem ich mir den Handgriff des alten Mannes ins Gedächtnis rief. Dass das Glasauge ohne größeren Widerstand in meine Handfläche glitt, lag wohl daran, dass er es immer wieder vor den Kindern herausgenommen hatte.

Bei näherer Betrachtung glich es einer alten Murmel. Nur seine schleimige Oberfläche erinnerte daran, dass es noch bis vor Kurzem Teil eines menschlichen Körpers gewesen war. Nachdem ich das Augenlid zugedrückt und mich vergewissert hatte, dass alles in Ordnung war, legte ich das weiße Tuch wieder über das Gesicht des alten Mannes. Das Glasauge ließ ich in meine Tasche gleiten.

Bei dem zweiten Todesfall handelte es sich um eine Witwe Mitte fünfzig, die mit ihrem Sohn ein Schreibwarengeschäft betrieben hatte. Im Gespräch mit einem Kunden hatte sie einen Herzinfarkt erlitten und war sofort tot gewesen.

Der Alten zufolge hatte die Witwe sich auch als

Amateurwahrsagerin betätigt, ohne jedoch Werbung zu machen oder ein Honorar zu verlangen. Ihre Prophezeiungen hatten den Ruf, oft zutreffend zu sein, sodass Ratsuchende von nah und fern sie aufsuchten.

»Nach welcher Methode ist sie vorgegangen? Hat sie Horoskope erstellt oder Karten gelegt …?«, fragte ich die Alte.

»Sie hat eine Schreibmaschine benutzt«, antwortete diese in ihrem üblichen Ton. »Der Kunde schrieb irgendeinen Kauderwelsch auf der Schreibmaschine, und sie sagte ihm aus den Buchstaben die Zukunft voraus. Pah, ein albernes Spiel für dumme Kinder.«

Dabei vergaß sie natürlich auch nicht ihr verächtliches Schnauben.

Das Schreibwarengeschäft war leer, als ich es betrat. Ein Mann, vermutlich der Sohn, stand allein hinter dem Ladentisch. Das Geschäft schien gut sortiert und ordentlich. Ich sah mir die Hefte, Briefbögen, Füller, Lineale an, und als ich an das Regal mit den Schreibmaschinen kam, sagte ich in möglichst natürlichem Ton: »Übrigens, mein herzlichstes Beileid noch …«

»Ja, es kam ganz plötzlich …«, antwortete der Sohn ruhig.

Ich nahm die drei Schreibmaschinen ins Visier. In einer von ihnen klemmte ein Blatt Papier, auf dem sich irgendwelche Buchstaben aneinanderreihten, die keinen Sinn ergaben. Ich tat, als würde ich Tastatur und Zeilenhebel ausprobieren, während ich auf eine Gelegenheit lauerte.

»Sie ist ganz neu auf dem Markt. Probieren Sie sie ruhig aus«, sagte der Inhaber freundlich und wandte sich wieder dem Ordnen seiner Kassenbelege zu. Blitzschnell zog ich das Papier aus der Maschine und schob es in die Innentasche meines Jacketts. Obwohl diese Aktion nur eine Sekunde gedauert hatte, klopfte mein Herz heftig, und der Schweiß rann mir in Strömen den Rücken hinunter.

»Leider habe ich es heute ein bisschen eilig. Ich komme lieber noch einmal vorbei und probiere sie dann in aller Ruhe aus.«

Ich hoffte inständig, dass meine Stimme nicht zitterte.

»Sehr gern, bitte beehren Sie uns bald wieder.«

Er schien nichts bemerkt zu haben und begleitete mich lächelnd zur Tür.

Im ehemaligen Billardsalon, der jetzt meine Werkstatt war, trug ich das Blatt aus der Schreibmaschine ins Register ein und schob es vorsorglich in eine Klarsichtfolie. Alle möglichen Buchstaben, Zahlen und Zeichen waren darauf, aber kein einziges sinnvolles Wort. Die chaotische und willkürliche Anordnung beunruhigte mich irgendwie.

Ich dachte an die Inhaberin des Schreibwarengeschäfts, der ich nie begegnet war. Ob sie ihren Tod wohl vorhergesehen hatte? Ich strich einige Male über das Papier, als könnte ich die Zukunft, die es vorhersagen sollte, von ihm ablesen.

Seit ich mit der schriftlichen Dokumentation der Exponate begonnen hatte, stattete ich dem Gärtnerehepaar nach dem Abendessen gern einen Besuch ab. Ich blieb dann etwa eine Stunde und trank ein Glas Whisky. Die beiden freuten sich immer, wenn ich kam. Meist gab ich vor, nur kurz vorbeischauen zu wollen, um mit der Haushälterin die Versorgung des Mädchens im Krankenhaus zu besprechen. Der wirkliche Grund war indes, dass die Arbeit mich genauso mitnahm wie die alte Frau. Mit ihr über die Erinnerungsstücke gebeugt dazusitzen und deren Geschichte niederzuschreiben, erwies sich als komplizierter und zermürbender, als ich es mir vorgestellt hatte. Jedes Mal, wenn wir unser Tagespensum erledigt hatten, war ich seelisch so ausgelaugt, dass ich mich danach sehnte, in vertrautem Kreis einen Schluck zu nehmen. Sonst hätte ich nicht einschlafen können.

Während ihr Mann und ich unseren Whisky tranken, saß die Frau des Gärtners auf dem Sofa und nähte. Ab und zu legte sie ihr Nähzeug beiseite und ging in die Küche, um uns ein paar Scheiben Schinken abzuschneiden oder Eis zu zertrümmern. Wenn ich mich für die viele Mühe entschuldigte, die ich ihr bereitete, erwiderte sie unbekümmert, ich solle nur keine Hemmungen haben und mich ganz wie zu Hause fühlen.

Unser belangloses Geplauder, das bernsteinfarbene Getränk und das leise Geräusch, das entstand, wenn sie den Faden durch den Stoff zog, beruhigten mich. Die Hand mit der Nähnadel erinnerte mich an meine verstorbene Mutter und die friedlichen Abende, die wir zusammen verbracht hatten. Auch sie hatte damals genäht, und das Geräusch war mir vertraut. Es war sogar so täuschend ähnlich, dass ich fast den Eindruck hatte, diese glücklichen Momente noch einmal zu erleben.

Als die Gärtnersfrau eines Abends länger von der Alten in der Villa aufgehalten wurde, zeigte mir ihr Mann einen Schuppen westlich des Anbaus, der ihm als Hobbywerkstatt diente und in dem er alle Werkzeuge aufbewahrte, die er für seine Schmiedearbeiten brauchte: Hammer, Amboss, Schleifmaschine und einen Ofen.

»Das ist ja fantastisch«, sagte ich bewundernd.

Stolz erklärte er mir alle Arbeitsgänge beim Schmieden eines Messers. Er sprach fast zärtlich von der Erhabenheit dieser Kunst.

»Betrachtet man ein Messer lediglich als Gebrauchsgegenstand, gibt es darüber nicht viel zu sagen. Es ist ganz ähnlich wie bei einem Museum, nicht wahr? Viele halten es für eine Art Ausstellungslager. Noch bis vor Kurzem habe ich das selbst so gesehen. Aber für Sie als Experte ist ein Museum etwas weitaus Komplexeres, Tiefgründigeres. Es ist eine Welt für sich. Dennoch genügt es den meisten Leuten, ein bisschen in der Nähe der Eingangshalle herumzuschlendern, und nur eine Handvoll will tiefer in seine Welt vordringen.«

Ich nickte. Der Arbeitstisch war voller Werkzeuge, und an den feuchten Scheiben klebten Staub, Eisen- und Sägespäne. Der Gärtner krempelte seine verschwitzten Ärmel hoch und leerte sein drittes Glas. Die Eiswürfel klirrten.

»Das Gleiche lässt sich über Klappmesser sagen. Was man mit seinen zehn Fingern nicht schaffen kann, gelingt mit einem Messer. Ohne den geringsten Stromverbrauch kann man etwas in Sekundenschnelle glatt und sauber durchtrennen. Zusätzlich ist ein Messer auch noch schön und hat diesen kühlen Glanz … Gibt es eine vollkommenere Schnittfläche auf der Welt? Was meinen Sie?«

Er nahm ein noch nicht ganz fertiges Klappmesser vom Tisch, brachte die Klinge in die Waagerechte und schnitt mit einer anmutigen Bewegung ein Stück Käse aus einem Laib heraus. Dann führte er den Käse auf der Klinge zu meinem Mund und bedeutete mir, ihn zu probieren. Ich nahm ihn vorsichtig mit den Lippen auf, um mich nicht zu verletzen. Der Käse fühlte sich kühl an und hatte einen strengen Geruch.

Der Schuppen war eine einfache Holzkonstruktion, die bei jedem Windstoß ächzte und knarrte. Die Fensterscheiben waren gesprungen, und der modrige Boden hatte Löcher. An der nackten Glühbirne, die von der Decke baumelte, klebten Insekten. Nur die Klappmesser, die überall an den Wänden hingen, kündeten von der vollkommenen Schönheit, über die der Gärtner gesprochen hatte.

»Haben Sie die alle selbst geschmiedet?«

Ich stand auf, um die Kunstwerke an den Wänden näher in Augenschein zu nehmen. Er schüttelte den Kopf.

»Die hier, die haben mein Vater, mein Großvater und

mein Urgroßvater geschmiedet«, sagte er nicht ohne Stolz.

Diese Messer hingen in einem eigenen Holzrahmen und waren so gut gepflegt, dass man ihnen ihr Alter nicht ansah.

»Das Messerschmieden ist bei uns wie eine Art Familienkrankheit, die immer weitervererbt wird.«

»Ich halte das Messer, das Sie mir geschenkt haben, in Ehren. Ab und zu poliere ich es mit einem Rostschutztuch, und wenn ich ein Erinnerungsstück beschaffen muss, trage ich es immer bei mir.«

»Das freut mich. Es ist ein schöner Gedanke, dass mein Geschenk zu etwas nütze ist.«

Schon merklich angetrunken verschränkte er die Arme hinter dem Kopf, und die Augen fielen ihm fast zu.

Alle Messer hingen geöffnet an Haken, die in regelmäßigen Abständen in die Wände geschlagen waren. Die einzelnen Griffe waren zwar hübsch mit Metall überzogen oder mit künstlichen Steinen oder Schnitzereien verziert, aber die Hauptsache waren natürlich die Klingen mit ihrem sanften Schwung. Selbst das trübe Licht im Schuppen schien sich in ein tiefgründiges Leuchten zu verwandeln, wenn es sich in ihnen spiegelte. Jedes Messer weckte in mir den Wunsch, es in die Hand zu nehmen und irgendetwas damit zu schneiden.

»Haben Sie das Schmiedehandwerk von Ihrem Vater gelernt?«

»Ja. Die Schaffenskraft ist zweifellos die edelste Eigenschaft, mit der wir Menschen ausgestattet sind. Indem wir Messer schmieden oder Museen bauen, eifern wir Gott nach, dem Schöpfer, der die Blumen und die Sterne gemacht hat.«

»Meinen Sie? Über Gott habe ich mir noch nie Gedanken gemacht.«

»Was war denn Ihr erstes Museum?«

»Tja also … ja, genau – als ich zehn war, habe ich mir ein tragbares Museum gebastelt. Das war wohl mein erstes«, antwortete ich nach kurzem Nachdenken.

»Aha«, sagte er, während er fast vom Stuhl rutschte.

»Ich hatte alles Mögliche gesammelt und bewahrte es in einer alten Knopfschachtel meiner Mutter auf. Sie war etwa einen halben Meter im Quadrat groß und hatte viele kleine Schubladen. Ich beschriftete ein paar Zettel mit den Kategorien ›Pflanzen (Samen)‹, ›Pflanzen (Früchte)‹, ›Mineralien‹, ›Metall‹ und ›Insekten‹ und klebte sie auf die Schublädchen. Zu den Früchten kamen Weizenkörner, Blaubeeren und Weißdorn. Meine ersten Mineralien waren Quarz, Glimmer und Feldspat. Eigentlich alles ziemlich gewöhnliche Dinge, die leicht zu finden sind. Dennoch bettete ich sie stets sorgfältig in Watte, sodass das Ganze wie eine richtige, wertvolle Sammlung aussah. Wenn ich einmal nicht wusste, in welche Schublade ich etwas legen sollte, fragte ich meinen Bruder. Sooft ich Zeit hatte, machte ich die Schublädchen auf und zu, nahm die Sachen heraus und legte sie in die Sonne, um sie zu entkeimen. Ich konnte nie genug davon bekommen und nahm mein Museum mit zu meinen Freunden, um es ihnen voller Stolz zu präsentieren. Allerdings verstanden die meisten Kinder nicht, was ich so interessant an diesem Krimskrams fand. Aber das machte mir nichts aus. Ich war voller Selbstvertrauen, als hätte ich die Bestimmung der Welt entdeckt oder besäße die Arche Noah. Das war mein erstes Museum …«

Der Gärtner war inzwischen eingeschlafen. Er atmete ruhig und gleichmäßig und schien sich ganz behaglich zu fühlen.

Da er schon halb vom Stuhl geglitten war, hievte ich ihn hoch und half ihm beim Aufstehen.

»Sie werden sich erkälten«, sagte ich.

Er blinzelte.

»Entschuldigung«, lallte er und stützte sich auf mich. Mit Mühe schleppte ich ihn ins Schlafzimmer und half ihm ins Bett. Seine Frau war noch immer nicht zurück.

»Wenn ich sterben sollte …«, murmelte er und wälzte sich herum. Da ich ihn nicht gut verstehen konnte, kniete ich mich neben ihn und hielt mein Ohr an seinen Mund.

»Wenn ich sterben sollte, nehmen Sie mein Klappmesser für das Museum, ja?«

Obwohl er eigentlich nur schlaftrunken vor sich hin brabbelte, gab ich ihm eine ernsthafte Antwort.

»Selbstverständlich. Seien Sie unbesorgt.«

Unsere Sitzung fand an diesem Tag in einer Galerie im zweiten Stock auf der Nordseite des Hauses statt. Ursprünglich war sie ein Durchgang gewesen, den man irgendwann umgebaut hatte, damit Gäste darin die Kunstwerke der Familie bewundern konnten. Der Raum war über 30 Meter lang und sehr schmal. Die Stuckdecke zeigte die zwölf Sternzeichen, und die Bemalung der hölzernen Wandpaneele imitierte eine Marmorverkleidung. Doch ebenso wie in den anderen Räumen war all dies nur vergangene Pracht und hatte kaum noch Glanz. Aufgrund einer dauerhaften Vernachlässigung waren die wenigen noch vorhandenen Gemälde verblasst und die Skulpturen voller Sprünge.

In der Mitte der Galerie standen wie üblich der Tisch und die beiden Stühle bereit. Die Alte saß auf dem hinteren und ich ihr gegenüber. Trotz dreier großer Erkerfenster, die von der Decke bis zum Boden reichten, drang nur gedämpftes Licht in den Raum. Die Beine der Alten hatten sich offenbar in ihrem Rock verfangen, und sie zupfte gereizt an ihm herum. Ihre Wollmütze saß heute schief, sodass ihr linkes vernarbtes Ohr hervorschaute. Ich wartete, bis sie so weit war, und stellte erst dann den ersten Gegenstand auf den Tisch.

»Registernummer E-416.«

Um jederzeit beginnen zu können, schlug ich mein Notizheft auf, zückte den Bleistift und konzentrierte mich. Es handelte sich um einen Holzkasten mit 36 Ölfarben. An seinem Griff hing ein Schildchen, auf dem in der Handschrift des Mädchens die Registernummer eingetragen war.

Alle Farben waren ordentlich an ihrem Platz, auch wenn die Tuben bis zum letzten Tropfen Farbe ausgequetscht waren. Jede einzelne war aufgerollt und so gründlich ausgedrückt, dass sie mir wie eine Verkörperung des Todes erschien.

Es dauerte eine Weile, bis die Alte zu sprechen begann. Ich genoss es, auf diesen Augenblick zu warten, während ich auf die weiße Seite meines Notizheftes blickte, denn zu keiner anderen Zeit war es so offensichtlich, dass sie mich brauchte. Auf meine emsigen Finger und mein scharfes Gehör konnte sie nicht verzichten. In diesen Momenten entstand eine intime Verbindung zwischen der Alten, den Erinnerungsstücken und mir.

Konzentriert und ohne zu blinzeln starrte sie auf den Gegenstand. Hatte man diesen Gesichtsausdruck einmal gesehen, wusste man, dass ihr übliches Gezeter nur harmloses Theater war. Wenn sie eine Sache wirklich ernst nahm, wirkte sie geradezu majestätisch.

Äußerlich war nicht erkennbar, wie sich die Alte mit dem Erinnerungsstück in Verbindung setzte. Ob sie aktiv darauf einwirkte oder nur versuchte, die Signale zu empfangen, die es aussandte. Jedenfalls hatte ich keinerlei Zweifel, dass zwischen den beiden ein ungehinderter Kommunikationsfluss bestand. Das spürte ich ganz deutlich.

Im Raum herrschte eine fast beängstigende Stille. Absolut kein Geräusch war zu hören. Die Sternzeichen an der Decke, der Plüschteppich, die bronzene Venusstatue, die rußgeschwärzten Lampen – alles schien den Atem anzuhalten.

Sie wandte ihren Blick von dem Erinnerungsstück ab, würgte laut und schob geräuschvoll ihr Gebiss hin und her. Das war das Startsignal. Ich griff den Bleistift fester.

»Die Verstorbene, eine unverheiratete, erfolglose Malerin, ist 69 Jahre alt geworden. Einmal war sie wegen Betruges mit dem Gesetz in Konflikt geraten und vorbestraft worden. Die Todesursache lautete: Tod durch Nahrungsentzug bzw. Einnahme von giftigen Substanzen. Einzelheiten unbekannt.

Nachdem die Frau eine Kunstakademie absolviert hatte, bekam sie eine Stelle als Aushilfslehrerin an einer Oberschule und malte nebenbei. Allerdings wurde ihr bis zu ihrem Tod keinerlei nennenswerte Anerkennung zuteil. Irgendwann, als sie Mitte dreißig war, erhielt sie einen Preis bei einem Wettbewerb – ein Umstand, der weder von Galeristen noch Kunstkritikern oder der Presse besonders zur Kenntnis genommen wurde.

Ebenso wie sie selbst hatten ihre Werke auf das Publikum offenbar keine größere Wirkung als eine Landschaft, die man beiläufig aus dem fahrenden Zug betrachtet. Es war auch für den Laien erkennbar, dass die zahllosen Ölgemälde, die sie in ihrem Atelier hinterlassen hatte, zwar gewissenhaft und ordentlich ausgeführt waren, aber weder Erstaunen noch Befremden beim Betrachter erregten. Ihre einzige Bedeutung bestand darin, dass sie eben da waren. Wäre eines davon von einem Windstoß ergriffen und davongetragen worden, hätte sich niemand die Mühe gemacht, es zu retten. Keines entlockte dem Betrachter mehr als ein ›Soso‹. Hatte man sich einmal davon abgewendet, vergaß man es sofort. Dergestalt waren ihre Bilder.

Der Preis, den sie bei dem Wettbewerb erhalten hatte, diente ihr nicht als Sprungbrett zu einem besseren Leben – im Gegenteil, er schien sogar ihren Niedergang eingeleitet zu haben. Denn zur gleichen Zeit verlor sie wegen einer Affäre mit einem Schüler aus ihrem Kunstkurs ihre Stelle an der Schule. Sie fand nie mehr einen festen Arbeitsplatz und fristete fortan ein kümmerliches Dasein. Zu allem Überfluss erkrankte sie an chronischem Gelenkrheumatismus, und ihre ungesunde Lebensweise und das Versäumnis, ihr Leiden rechtzeitig behandeln zu lassen, führten zu einer zunehmenden Deformation ihrer Gelenke, sodass sie in den letzten zehn Jahren vor ihrem Tod nur noch malen konnte, indem sie den Pinsel mit einem Verband an der rechten Hand befestigte.

Trotz dieser leidvollen Erfahrungen blieb ihr Malstil bis zuletzt wenig ausdrucksstark und ohne Selbstbewusstsein. Er war – wie soll ich es nennen? – von einer Art sturer Bescheidenheit.

Nur ein einziges Mal in ihrem Leben wagte sie es, sich aufzulehnen. Sie fälschte einige Zeichnungen und Ölbilder eines Malers, der sich zu Beginn des 20. Jahrhunderts in Paris einen Namen gemacht hatte, und versuchte, sie an ein Museum zu verkaufen. Zunächst feierte man die Bilder wirklich als wertvolle Entdeckungen, und die Zeitungen berichteten darüber. Binnen Kurzem wurde jedoch der Verdacht laut, dass es sich um Fälschungen handele, und es kam zu einem Skandal, in den das Museum, das die Werke gekauft hatte, einige Kunstexperten und die Erben des Malers verwickelt wurden. Das Hauptproblem war, dass die Fälschungen, selbst als Studien, technisch sehr schlecht waren. Ironischerweise hatten sie aber gerade deshalb als ›unreife Werke‹ überzeugt. Diejenigen, die sie für echt hielten, waren der Meinung, ein Fälscher hätte sich auf jeden Fall mehr Mühe gegeben.

Am Ende erbrachte eine chemische Analyse der Farben, die zur Zeit des Malers noch nicht übliche Substanzen aufwiesen, den Beweis, und die von der Malerin angebotenen Werke wurden zu Fälschungen erklärt. Sie erhielt eine Gefängnisstrafe und wurde nun völlig vom Kunstbetrieb geächtet.

Von all den Orten, die ich auf meinen Beutezügen aufsuchte, hinterließ ihr Atelier den stärksten Eindruck bei mir. Am einfachsten ließe es sich als abrissreifer Verschlag beschreiben, dennoch war es mehr als das. Es ging eine so starke Bedrohung davon aus, dass ich wie angewurzelt an der Tür stehen blieb, erst einmal tief Luft holen musste und unwillkürlich ein Stoßgebet zum Himmel schickte.

Außer Bildern und Malutensilien war nichts aufzufinden. Auf den ersten Blick erscheint das normal, aber es war buchstäblich rein gar nichts anderes da, weder Kaffeetassen noch Augentropfen, keine Rechnungen, Fotorahmen, Zigaretten, Kekskrümel, nicht einmal ein

Lippenstift … nichts. Nichts Tröstliches, nichts, das an ihren Alltag erinnert hätte oder ihrem Vergnügen gedient haben könnte.

Das Atelier war bedrückend, kalt und schauerlich. Überall standen und lagen Staffeleien, Zeichenblöcke, Leinwände und verklebte Pinsel herum. Sogar Wände und Decke waren voller Farbkleckse. In allen nur erdenklichen Winkeln – in den Regalen, auf dem Boden – stapelten sich fertige und unfertige Gemälde in allen Größen. Als ich den Raum betrat, schlug mir ein ekelerregender Gestank entgegen. Möglicherweise haftete ihm noch der Verwesungsgeruch der Leiche an, die fast einen Monat lang unentdeckt hier gelegen hatte. Oder aber es hatte schon immer – auch als die Malerin noch gelebt hatte – so gerochen. Aber das machte jetzt auch keinen Unterschied mehr.

Eines Tages erlitt sie in ihrem Atelier einen Schlaganfall und konnte infolge von Lähmungserscheinungen nicht um Hilfe rufen. So war sie zwischen ihrem ganzen Gerümpel langsam verhungert oder verdurstet.

Ihre einzige Nahrung waren die Malfarben gewesen. Da sie ihre Fingerspitzen noch bewegen konnte, hatte sie die Tuben ertastet, sie mit den Zähnen geöffnet, die Farbe herausgesaugt und sich auf diese Weise noch einige Tage am Leben erhalten.

Als ein durch den Gestank und die Fliegen alarmierter Nachbar die Polizei einschaltete, war von ihrer Leiche fast nur noch das Skelett übrig. Auf den Hautfetzen, die um ihren Mund noch erhalten waren, hatten angeblich noch Farbreste geklebt. Am Ende wurde nie eindeutig geklärt, ob sie verhungert oder an den giftigen Substanzen in den Farben gestorben war.

Die Stelle, an der sie gelegen hatte, war sofort an dem modrig-feuchten menschlichen Umriss zu erkennen, der dort zurückgeblieben war. Glücklicherweise waren alle Farbtuben noch da, denn weder die Polizei noch die entfernten Verwandten, die die Formalitäten erledigt hatten, hatten sie mitgenommen.

Ich sammelte sie ein und sortierte sie wieder in ihre angestammten Fächer im Kasten ein.

Die Tuben hatten Bissspuren und rochen nach Speichel. Die Gier, mit der die Malerin noch den letzten Millimeter Farbe herauszusaugen versucht hatte, war darin eingraviert. Als ob die Götter mich für meine Rettungsaktion belohnen wollten, konnte ich alle 36 Farben einsammeln. Nicht eine fehlte. Soweit die Geschichte des Erinnerungsstücks Nummer E-416.«

Die Alte verstummte. Ich wartete, bis ich ganz sicher war, dass sie nicht mehr weitersprechen würde, und legte erst dann den Bleistift nieder.

Die Heftseiten waren eng beschrieben. Obwohl es meine eigene Schrift war, betrachtete ich die Seiten, als wären sie von anderer Hand geschrieben. An dem Winkel, in dem das Licht durch die Fenster fiel, erkannte ich, dass wir lange gebraucht hatten. Die Alte zog ein benutztes Taschentuch aus ihrer Rocktasche und hielt es sich an den Mund, um Schleim hineinzuspucken.

»Soll ich Ihnen ein kühles Getränk bringen lassen?«, fragte ich sie.

»Hören Sie auf, meine Zeit zu verschwenden!«, lehnte sie mein fürsorgliches Angebot in dem üblichen Tonfall ab, der sich deutlich von dem unterschied, in dem sie die Geschichte der Gegenstände erzählte.

Der Holzkasten mit den 36 Farbtuben lag noch auf dem Tisch. Aber die Verbindung, die gerade noch zwischen ihnen und der Alten bestanden hatte, war abgerissen. Sowohl die Alte als auch die Farbtuben schienen sich auf ihre jeweils eigene Weise von der Anstrengung zu erholen.

»Das Nächste!«

Scharf gellte ihre Stimme durch die Galerie. Möglichst behutsam, um die Tuben nicht zu stören, schloss ich den Deckel des Kastens, glättete das Etikett und packte ihn wieder in seinen Beutel.

# 8

Anfang Juli wurde das Mädchen aus dem Krankenhaus entlassen, und die Alte veranstaltete zur Feier der Genesung ein Bankett.

Wie mir die Haushälterin erzählte, hatte das letzte Festessen dieser Art – lange vor der Adoption des Mädchens – zum 50. Todestag der Mutter der Alten stattgefunden. Sogar Verwandte seien eingeladen gewesen. Diesmal war es vielleicht etwas übertrieben, von einem Bankett zu sprechen, da das Gärtnerehepaar und ich die einzigen Gäste waren. Überdies mussten wir den Speisesaal selbst herrichten, damit wir überhaupt darin essen konnten. Die Haushälterin putzte den völlig verstaubten Raum und polierte einen Satz Silberbesteck, während der Gärtner und ich den defekten Kronleuchter reparierten.

Etwas feiner angezogen als sonst versammelten wir uns dann eines Abends im Speisesaal. Der Gärtner trug ausnahmsweise eine Krawatte, und seine Frau hatte sich eine Seidenblume angesteckt. Selbst die Alte hatte sich anstelle ihrer Wollmütze einen Seidenschal um den Kopf gebunden.

Das Mädchen, die Hauptperson des Abends, sah etwas seltsam aus, da es das Innere seines weißen Kleides nach außen gewendet trug.

Besonders überrascht war ich davon allerdings nicht. Die Erfahrung hatte mich gelehrt, dass alles Merkwürdige und Unerwartete stets auf Anweisung des Almanachs geschah.

»Wer von einer schweren Krankheit oder Verletzung genesen ist, der muss seine Kleidung bis zum nächsten Vollmond verkehrt herum tragen.« Erwartungsgemäß trug die Alte auch gleich den entsprechenden Kalenderspruch vor.

»Wer sich nicht an diese Regel hält, den entführen die Dämonen in die andere Welt. Trägt jemand aber seine Kleidung verkehrt herum, meinen sie, er wäre schon in der anderen Welt und nicht in dieser. Auf diese Weise kann man sie täuschen.«

Das Gärtnerehepaar nickte scheinbar beeindruckt, und das Mädchen überprüfte mehrmals, ob die Knöpfe, die ja von innen schwer zuzumachen waren, nicht aufgegangen waren.

Für das Bankett waren ein Koch und ein Kellner aus einem Dorfgasthof engagiert. Es gab ein komplettes Menü mit mehreren Gängen. Die Gerichte waren zwar nicht besonders raffiniert, hatten aber einen soliden und herzhaften Geschmack.

»Auf gute Genesung!« Wir prosteten uns zu.

Die Alte nickte überheblich, und das Mädchen bedankte sich leise und etwas verlegen.

Auf ihrer linken Wange war eine sternförmige Narbe zurückgeblieben. Alle anderen Wunden an ihrem Körper waren glatt verheilt. Die Narbe auf der Wange rührte von einem tief ins Fleisch eingedrungenen Glassplitter, der sich nicht entfernen ließ. Sie hatte die Form eines mit dem Lineal gezeichneten Sterns mit fünf exakt gleich langen Zacken. Dieser Stern wirkte auf mich wie eine in ihre weiche weiße Wange gravierte Offenbarung des Himmels. Wer das Mädchen mochte, konnte nicht anders, als die Narbe zu streicheln, um zu versuchen, einen verborgenen Sinn darin zu erspüren. Dabei blieb stets ein Gefühl der Wärme in der Hand zurück.

Das Mädchen war etwas schmaler geworden, zeigte aber guten Appetit und wirkte heiter. Lebhaft gestikulierend erzählte es von interessanten Patienten und Ärzten, die es im Krankenhaus kennengelernt hatte, wobei es darauf achtete, dass niemand in der Runde sich langweilte. Gleichzeitig umsorgte es die Alte, wischte ihre Suppe, wenn sie kleckerte, mit der Serviette ab oder schnitt ihr beim Hauptgericht das Fleisch in mundgerechte Stücke.

Die Alte redete kaum. Sooft ein neues Gericht serviert wurde, starrte sie mit einem argwöhnischen Blick darauf und stocherte mit ihrer Gabel darin, als wäre es vergiftet. Erst dann schob sie sich einen kleinen, schon fast erkalteten Bissen in den Mund. Ehe sie einen Happen herunterschluckte, kaute sie angestrengt und ausführlich mit ihrem schlecht sitzenden Gebiss darauf herum.

Der Gärtner und ich genehmigten uns mehrere Gläser Wein, und ab und zu ertönte das fröhliche Lachen der Haushälterin. Hinter einer Säule wartete diskret der Kellner, um rechtzeitig zur Stelle zu sein, wenn Teller abgeräumt werden konnten oder Wasser nachzuschenken war. Mit fortschreitender Dunkelheit versank die Landschaft vor den Fenstern, bis selbst bei angestrengtem Spähen weder die Umrisse des Wäldchens noch eine einzige Blume auszumachen waren.

Zum ersten Mal seit meiner Ankunft im Dorf wurde mir bewusst, was für einen langen Weg ich inzwischen hinter mir hatte. Ich lebte an einem fernen Ort, von dem ich nie geträumt hätte – früher, als ich die verschiedensten Museen betreute, mich mit Magazinen und Dokumenten herumplagte und über möglichst wirkungsvolle Ausstellungskonzepte nachdachte.

Die riesige, von Stille erfüllte Villa war von dichter Finsternis umgeben. Wir drängten uns eng aneinander wie eine Schar winziger Sterne am äußersten Rand des Himmels. Ich hatte keine Vorstellung von dem, was sich dort draußen in der Finsternis verbergen mochte, aber ich fürchtete mich auch nicht. Durch unsere Leidenschaft für die Erinnerungsstücke waren wir unzertrennlich miteinander verbunden. Solange die Suche nach Erinnerungsstücken und ihre Bewahrung unser gemeinsames Ziel war, würde keiner von uns über den Rand stürzen oder von der Finsternis verschluckt werden. Das wusste ich.

Als der Kellner die Krümel vom Tisch fegte und die Dessertschalen verteilte, begann der Kronleuchter zu flackern. Die Gabel noch in der Hand, schauten wir nach oben, bis er mit einem Aufblitzen endgültig erlosch.

»Ich habe es geahnt ...«, murmelte der Gärtner. Seine Frau holte ein paar Kerzen und einen Leuchter aus dem Schrank, stellte ihn in die Mitte des Tisches und zündete die Kerzen an.

Ihr schwaches Licht flackerte. Ich hatte das Gefühl, wir rückten umso enger zusammen, je mehr sich die Dunkelheit um uns herum ausbreitete. Fünf Schatten huschten einander berührend oder überlappend über die Tischdecke.

Zum Dessert wurden verschiedene Früchte – Pfirsiche, Feigen, Trauben und Mispeln – in einem süßen, zähflüssigen Sirup serviert. Alle rührten langsam mit dem Löffel darin herum.

Obwohl das Mädchen sein Kleid verkehrt herum trug, sah es nicht minder hübsch aus. Seine Gliedmaßen waren noch ebenso geschmeidig, seine Augen so leuchtend und seine Ohren so mädchenhaft zierlich, dass sie mühelos in die Maueröffnungen gepasst hätten, wie bei unserer ersten Begegnung.

»Wir müssen dankbar sein«, sagte die Alte, während sie auf die Champagnerperlen in ihrem Glas starrte. »Wir sollten die Explosion nicht verfluchen. Denn nichts auf dieser Welt geschieht ohne einen Sinn. Alles hat seine Gründe, seine Bedeutung und seinen Wert, wie es auch bei jedem einzelnen Erinnerungsstück der Fall ist.«

Sie erhob ihr Glas, so hoch sie konnte. Noch einmal prosteten wir uns zu.

Gleich als Erstes nach seiner Entlassung ging das Mädchen mit mir das Zierei für meinen Bruder kaufen. Das Atelier am Eingang der Ladenpassage war einschließlich Schaufenster und Drehtür vollkommen renoviert. Obwohl die Auswahl noch kümmerlich war und das Schaufenster leer wirkte, schaute das Mädchen sich in jedem Winkel genau um und nahm jedes Ei in die Hand, um es eingehend zu betrachten.

Ich saß auf einem Stuhl neben der Kasse und beobachtete sie. Mir gefiel, wie vorsichtig sie mit fragilen Dingen umging. Ob es ein verziertes Ei war, ein Erinnerungsstück oder die Alte, ihre zarten Finger behandelten alles behutsam und fürsorglich, sodass es keinen Schaden nahm. Ihre Art, die geschnitzten Eier zu berühren, erweckte in mir den Wunsch, auf ebensolche Art in die Arme genommen zu werden …

Sie entschied sich für ein leicht cremefarbenes, fein gearbeitetes Ei mit Metallhäkchen und einem Ständer in Form von Katzenpfoten. Zog man an einem kleinen Knopf in der Mitte, öffnete sich die Schale wie eine Tür, und ein Engel trat heraus, der seine Augen halb geschlossen hielt und gerade im Begriff schien, die Flügel auszubreiten. Er hatte große Ähnlichkeit mit der Gravur auf meinem Zierei.

Ich wickelte das Ei in mehrere Watteschichten und bettete es in einer Schachtel auf ein Stückchen Samt. Zur Sicherheit legte ich noch einen Schwamm dazu. Ich fügte eine Grußkarte hinzu und trug es behutsam mit beiden Händen vor mir her zur Post.

Die Jahreszeit änderte sich, und der Sommer kam. Der Wind fühlte sich anders an, alles war von blendender Helligkeit erfüllt, und die Wiesen dufteten stark nach frischem Grün. Die kleinen Waldtiere trugen ihr Sommerfell, und die Bauern waren mit der Heuernte beschäftigt. Hin und wieder fiel ein sanfter Regen, sodass an manchen Tagen die Bergkämme im Dunst lagen, doch der Hitze, die der Himmel abstrahlte, tat das keinen Abbruch. Der Sommer war da, und nichts konnte ihm mehr etwas anhaben.

Das Mädchen war damit beschäftigt, die Geschichten, die die Alte mir diktierte, ins Reine zu schreiben. An den Vormittagen, wenn die Alte und ich uns in der Villa irgendwohin zurückgezogen hatten, um unsere Aufzeichnungen zu machen, ruhte sie sich in ihrem Zimmer aus. Am Nachmittag erschien sie dann im ehemaligen Billardsalon.

»Du darfst dich nicht überanstrengen«, sagte ich besorgt.

»Aber ich möchte auch etwas zum Museum beitragen«, erwiderte sie gelassen. »Dadurch fühle ich mich besser.«

Sie griff nach dem Glasauge und dem Schreibmaschinenpapier, die ich erbeutet hatte, als sie noch im Krankenhaus lag, und schaute sich beides genau an.

Ihre Handschrift war für die Reinschrift der Dokumentation sehr gut geeignet. Nicht nur, weil sie so schön und gut leserlich war, sondern auch, weil sie den Fluss in der Stimme der Alten und die Atmosphäre, die zwischen der Alten und dem jeweiligen Erinnerungsstück herrschte, ausgezeichnet widerspiegelte. Zudem verlieh sie den Texten eine ganz eigene subtile Note, die zu einer Vervollkommnung beitrug.

Während ich an den Plänen für die Renovierung der Stallungen arbeitete oder Erinnerungsstücke reparierte, saß das Mädchen neben mir und schrieb die Aufzeichnungen ins Reine. Der ehemalige Billardtisch war so groß, dass wir auch bei beträchtlicher Unordnung genügend Platz fanden, zu zweit daran zu arbeiten.

Sie stellte sich immer ein Fässchen blaue Tinte bereit, platzierte mein Notizheft zu ihrer Linken und legte sich ein Blatt nummeriertes hochwertiges Schreibpapier zurecht. Für unsere Dokumentation hatten wir im Schreibwarengeschäft der verstorbenen Wahrsagerin das beste Papier bestellt. Als Erstes las sich das Mädchen die Seite, die es ins Reine schreiben wollte, einmal durch. Anschließend starrte sie eine Weile in die Luft, als wolle sie sich die Aura des Erinnerungsstücks vergegenwärtigen, und tauchte erst dann ihre Feder in die Tinte.

Hatte sie einmal angefangen, unterbrach sie ihren rhythmischen Schreibfluss nur, um ein neues Blatt zu beginnen oder die Feder in die Tinte zu tauchen. Ich versuchte, mich ganz auf meine Arbeit zu konzentrieren, aber es wollte mir nicht gelingen, ihre Gestalt völlig aus meinem Blickfeld zu verbannen.

»Geht das so?« Zögernd, um mich nicht bei der Arbeit zu stören, reichte sie mir ein voll beschriebenes Blatt.

»Ja, das ist sehr gut.«

Bei meinem Lob lächelte sie erleichtert und blies auf das Papier, damit die immer noch feuchte Tinte schneller trocknete.

Sooft ich diesen Lufthauch spürte, wurde mir klar, dass jedes der Erinnerungsstücke in unserem Museum in Sicherheit sein würde, solange dieser Ablauf eingehalten wurde. Ein Erinnerungsstück existierte, die Alte erzählte seine Geschichte, ich notierte sie, und das Mädchen schrieb sie ins Reine. Fiele bei diesem Prozess auch nur ein Arbeitsschritt aus, wäre er nicht mehr vollkommen. Die blauen Reihen mit den Schriftzeichen des Mädchens waren der Beleg dafür, dass wir einen vollständigen Zyklus durchlaufen und beendet hatten.

Das Schreiben war für das Mädchen offenbar anstrengender als gedacht, und ich achtete stets darauf, dass es sich nicht zu viel zumutete. Deshalb machten wir eines Tages etwas früher Schluss, und ich lud es zu einem Spaziergang ein. Ich war der Ansicht, dass es zu dieser schönen Jahreszeit etwas frische Luft schnappen und sich von den Strapazen erholen sollte.

Langsam zogen die Wolken über den Bergen dahin, und die Sonne stand hoch am Himmel. Wir durchquerten das das Anwesen umgebende Waldstück und gingen auf einem einsamen Wiesenweg in Richtung Norden. Überall blühten Vergissmeinnicht, und alle möglichen weißen, gelben und violetten Blumen sprenkelten die Wiese wie Farbtupfer eine Palette.

Die von der Sonne beschienenen Bäume warfen dunkle Schattenrisse auf die Erde, die wie aufgemalt aussahen und sich auch nicht regten, wenn der Wind durch die Bäume blies. Der Weg führte durch Buschwerk einen Hügel hinauf, über einen Bach und von dort weiter nach Norden. Überall zwitscherten die Vögel. Ich hatte das Gefühl, zum ersten Mal die Schönheit des Sommers zu erleben.

Immer wieder fragte ich das Mädchen, ob sie nicht müde sei, aber jedes Mal beschwichtigte sie meine Sorge.

Da es bis zum nächsten Vollmond noch eine Weile hin war, trug sie Rock und Bluse weiterhin verkehrt herum.

»Schade um das hübsche gestickte Häschen hier auf der Brust. So kommt es natürlich nicht zur Geltung.« Sie zeigte auf die linke Seite der Bluse, wo nichts weiter als ein Knäuel verworrener Fäden zu sehen war.

Im Schatten einer von Efeu umrankten, hohen alten Ulme machten wir Rast und ließen uns im weichen, dichten Gras zu ihren Füßen nieder. Hin und wieder vernahmen wir ein Flattern, das sich jedoch gleich wieder entfernte. Sonnenflecken, die durch das Laub fielen, tanzten über unsere Füße.

»Manchmal wundere ich mich«, sagte das Mädchen, »dass wir bei all den Erinnerungsstücken, die wir bisher gesammelt haben, niemals Schwierigkeiten bekommen haben.«

»Wie meinst du das?«, fragte ich.

»Wir haben sie schließlich gestohlen, oder? Trotzdem gab es bisher nicht eine Anzeige wegen Diebstahl oder zumindest eine polizeiliche Befragung. Anscheinend haben die Hinterbliebenen nie etwas gemerkt, obwohl jedes Mal etwas wirklich Wichtiges verschwunden ist.«

Sie streckte sich und legte sich ins Gras. Ein intensiver Duft nach Erde stieg auf. Kleine Insekten huschten aufgeschreckt herum und beeilten sich, wieder im schattigen Gras zu verschwinden.

»Wenn jemand gestorben ist, sind die Angehörigen meist ziemlich durcheinander und achten nicht auf Kleinigkeiten.«

»Vielleicht.«

»Außerdem haben die Gegenstände, die wir an uns nehmen, ja eigentlich keinen finanziellen Wert. Selbst wenn es jemandem auffällt, dass etwas fehlt, wird er nicht weiter darüber nachdenken und einfach vermuten, es sei in der ganzen Aufregung verloren gegangen.«

Offenbar nicht ganz überzeugt, murmelte sie: »Meinen Sie wirklich?«

Das Licht, das durch die Baumkronen fiel, rief ein beständiges Flimmern hervor, so als würde etwas Lebendiges mit den Flügeln schlagen. Das Mädchen legte die Arme unter den Kopf und schloss die Augen.

»Immerhin scheinen alle damit einverstanden zu sein«, fuhr sie fort. »Vielleicht beschwert sich keiner, weil unsere Wahl so exakt ist und wir genau den Kern der Sache treffen.«

»Die Wahl der Erinnerungsstücke?« Ich sah ihr ins Gesicht.

»Ja. Angenommen, es stirbt jemand. Aus welchem Grund auch immer, nach einer langen Krankheit oder durch einen plötzlichen Unfall. Dann passieren manchmal seltsame Dinge. Eine Katze, die der Verstorbene wie sein eigenes Kind geliebt hat, verschwindet, oder sein Wellensittich verhungert, weil er nicht mehr fressen will. Dann reden die Hinterbliebenen sich ein, sie wären dem oder der Verstorbenen in den Himmel gefolgt. Etwas Ähnliches reimen sich die Leute vielleicht auch zusammen, wenn sie entdecken, dass etwas, das gerade noch da war, abhandengekommen ist. Sie glauben, der Tote habe es mitgenommen.«

»Das macht den Erfolg unseres Unternehmens aus.«

»Ja. Aber die Erinnerungsstücke kommen ja in Wirklichkeit gar nicht in den Himmel. Im Gegenteil. Sie werden im Museum aufbewahrt, um ewig auf dieser Welt zu bleiben.«

»Genau so ist es«, antwortete ich.

Sie öffnete die Augen, blinzelte und richtete sich auf. Irgendwo in der Ferne läuteten Glocken. Ich streckte die Hand aus und bürstete Grashalme von ihrem Rücken und aus ihrem Haar.

Wir folgten weiter dem Weg durch die Wiesen. Die Bäume wurden dichter, und die Weizenfelder, die Scheunen, Bauernhöfe und Traktoren, die wir gerade noch durch die Äste hatten sehen können, waren verschwunden. Ein alter Baum, den der Blitz gespalten hatte, versperrte uns den Weg. Als wir darüberkletterten und nach oben schauten, roch es nach Wasser, und der Blick öffnete sich. Vor uns lag mitten im Schilf ein dunkelgrüner Sumpfsee.

»So weit bin ich noch nie gegangen«, sagte das Mädchen.

»Aha, es gibt also hier einige Orte, die nicht einmal du kennst.«

Ich probierte aus, ob der Boden fest war, damit ich nicht ins Wasser rutschte.

»Ehrlich gesagt, hat Mutter mir verboten, nach Norden zu gehen. Es sei zu gefährlich, weil der Wald hier immer dichter wird und die Luft aus einer anderen Richtung kommt.«

Sie griff nach einer Ranke, die von einem Baum herunterhing.

Nach der dunklen Farbe des Wassers zu urteilen, musste der Sumpf sehr tief sein. Das dunkelgrüne Wasser wirkte so zähflüssig, als würde es an den Fingern haften, falls man hineinfasste. Wasserpflanzen schlangen sich um die Schilfrohre, und in der Mitte des Sees blühten Seerosen. Zwischen ihnen und der Wasseroberfläche huschten schlanke Libellen mit schwarz gefleckten Flügeln hin und her.

»Hätten Sie vielleicht Lust, mich zu begleiten?«, fragte plötzlich eine Stimme in unserer unmittelbaren Nähe. Überrascht sahen wir uns an. Der kindliche Tonfall und die höfliche Ausdrucksweise schienen irgendwie nicht zueinander zu passen.

»Nur keine Hemmungen. Ich bin gerade auf dem Weg zurück zum Kloster.«

Hinter einer Buche erschien ein Junge von gerade einmal fünfzehn oder sechzehn Jahren. Er trug ein neues weißes Büffelfell.

Das Boot war derart morsch, dass ich mich fragte, ob Wasser durch die Fugen der Bodenplanken dringen würde. Aber der Junge war ein guter Ruderer, und die kräftigen Bugwellen, mit denen das Boot das Wasser teilte, breiteten sich über den ganzen See aus. Wenn die Ruder ins Wasser tauchten, neigten sich die Seerosen und die Libellen flogen dicht über der Oberfläche davon.

»Können wir denn einfach so unangemeldet bei Ihnen einfallen?«

Die Einladung des Jungen war so entwaffnend gewesen, dass wir spontan zu ihm ins Boot gestiegen waren, aber nun kamen mir doch Bedenken.

»Aber sicher. Kein Problem«, antwortete er freundlich. »Unser Kloster steht immer offen, und jeder kann ungehindert bei uns ein und aus gehen. Der Krämer, der Apotheker, der Messerschleifer, der Tierarzt, der Ziegelbrenner, Reisende, Beamte – die verschiedensten Menschen suchen uns wegen aller möglichen Belange auf. Meine Aufgabe besteht darin, sie mit dem Boot abzuholen.«

Der Junge war klein und schmächtig, sein Kiefer, der Hals und die Schultern waren noch nicht ausgewachsen. Das Büffelfell war eindeutig zu groß für ihn, sodass er die Ärmel, die ihm bis über die Fingerspitzen reichten, jedes Mal wieder hochziehen musste, wenn er die Ruder neu fasste. Aber seine Augen, die eine doppelte Lidfalte und große schwarze Pupillen hatten, blickten uns ohne Scheu an, und die Entschiedenheit seiner Gesichtszüge ließ auf Intelligenz schließen. Das frische Fell, das so ganz anders war als das, das ich als Erinnerungsstück ergattert hatte, roch noch nach Tier und unterstrich dadurch seine Unverdorbenheit und Jugend.

»Gibt es keinen anderen Weg zum Kloster als über den See?«, fragte das Mädchen und starrte auf die Wasseroberfläche.

»Es gibt einen Ziegenpfad, aber das bedeutet einen Umweg von einer Stunde. Am kürzesten ist es, über den See zu fahren. Natürlich nehmen ein paar von den Mönchen immer den Waldweg, auch als eine Art Askeseübung.«

Es beeindruckte mich, wie unbefangen der Junge auf die seltsame Aufmachung und die Narbe auf der Wange des Mädchens reagierte. Er schien ihr Äußeres als Gegebenheit zu akzeptieren und zeigte sich weder nervös noch betont gleichgültig.

Durch den Boden des Boots konnte man die Kälte des Wassers spüren. Der See wirkte viel größer als vom Ufer aus betrachtet. Ungefähr in der Mitte verjüngte er sich, beschrieb einen großen sanften Bogen nach links, um sich von dort wieder zu einem Oval auszubreiten. Geschickt steuerte der Junge das Boot durch im Wasser treibendes Holz und Kolonien von Wasserpflanzen. Das Schlagen der Ruder klang angenehm.

»Darf ich dich etwas fragen?«, sagte das Mädchen. »Wieso darfst du sprechen, obwohl du ein Verkünder des Schweigens bist?«

Er lachte sympathisch, als ob er sagen wollte, »wenn's weiter nichts ist …«

»Ich bin noch Novize.«

»Wirst du irgendwann schweigen müssen?«

»Ja. Irgendwann. Bald«, antwortete der Junge.

Wir verließen das Boot und stiegen einen steilen Hügel zum Kloster hinauf. Es war ein robuster, aber unausgewogener Bau, ein steinerner Kasten, den man offenbar ohne große Umstände dorthin gesetzt hatte. Einzig der von Fenstern durchbrochene runde Glockenturm setzte einen Akzent und sorgte zugleich für etwas Ausgewogenheit.

Der freundliche Novize führte uns im Kloster herum, da er, wie er sagte, bis zum Abend, wenn er die älteren Mönche von der Arbeit abholen musste, nichts zu tun habe. Hinter dem Eingangstor kamen wir gleich in einen ziemlich großen Hof. Außer ein paar Laubbäumen und Blumen wie Disteln und Klatschmohn war er schmucklos. In seiner Mitte stand ein Brunnen aus Backstein, an dem ein Mönch sich die Füße wusch.

Der Kreuzgang hatte gewölbte Decken, und seine steinernen Säulen warfen Schatten in unterschiedlichen Formen. Hier und da standen Bänke, auf denen Mönche saßen. Einer las, ein anderer flickte, während ein dritter ins Gebet vertieft schien. Doch ganz gleich, womit sich die Mönche beschäftigten, über allem herrschte nur eins: Schweigen.

Wir nahmen den Jungen in die Mitte und gingen durch den Kreuzgang. Da er barfuß war, schritt er beinahe geräuschlos dahin; nur das leise Rascheln, mit dem der Saum des Fells den Boden streifte, war zu vernehmen. Dagegen klangen die Tritte unserer Schuhe besonders laut, sodass ich mich beunruhigt fragte, ob wir nicht zu viel störendes Getöse verursachten.

»Der Kreuzgang ist für die Mönche so etwas wie ein Wohnzimmer. Hier spült man sich den Mund, rasiert sich, meditiert oder hält innere Einkehr. Er ist ihr bevorzugter Aufenthaltsort, sozusagen ihr von der Tugend bewachtes himmlisches Lager«, erklärte der Junge, ohne seine Stimme zu dämpfen, in der gleichen Lautstärke wie auf dem See. Sooft einer der Mönche uns bemerkte, nickte er leicht, ohne eine Miene zu verziehen, und kehrte sogleich wieder in seine eigene Welt zurück.

»Ist es nicht verboten, im Kloster zu sprechen?«, fragte ich.

»Nein, keineswegs. Besucher oder Novizen wie ich dürfen selbstverständlich sprechen. Die Brüder befolgen das Gebot zu schweigen, jedoch nicht das Verbot zu sprechen. Das Schweigen existiert nicht außerhalb von uns, sondern muss in uns ruhen.«

Das Mädchen starrte mit angehaltenem Atem in den Kreuzgang. Die Türen, die sich dort in regelmäßigen Abständen aneinanderreihten, waren ausnahmslos geschlossen. Matt schimmerten die abgegriffenen, speckigen Türknäufe. Der Mönch am Brunnen hatte seine Füße immer noch in der Waschschüssel und rieb hingebungsvoll seine zehn Zehen. Tropfendes Wasser und Bienengesumm waren zu hören.

Eine ähnliche Stille, wie ich sie gespürt hatte, als ich dem verstorbenen Mönch den Fellumhang auszog, erfüllte die Luft. Ich empfand sie sogar als vertraut. Doch diese Stille war noch dichter, und ich hatte fast das Gefühl, sie mit Händen greifen zu können. Jede Säule, jeder Kiesel atmete Stille, ich brauchte sie nur zu berühren.

Das Kloster war größer, als ich vermutet hatte. Zahlreiche Zellen reihten sich aneinander, und es gab einen Gemüsegarten, einen Kräutergarten, eine Getreidekammer, eine Mühle und sogar einen Fischteich. Überall sah man Mönche, die entweder arbeiteten oder für sich in einem Winkel eines Gemeinschaftsraumes oder hinter einem Schuppen standen. Offenbar besaßen sie die Fähigkeit, an jedem beliebigen Ort Versenkung zu üben.

»Wie verständigen sich die Mönche eigentlich untereinander? Benutzen sie eine besondere Zeichensprache?«

Das Mädchen achtete beim Sprechen darauf, dass seine Stimme nicht von den Mauern widerhallte. Unversehens fiel ein kühler Schatten auf seine von der Sonne geröteten Wangen.

»Nein, es gibt keine bestimmten Zeichen. Meistens verständigen sie sich durch Blicke oder Handbewegungen, mehr nicht. Da die Arbeiten hier einfacher Natur sind und auf althergebrachte Weise erledigt werden, ist es nicht nötig, Informationen zu übermitteln. Wir bauen

Gemüse an, kochen, nähen Fellumhänge und machen unsere Betten. Das ist alles. Im Kloster existieren keine Diskussionen, keine Vorschläge oder irgendwelche Verhandlungen.«

Höflich beantwortete der Junge alle ihre Fragen.

»Es stört also niemanden besonders, nicht sprechen zu dürfen.«

»Nein. Dieser Ort hier ist so organisiert, dass auch ohne Worte alles gut funktioniert.«

Wie um sich vor dem Lärm der Welt zu schützen und die Stille darin rein zu halten, hatte jede Zelle eine hohe Decke und nur ein winziges Fenster. In der Kapelle waren einige Mönche ins Gebet vertieft, in der Bibliothek heftete ein betagter Mönch alte Bücher neu, und in der Küche enthülste ein jüngerer Bruder Erbsen.

Alle sahen einander so ähnlich, dass man sie kaum auseinanderhalten konnte. Das mochte auch daran liegen, dass all die Merkmale, die einen Körper auszeichnen, von dem Fell verdeckt waren. Jedes Fell hingegen war individuell. Die Länge der Haare, die Farbe, die angeschmutzten Stellen und der Schnitt des Saumes waren unterschiedlich. Als wären die Felle die wahre Haut der Mönche.

An einem kahlen Felsen am Ende des Gartens stand eine bemooste Hütte.

»Das ist das Eishaus«, erklärte der Junge und deutete mit dem Finger darauf. »In seinem Keller lagern wir Eis, das sich im Winter auf dem See gebildet hat.«

»Friert er zu?«, fragte ich.

»Ja. Nicht jedes Jahr, aber ungefähr alle drei oder vier Jahre einmal.«

Die Hütte diente auch als Vorratskammer, und auf den Einbauregalen lagerten Speck, geräucherte Regenbogenforellen und Eier. Als ich die Hütte betrat, war es darin so kalt, dass ich beinahe aufgeschrien hätte. Der Boden bestand aus einem Gitter, um die Kälte aus dem Keller nutzbar zu machen, und es ging sich sehr unbequem darauf.

»Hier geht es in den Keller. Er ist nicht sonderlich interessant, aber vielleicht möchten Sie ihn trotzdem besichtigen?«

Der Junge hob eine Fußmatte aus geflochtenem Hanf an. Darunter befand sich eine Leiter, die nach unten führte.

»Ja, sehr gerne«, antwortete das Mädchen.

Es dauerte einen Moment, bis meine Augen sich an die Dunkelheit gewöhnt hatten, und erst allmählich tauchten die Eisblöcke auf, die dicht nebeneinander auf dem Boden lagerten. Ich konnte nicht einschätzen, wie lange sie bereits dort lagen, aber sie waren alle gleich groß und strahlten Kälte aus.

»Es riecht hier nach dem See.«

Wahrscheinlich weil ihr kalt war oder sie sich vor der Dunkelheit fürchtete, hielt sie sich dicht neben mir.

Nicht nur der Geruch erinnerte an den See. Das Eis hatte auch die gleiche dunkelgrüne Farbe wie er – undurchsichtig und unergründlich. Bei näherem Hinsehen erkannte ich, dass Wasserpflanzen, tote Zweige und Blätter in dem Eis eingeschlossen waren. Irgendein Teilchen, ein dünnes Etwas wie ein Fossil aus dem Paläozän war auch darin eingefroren. Ein Libellenflügel.

Zufällig fiel mein Blick auf eine kleine hölzerne Bank an der Wand. Offensichtlich war sie schon lange in Gebrauch, denn sie war fast schwarz und so abgewetzt, dass die Holzmaserung längst verschwunden war. In der Mitte hatte sie eine Vertiefung vom Gewicht zahlloser Knie.

»Was ist das?« Ich deutete mit dem Finger darauf.

»Ein Beichtschemel«, antwortete der Junge. »Die Hütte dient auch als Bußkammer. Ein Mönch, der gegen das Schweigegelübde verstoßen hat, muss hier niederknien, den Kopf senken und seine Zunge auf das Eis legen. So bestraft man die ungehorsame Zunge, und die Worte, die versehentlich gesprochen wurden, werden im Eis eingeschlossen.«

Der Junge streckte den Arm aus und fuhr mit der Hand über das Eis.

»Hier ist eine Vertiefung, sehen Sie? Erst kürzlich war jemand hier. Das Eis ist von der Wärme der Zunge ein wenig geschmolzen. Hier klebt auch noch ein Stück Haut von der Zunge. Schauen Sie …«

Er kratzte mit dem Fingernagel an der Eisoberfläche, und ein Stückchen dünne Haut von der Zunge fiel zu Boden und zersplitterte.

Es schlug fünf Uhr. Gleichzeitig hoben das Mädchen und ich den Kopf und schauten auf die Spitze des Glockenturms, die durch das Dachfenster sichtbar war. So aus unmittelbarer Nähe klang das Läuten unerwartet derb. Endlos schien sein Nachhall über unseren Köpfen zu kreisen.

Auf dem Rückweg zum See sahen wir im Geröll des Berghangs die weißen Bergbüffel. Lebende Büffel. Sie standen in lockeren Grüppchen von fünf oder sechs Tieren zusammen und fraßen mit gesenkten Köpfen das Gras in den Felsspalten.

Erst jetzt wurde mir richtig bewusst, dass das Fell ja eigentlich nicht den Mönchen, sondern den Büffeln gehörte.

Irgendwann hatte ich angefangen zu glauben, das Fell sei ein den Mönchen angeborenes körperliches Merkmal. Deshalb hatte ich in meiner Erinnerung das Gefühl, den Mönch, dem ich das Fell gestohlen hatte, nicht ausgezogen, sondern gehäutet zu haben.

Tatsächlich hatten die Bergbüffel große Ähnlichkeit mit den Mönchen, denen ich gerade im Kloster begegnet war. Wie die Mönche zogen sich auch die einzelnen Büffel völlig in sich zurück und zeigten weder Misstrauen noch Interesse an den Menschen. Sie brüllten nicht, stießen nicht mit den Hörnern und drängten sich auch nicht aneinander oder sabberten. Hin und wieder bewegten sie nur kraftlos die im Vergleich zu ihrem riesigen Körper lächerlich kleinen Schwänze.

Die weißen Bergbüffel waren einfach zu massig. Zu schwerfällig und grob.

Ungeschlacht ragten ihre Hüftknochen unter dem

Fell hervor, ihre Bäuche hingen bis auf den Boden, und auf dem Rücken hatten sie einen unförmigen Buckel, aus dessen Ansatz der kantige dreieckige Kopf hervorzuwachsen schien. Ihre Gesichter waren von zottigen Haaren bedeckt und kaum sichtbar. An den Seiten lugten scheinbar nutzlose kleine Ohren hervor, daneben wuchsen geschwungene Hörner.

Ehe wir in den Pfad einbogen, der zum See führte, wandte ich mich noch einmal zum Hügel um. Die Büffel grasten unverändert weiter. Die Hufe fest in den felsigen Grund gestemmt, blickten sie stur zu Boden. Still und mit hängendem Kopf standen sie da, als wäre ihnen der Buckel zu schwer. Diese Geschöpfe schienen durch einen Ausrutscher Gottes auf die Welt gekommen zu sein.

# 9

Seit meiner Ankunft im Dorf kamen mir manchmal Erinnerungen an die Museen, in denen ich früher gearbeitet hatte. Damals war es mir zur Gewohnheit geworden, nach Feierabend, wenn die letzten Besucher gegangen waren und mich nur das Schlüsselgeklapper des Wachmanns begleitete, durch die Ausstellungsräume zu schlendern.

Die Strahler in den Vitrinen sind ausgeschaltet, nur die Notbeleuchtung in den Gängen gibt ein gedämpftes Licht ab. Die Studentin, die am Empfang aushilft, ist bereits durch den Hintereingang nach Hause gegangen. Aber die Kuratoren machen Überstunden im Büro.

»Kann ich noch etwas für Sie tun?«, fragt mich der Wachmann.

»Nein, danke. Ich möchte nur noch rasch etwas gucken«, schwindle ich.

Die Exponate habe ich restauriert und angeordnet. Römische Münzen, Reliquien aus dem europäischen Mittelalter und Gefäße, die einer frühen chinesischen Dynastie als Grabbeigaben gedient hatten. Oder das Skelett des Naumann'schen Elefanten, Präparate von Giftpflanzen, die Mumie einer geopferten Jungfrau. Sie alle fügen sich der von mir konzipierten Ordnung.

Ich hebe den Abschnitt einer Eintrittskarte auf, den jemand verloren hat, und sehe nach, ob nicht irgendein Witzbold das Schild »Bitte nicht berühren / Please Do Not Touch Exhibits« bekritzelt hat. Ich vergewissere mich zum x-tenmal, ob die Sonderausstellung sich gut mit den anderen Abteilungen verträgt. Mit leiser Stimme lese ich mir die Informationstafeln, die ich fast auswendig kenne, noch einmal vor.

Nach getaner Arbeit haben die Exponate ein anderes Erscheinungsbild als tagsüber. Sie ruhen ihre von den Blicken der Besucher erschöpften Körper aus und geben sich bis zum nächsten Morgen der Erinnerung an die vergangenen Zeiten hin, in denen sie wirklich gelebt haben. Dabei scheint ihre kontemplative Aura sich noch zu verdichten.

Natürlich ist mir bewusst, dass die Objekte in einem Museum, sei es auch noch so groß, nicht mehr sind als eine bescheidene Ansammlung von Fragmenten der Welt. Aber ist es denn verwerflich, wenn ich ein wenig stolz darauf bin, diesen Fragmenten eine Ordnung verliehen zu haben? Immerhin war ich es, der sie dem Chaos entrissen und ihnen einen Sinn zurückgegeben hat, der längst in Vergessenheit geraten war. Deshalb finde ich, dass ich es verdient habe, mich nach Feierabend für einige kurze Augenblicke der Illusion hinzugeben, eine Miniaturausgabe der Welt in der Hand zu haben.

Als ich dem Wachmann sage, dass ich den Hauptschalter ausmachen werde, rasselt er mit seinem Schlüsselbund, bedankt sich und verlässt ohne jedes Bedauern den Ausstellungsraum.

Ich gestatte mir noch einen Rundgang durch meine Welt auf der mit Pfeilen ausgezeichneten Route.

Es gibt aber auch Dinge, an die ich nicht gerne denke. Am meisten bedrückt es mich, wenn Ausstellungsstücke entsorgt werden müssen. Wenngleich sie der Leib und die Seele eines Museums sind, fallen immer wieder einige von ihnen aufgrund verschiedener Umstände der Beseitigung anheim.

Diese Vernichtung ist derart grausam und herzzerreißend, dass einem Museumsliebhaber, der zufällig Zeuge wird, seine Neigung vergehen könnte. Natürlich wird die Entscheidung, von welchen Exponaten man sich trennen muss, sehr sorgsam diskutiert. Nur Gegenstände, die keine andere Wahl lassen, sind betroffen, und der Ort, an dem sie beseitigt werden, bleibt streng geheim.

Das tröstet mich freilich nicht im Geringsten, denn es ändert nichts an der Tatsache, dass mit viel Mühe erworbene Teile einer Sammlung verloren gehen. Musste eine solche Entscheidung getroffen werden, saß ich immer nur schlecht gelaunt und stumm dabei, war unruhig und fühlte mich fehl am Platz.

Pflanzenpräparate, die nicht mehr restauriert werden können, kommen in einen Schredder. Ein Sockel der Akropolis, der bei dem Versuch, einen Abguss davon zu machen, gesplittert war, wird mit dem Hammer zertrümmert. Und ein Diorama über das Leben der Bienen wird verbrannt, weil es allzu gewöhnlich ist.

Diesen Ausstellungsstücken erweist man ebenso wenig eine letzte Ehre wie den Versuchstieren, die für die Entwicklung neuer Medikamente geopfert werden. Ihnen gönnt man weder Blumen noch Gebete.

Während ein Neuling im Kuratorium die Gegenstände mechanisch Stück für Stück beseitigen muss, trägt ein anderer junger Mitarbeiter die notwendigen Daten in ein Formular auf einem Klemmbrett ein. Dieser Vorgang dient allerdings keineswegs dazu, das Andenken der vernichteten Objekte zu bewahren, sondern der Kontrolle, ob die Beseitigung den Bestimmungen des Museums entsprechend ordnungsgemäß durchgeführt wurde.

Ich stehe etwas abseits und verabschiede mich von den Dingen, während meine Blicke noch lange den zersplitternden Scherben und der wirbelnden Asche folgen. Sie hätten es gewiss verdient, zu Fragmenten einer neuen Welt zu werden, und sei es auch nur an einem verlassenen fernen Ort.

Unsere Dokumentationsarbeit nahm an jenem Tag mehr Zeit in Anspruch als geplant. Die Zusammensetzung der Erinnerungsstücke, die ich für diesen Tag vorgesehen hatte, war offensichtlich schlecht gewählt.

Einige hatten einen allzu banalen Hintergrund, während andere eine verzwickte Geschichte erzählten, aus deren endlosen Windungen es kein Entrinnen zu geben schien. Eigentlich gehörte es zu meinen Aufgaben, ein ausgewogenes Pensum zusammenzustellen.

Die Alte machte mir jedoch keine Vorhaltungen. Allerdings konnte sie den Schleim, der sich in ihrem Hals sammelte, nicht regelmäßig ausspucken, da sie mehr sprechen musste als sonst, und sie bekam einen bösen Hustenanfall. Ich rückte näher an sie heran und strich ihr über den Rücken.

Mir fiel auf, dass ich sie zum ersten Mal berührte. Dabei nahm ich ihren geringen Körperumfang stärker wahr, als wenn ich sie nur ansah. Durch ihre Kleidung konnte ich jeden einzelnen Wirbel ihres Rückgrats unter meinen Fingern spüren. Dort, wo ihr Ohrenansatz unter der Wollmütze hervorschaute und den Falten von Wangen und Hals begegnete, warf sich ein kompliziertes Faltengebirge auf, in dessen Schluchten sich Schmutz abgelagert hatte. Schließlich würgte die Alte eine große Menge Auswurf in ihr Taschentuch.

Mit der Zeit wurde mir klar, dass ihre Erschöpfung zunahm, je größer der Raum war, in dem wir arbeiteten. In einem kleinen Raum war die Verbindung zwischen der Alten und dem Erinnerungsstück deutlicher, während sie sich in einem großen Raum stärker auf den Gegenstand konzentrieren musste, damit seine Signale sich nicht in entlegene Ecken verflüchtigten.

An dem Tag arbeiteten wir im Ballsaal. Seine Decke war zwei Stockwerke hoch und der ganze Raum so riesig, dass mindestens hundert Leute darin tanzen konnten. Der Boden war – wahrscheinlich von den Absätzen der Tänzer – völlig zerkratzt, und die Farbe blätterte von den Wänden. Im ganzen Saal waren nur die winzige alte Frau, die Erinnerungsstücke und ich.

Freilich bestimmte die Alte den Raum immer selbst. Ich hatte dabei nichts mitzureden. Unklar war, ob es dabei irgendwelchen Regeln oder Notwendigkeiten zu gehorchen galt, ob wir schon alle Räume benutzt hatten und unsere zweite Runde drehten, oder ob es noch Räume gab, die wir nicht benutzt hatten.

Tatsache war, dass unsere Sitzungen über das gesamte Gebäude verteilt stattfanden und mir nichts anderes übrig blieb, als mit der Alten durch die ganze Villa zu ziehen.

»Sie hatten versprochen, mir heute die Baupläne für das Museum und die Kostenvoranschläge zu zeigen. Los, machen Sie schon, wir haben keine Zeit zu verlieren.«

Unwirsch stieß sie meine Hand beiseite, zerknüllte das Taschentuch mit ihrem Auswurf und stopfte es sich in die Rocktasche.

»Ja, sofort, verzeihen Sie.« Hastig breitete ich die mitgebrachten Papiere auf dem Tisch aus.

»Also, es gibt einige verbesserungsbedürftige Punkte, und ich habe die Pläne etwas geändert, nachdem ich den Besucherrundgang noch einmal überprüft habe. Ich würde den Abstellraum an der Ostseite gerne in einen Ruheraum mit Sesseln umwandeln, dann hätten wir noch einen außerhalb der Eingangshalle. Das würde dem Rundgang einen Akzent verleihen und auch dem Problem einer Ermüdung der Besucher vorbeugen.«

»Wieso sollte jemand im Museum müde werden? Das ist doch keine Schwerstarbeit.«

Sie baumelte mit ihren Beinen, die nicht einmal bis auf den Boden reichten.

»Nur an der zurückgelegten Strecke gemessen, verbrauchen die Besucher tatsächlich nicht viel Energie. Aber ein Museum verlangt ihnen eine besondere Konzentration ab, weil dort eine direkte Begegnung zwischen Objekt und Betrachter in völliger Stille stattfindet. Vermutlich verstärkt sich diese Anspannung noch, wenn es sich um Erinnerungsstücke handelt.«

»Pah«, schnaubte die Alte. »Und weiter?«

In diesem Schnauben hatte sie es zur Meisterschaft gebracht. Je nachdem, wie heftig sie die Luft ausstieß, vermochte sie ihre Missbilligung in feinsten Abstufungen zum Ausdruck zu bringen.

»Aufgrund des sich ergebenden materiellen und personellen Mehraufwands hat sich der Kostenvoranschlag erhöht. Hier sind die Zahlen. Obwohl die Fenster im Pferdestall ziemlich weit oben sind, wäre es sicherer, Scheiben mit UV-Schutz einzusetzen und eine indirekte Beleuchtung anzubringen. Außerdem würde ich gerne ein zentrales Schaltpult installieren, über das man die Helligkeit je nach Besucherzahl regulieren kann, um die Schäden durch das Licht möglichst gering zu halten. Allerdings würde das natürlich etwas mehr kosten …«

»Wenn das Licht so schädlich ist, lassen Sie doch einfach die Beleuchtung hier, hier und hier weg.«

»Unmöglich. Es wäre zu dunkel, die Besucher würden den Weg nicht finden. Auch wenn man die Beleuchtung in den Gängen im Verhältnis zu der in den Vitrinen um die Hälfte reduzieren würde, müsste es zumindest so hell sein, dass man sich Notizen machen kann.«

»Notizen machen? Sie glauben doch nicht etwa, dass jemand mit diesem Interesse hierherkommt.«

Ein zorniges und zugleich gequältes Geräusch entstand, als ihr Atem sich seinen Weg durch ihre Nasenlöcher die Kehle hinunter bahnte.

»Darf ich zum nächsten Punkt kommen?« Ich blätterte eine Seite meines Ordners um.

»Genaue Untersuchungen haben ergeben, dass die Feuchtigkeit ein weit größeres Problem darstellt als die Lichtverhältnisse. Aufgrund des mangelhaften Abwassersystems sind die Stallungen sehr feucht. Die Kanalisation ließe sich instand setzen, aber um das ganze Gebäude 24 Stunden lang zu klimatisieren, wären groß angelegte Umbauten notwendig, und das hieße, dass die bisherigen Eigenschaften der Stallung nicht mehr gut zur Geltung kommen würden. Für geeigneter halte ich eine individuelle Klimatisierung der einzelnen Vitrinen. Wenn man sie mit einem mit Trockenmittel getränkten Vlies auslegen würde und die Luftfeuchtigkeit darin regulieren könnte …«

Während ich sprach, dachte ich, dass die Alte wahrscheinlich recht hatte: Besucher, die sich Notizen machten, würden wohl niemals hier auftauchen. Wozu sollte sich jemand überhaupt etwas notieren? Sollte er sich den Todeszeitpunkt des Besitzers und den Typ eines Erinnerungsstücks aufschreiben, um dann die Beziehung zwischen beiden zu recherchieren? Oder ein Objekt, das ihm besonders gefiel, abzeichnen und zu Hause kolorieren?

Andererseits sollte man die Interessen der Besucher nicht schon vor der Eröffnung des Museums festlegen. In der Vergangenheit hatte ich nicht selten erlebt, dass Besucher vor einem Exponat, dem bis dahin keiner – nicht einmal der Kurator – große Beachtung geschenkt hatte, eifrig mit dem Bleistift hantierten. Diese Beobachtung hatte ich immer als sehr ermutigend empfunden. Wiederum reichte die Frage, für wen ein Museum welche Rolle spielen kann, auch weit über mein Vorstellungsvermögen hinaus.

»Damit wollen Sie mir doch eigentlich nur sagen, dass alles viel teurer wird, oder nicht?«

Sie drückte an dem Abszess auf ihrer Stirn herum und wischte den Eiter an ihrem Rock ab. Hastig blätterte ich in meinen Akten, um ihr die genauen Zahlen vorlegen zu können.

In Wirklichkeit schien sie sich indes weniger Gedanken über die Kosten zu machen, als sie sich den Anschein gab, denn als ich ihr die Zahlen aus dem Kostenplan vortrug, hörte sie nur gelangweilt zu und setzte nicht einmal ihre Lesebrille auf.

Natürlich waren Baupläne und Kostenvoranschläge, auch wenn sie sich auf das Museum bezogen, längst nicht so aufregend, wie einem Erinnerungsstück nachzujagen, es sich unbemerkt anzueignen, ins Museumsregister einzutragen und zu archivieren.

»Ach ja, eins wollte ich Sie schon immer fragen …«,

unterbrach sie meine Ausführungen. Sie hatte den Kopf auf die Stuhllehne zurückgelegt und starrte an die rußige Decke.

»Wie viele Stücke haben wir bisher archiviert?«

»So etwa fünfzig bis sechzig, meine ich.«

Rasch zählte ich im Kopf die Blätter durch, die das Mädchen ins Reine geschrieben hatte.

»Erst so wenige … Ich dachte, wir hätten schon viel mehr geschafft …«

»Soll ich genau nachzählen? Ich kann das augenblicklich klären.«

»Nicht nötig. Es wird ohnehin noch unendlich lange dauern, bis ich die Geschichte jedes einzelnen Erinnerungsstücks erzählt habe.«

Ich war ratlos, weil ihre Worte so für sie ungewöhnlich pessimistisch klangen. An der Decke, auf der ihr Blick ruhte, hingen lediglich abgerissene Elektrokabel und Spinnweben.

»Vielleicht werde ich es nicht schaffen …«

»Doch, doch, das werden Sie. Keine Sorge«, sagte ich, unfähig zu schweigen. »Wir müssen nicht alles vor der Einweihung fertig kriegen. Sobald der Pferdestall umgebaut ist, können wir das Museum jederzeit eröffnen. Die Dokumentation ist ja nur eine Zusatzarbeit, um die Sammlung zu bereichern. Ein Ende der Geschichten werden wir ohnehin nie erreichen. Solange das Museum existiert und solange im Dorf Menschen sterben, müssen wir unsere Arbeit fortsetzen.«

Ich wusste genau, was sie meinte, als sie sagte, sie

würde es vielleicht nicht mehr schaffen, tat aber absichtlich so, als hätte ich sie falsch verstanden. Sie legte sich die Hände auf die Brust, öffnete leicht den Mund und keuchte. Ihre Lippen waren bleich, ausgedörrt und rissig. Ich glaubte, ein leises Schnauben gehört zu haben, aber vielleicht hatte ich mich auch getäuscht.

»Das Mittagessen muss fertig sein. Kommen Sie, ich begleite Sie ins Esszimmer.«

Als ich ihr den Arm bot, stand sie folgsam auf und nahm ihn. Wir ließen den Bauplan, die Kostenaufstellung und die Erinnerungsstücke liegen und verließen zusammen den Ballsaal.

Es wurde August, und eine Schönwetterperiode setzte ein. Touristen kamen ins Dorf, und die Weizenernte begann. Stare umflatterten die weidenden Kühe, und im Wald pickten die Drosseln rote Vogelbeeren. Bisweilen schwebten ein paar Wölkchen am Himmel, aber sie verdeckten nie die Sonne, und selbst die abendliche Brise konnte die Hitze nicht verscheuchen.

Der Platz war völlig wiederhergestellt. Die Explosion hatte keinerlei Spuren hinterlassen. Den ganzen Tag über spielten Kinder am Springbrunnen, und im Schatten des Uhrturms drehte der Straßenmusikant seine neue Orgel.

Auch an dem Morgen, als ein älteres Ehepaar auf seinem Spaziergang im Waldpark die Leiche einer ermordeten jungen Frau entdeckte, strahlte die Sonne. Die Zwanzigjährige hatte im Büro der Rentenanstalt gearbeitet. Der Fall sorgte für erhebliche Aufregung, denn es war seit jenem Mord an der Prostituierten im Dorfgasthof vor fünfzig Jahren der erste im Dorf. Wie damals waren dem Opfer auch diesmal die Brustwarzen abgetrennt worden.

»Muss man bei einer Ermordeten auf etwas Besonderes achten?«, fragte ich die Alte.

»Nein«, erwiderte sie prompt. »Die Todesursache spielt für uns keine Rolle. Natürlich kann sie ein gewisses Licht auf das Leben der Verstorbenen werfen. Deshalb notieren wir sie ja auch. Aber ganz gleich, wie der Tod eingetreten ist – ob durch einen Stromschlag, ob die Person zerquetscht wurde oder im Wahnsinn starb –, wir dürfen uns nicht davor fürchten. Der Tod ist der Tod und nichts anderes. Er ist nur die Basis für die Beschaffung eines Erinnerungsstücks. Sie werden das schon machen.«

Das Mädchen nickte mir zu, als wolle es sagen, »ja genau, Sie schaffen das schon«. Sie wandte mir die Wange mit der Sternennarbe zu.

Wir nahmen den Tee auf dem Balkon ein. Die Efeuranken an den Pfeilern und am Geländer hielten die Sonne fern, sodass der Tisch im Schatten lag. Der Umbau des Stalls war bereits unter der Leitung des Gärtners im Gange, aber der Lärm drang nicht bis zu uns herüber.

»Was soll ich überhaupt nehmen …?«

Ich trank einen Schluck vom lauwarmen Tee.

Mittlerweile hatte ich mich an die Idee der Erinnerungsstücke gewöhnt, doch wenn ich ehrlich war, war mir immer noch nicht wohl dabei, den Toten etwas wegzunehmen. Jedes Mal zögerte ich, rang nach Atem, und meine Hände zitterten. Ich war dann wie versteinert und verspürte nicht einmal Traurigkeit.

»Tja. Nicht immer weiß man imVoraus, was sich am besten eignet, und erkennt erst an Ort und Stelle, nach was man eigentlich sucht. So war es auch bei der Prostituierten vor fünfzig Jahren. Ich hatte damals auch keine Ahnung, was ich nehmen sollte, bis ihre Leiche verbrannt war.«

Sie sprach mit vollem Mund, an einem Keks kauend. Krümel fielen aus beiden Mundwinkeln in ihre Teetasse.

»Nur nichts überstürzen.«

Das Mädchen wischte ihr den Mund ab.

»Ich rate Ihnen zu warten, bis die Sensationsgier abgeklungen ist. Danach ist noch genug Zeit. Ein Erinnerungsstück läuft nicht weg.«

»Ich begleite Sie«, erklärte das Mädchen mit der Serviette in der Hand.

»Nein, diesmal gehe ich allein.«

»Ja, das wäre besser.«

Die Alte griff nach einem zweiten Keks.

»Nur keine Angst. Bisher ist es uns immer gelungen, ein Andenken zu ergattern, und es wird auch diesmal alles gut gehen. Das ist vorherbestimmt.«

Die Wohnung der Getöteten lag in einer engen Gasse hinter dem Botanischen Garten. Der Täter war noch nicht gefasst, aber die Polizei hatte ihre Ermittlungen vorläufig eingestellt, und nachdem die Schaulustigen aufgegeben hatten, war in der Gegend wieder Ruhe eingekehrt. Die Trauerfeier hatte bereits im Hause der Eltern stattgefunden, und es sah so aus, als würde die Wohnung der Verstorbenen noch vor Ende des Monats aufgelöst.

Ich kletterte über den Zaun an der Straße und auf den Balkon. Es gab keine Straßenbeleuchtung, nur der Mond erhellte die Umgebung ein bisschen. Ich versuchte, mich auf die einzelnen Schritte zu konzentrieren, die der Gärtner mir geraten hatte, und mir keine überflüssigen Gedanken darüber zu machen, ob jemand mich hören und entdecken könnte.

Als Erstes klebte ich eine 20 x 20 cm große Folie auf die Fensterscheibe und fuhr mit einem Glasschneider innerhalb der Fläche herum. Dabei musste ich den Schneider fest umschlossen halten und ruckartig bewegen. Als Nächstes schlug ich mit dem Griff eines Hammers genau in die Mitte des Quadrats. Nun konnte ich das Glas sauber herauslösen. Der Gärtner hatte mir wie einem kleinen Kind mehrmals eingeschärft, ich dürfe auf keinen Fall mit dem Hammer selbst zuschlagen, sondern nur mit dem Griff, da sonst das Glas in tausend Scherben zersplittern und zu viel Lärm entstehen würde.

Nun brauchte ich nur noch den Arm durch das Loch zu schieben und den Riegel zu öffnen. Das Zimmer war sehr aufgeräumt. Es ließ sich nicht sagen, ob es immer so gewesen war oder nur, weil man darin nach Spuren gesucht hatte. Irgendwie stand die Ordnung, die darin herrschte, in krassem Gegensatz zu dem gewaltsamen Tod der jungen Frau.

Zögernd richtete ich meine Taschenlampe auf ihr Bett. Es sah aus wie frisch gemacht, und eine Tagesdecke mit einem mädchenhaften Muster lag darauf. Ich atmete erleichtert auf, denn irgendwie war ich von der Wahnvorstellung besessen gewesen, die Leiche der Frau läge noch auf dem Bett und ihre Brustwarzen würden in einer Blutlache daneben schwimmen, obwohl ich natürlich genau wusste, dass man sie im Waldpark überfallen hatte und ihre Leiche dort in der Nähe der öffentlichen Toiletten gefunden worden war.

Ich schaute mich um. In dem Raum standen noch ein Kleiderschrank, ein gemütlicher Schaukelstuhl und ein Schreibtisch mit einem Foto von ein paar Mädchen. Welches von ihnen die Ermordete war, konnte ich nicht sagen. Die Kleider im Schrank waren sehr unauffällig und brav geschnitten für ein Mädchen ihres Alters. Im Nähkorb lag eine unfertige Patchwork-Arbeit. Im Regal standen ein paar Lehrbücher für Buchführung und Kochbücher und vor dem Spiegel ein paar nicht gerade teure Lotionen und Cremes …

Sie musste eine sehr anständige junge Frau gewesen sein. Vermutlich eine, die immer vor den anderen im Büro war, das Wasser in der Vase auf der Theke wechselte und die Schreibtische der Kollegen auch gleich mit abwischte. Wahrscheinlich sah sie tagein, tagaus Akten durch, trug Zahlen ein und stempelte Papiere. Obwohl ihre Arbeit alles andere als aufregend war, hat sie sich nie beklagt. Sie war immer freundlich, sogar zu mürrischen und unverschämten Männern, und hörte auch schwerhörigen und senilen Alten mit unendlicher Geduld zu. Mit einer solchen Kollegin hätte ich mich vielleicht verabredet. Um fünf Uhr nach Dienstschluss ging sie geradewegs nach Hause, ohne noch herumzubummeln, und verbrachte ihre Abende dort in aller Ruhe. Nur ein einziges Mal ging sie zur Abwechslung zufällig im Waldpark spazieren …

Ich musste ein Erinnerungsstück finden. Einen Gegenstand, der nur für sie stand – das Mädchen, das von einem Psychopathen erstochen wurde und mit abgetrennten Brustwarzen in einer Blutlache liegend gestorben war. Allmählich merkte ich, dass es in dem Zimmer sehr heiß war. Meine Haut klebte in der stickigen Luft, und ich fühlte mich schwer und beklommen. Vor dem Balkon fuhr ein Motorrad vorbei, dann wurde es sofort wieder still.

Ich hatte keine Zeit zu verlieren. Ganz vorsichtig, damit kein Licht nach außen drang, leuchtete ich noch einmal in die Runde. Dasselbe wie vorher. Ein tadelloser, gesunder und normaler Anblick. Wie sollte ich die Erwartungen der Alten und des Mädchens erfüllen und vor allem die junge Frau aus der Rentenanstalt von der abscheulichen Erinnerung ihres Todes erlösen? Dazu brauchte ich unbedingt einen Gegenstand, den wir in einer Vitrine im Museum ausstellen konnten.

Plötzlich hörte ich Schritte aus der Wohnung darüber. Meine Hände fühlten sich taub an, wie gelähmt.

Eine Eingebung wie damals, als ich dem Verkünder des Schweigens das Fell auszog, wollte sich nicht einstellen. Das Herz schlug mir derart heftig gegen die Brust, dass ich vermeinte, meine Rippen knacken zu hören. Blindlings streckte ich eine Hand aus, aber meine Finger griffen ins Leere, während die feuchte Dunkelheit meinen Körper nur immer drückender umschloss.

»Natürlich! Die Brustwarzen«, murmelte ich. Ein besseres Erinnerungsstück konnte es nicht geben.

In diesem Moment schien jemand vor dem Balkon vorbeizugehen. Hastig schaltete ich die Taschenlampe aus und steckte sie in meine Gesäßtasche. Ich beneidete den Täter, war eifersüchtig auf ihn, weil er die beiden kleinen Fleischklumpen aufgehoben und mitgenommen hatte.

Ich kroch auf den Balkon, kletterte über das Geländer und sprang auf die Straße. Als ich mich umdrehte, um davonzurennen, stieß ich mit jemandem zusammen und strauchelte. Die Person schrie auf, das Klappmesser fiel mir aus der Tasche. Das Geräusch drang direkt an mein Trommelfell. Es war ein schöner, klarer Klang, der mich spontan berührte.

Ich hob das Messer auf und rannte mit gesenktem Kopf davon, ohne auf die Richtung zu achten. Die Frau sprach mich nicht an und lief mir auch nicht nach. Warum, weiß ich nicht, aber als ich mich bückte, um das Messer aufzuheben, prägte sich mir der Anblick ihrer Füße ein. Es waren die Füße einer Frau in mittlerem Alter. Sie hatte eine Blase am rechten Knöchel und trug billige Pumps. Irgendwie hatte ich an ihren Füßen erkannt, dass sie noch viel erschrockener war als ich. Mit dem Messer in der Hand rannte ich davon.

Nach dem Misserfolg in der Wohnung gelangte ich in den Waldpark. Ohne es geplant zu haben, sah ich mich am Eingang des Parks, als ich vor lauter Erschöpfung nicht mehr weiterkonnte und stehen blieb.

Ich machte mich auf den Weg zur öffentlichen Toilette, hinter der die junge Frau gelegen hatte. Nichts erinnerte jedoch mehr an den Mord. Beinahe unbewusst schnitt ich mit meinem Messer etwas Gras an der Stelle ab, wo die Leiche meiner Vermutung nach gelegen haben musste, und legte es in mein Taschentuch.

Es war ganz gewöhnliches, unbedeutendes Gras. Ich konnte mir nicht vorstellen, dass es als Ersatz für die Brustwarzen dienen konnte, war aber zu müde, um weiter darüber nachzudenken. Mein Puls ging noch ziemlich rasch, auch der Schreck von dem Zusammenstoß mit der Passantin steckte mir noch in den Gliedern.

Vielleicht hätte ich, wenn ich in Ruhe überlegt hätte, woanders – zum Beispiel im Büro der jungen Frau oder bei ihren Eltern – mehr Erfolg gehabt. Nun aber hatte ich nicht mehr in der Hand als ein paar welke Grashalme. Immerhin tröstete ich mich mit dem Gedanken, dass auf diesem Gras vielleicht ihr Blut klebte oder dass sie genau nach diesen Halmen gegriffen hatte, als man ihr die Brustwarzen abschnitt.

Als ich wieder auf dem Anwesen war, präparierte ich

das Gras und brachte es erst dann der Alten. Ich dachte, als Präparat würde es eher wie ein Erinnerungsstück aussehen.

Entgegen meiner Erwartung schimpfte sie kein bisschen über meine Wahl des Erinnerungsstücks, im Gegenteil, sie dankte mir sogar für meine Bemühungen.

»Jedes Mal, wenn ich ein neues Erinnerungsstück erhalte, ist das für mich ein besonderer Tag und ein Geschenk, obwohl ich es schon so oft erlebt habe. Geht es Ihnen nicht genauso?«

Das Kinn auf ihren Stock gestützt, sah sie mich um Einverständnis heischend an.

Lieber Bruder, es ist immer noch sehr heiß, also achte bitte auf Deine Gesundheit. Es heißt, das erste Kind kommt immer ein bisschen später, aber Euer Baby müsste inzwischen längst auf der Welt sein. Ich bin etwas in Sorge, da ich noch keine Nachricht von Euch habe. Ich platze vor Neugier, ob es ein Mädchen oder ein Junge ist und welchen Namen Ihr ihm gegeben habt. Ich vermute, Ihr habt nach der Geburt Eures ersten Kindes unheimlich viel zu tun. Kümmere Dich nur gut um Deine Frau. Die Tochter meiner Arbeitgeberin ist mittlerweile gesund aus dem Krankenhaus entlassen worden. Unser Arbeitsrhythmus hat sich wieder normalisiert, und wir holen alles Liegengebliebene spielend auf. Der Umbau der Stallungen hat jetzt richtig begonnen. Außerdem sind wir damit beschäftigt, die Exponate für die Sammlung zu klassifizieren und zu archivieren. Meine Tätigkeit hier könnte länger dauern, als ich es anfangs eingeschätzt habe. Wahrscheinlich muss ich noch eine Weile hierbleiben. Eigentlich würde ich gerne einmal nach Hause fahren, aber leider kann ich nicht kommen und gehen, wie ich will, da man nie im Voraus weiß, wann ein Objekt sichergestellt werden muss. Besonders in letzter Zeit ist das häufiger vorgekommen, sodass ich ein wenig erschöpft bin. Aber kein Grund zur Sorge. Ich versuche, mich auf meine Weise mit dem neuen Konzept des Museums vertraut zu machen. Auf alle Fälle komme ich gut zurecht. Ich hoffe, das Zierei ist heil angekommen. Die Kleine hat das schönste für Euch ausgesucht. Die Dorfbewohner hier schenken sich die Eier als ein Symbol der Auferstehung. Es würde mich sehr freuen, wenn es für Euch und Euer Baby zu einem Glücksbringer würde. Bitte schreibt mir bald, auch wenn es nur ein paar kurze Zeilen sind. Es ist eine Qual für mich, von der Arbeit nach Hause zu kommen und wieder nichts im Briefkasten zu finden.

# 10

An diesem Nachmittag verspätete sich das Mädchen etwas. Ich hatte schon Nachschub an Papier und Tinte bereitgelegt, damit es gleich mit der Arbeit anfangen konnte. Die Notizen vom Vormittag hatte ich mir auch noch einmal durchgelesen. Jetzt war ich dabei, das Register durchzugehen und einen Index für die Sammlung zu erstellen.

Der Grund für ihre Verspätung wurde mir sofort klar, denn sie kam nicht allein. Der Novize aus dem Kloster war bei ihr.

»Kann ich ihm die Werkstatt zeigen?«, fragte sie mich. Da wir nun bereits Vollmond gehabt hatten, trug sie ihre Kleidung wieder auf normale Weise. »Ich möchte mich bei ihm für die Bootsfahrt revanchieren.«

»Natürlich, kein Problem«, antwortete ich, schüttelte ihm die Hand und hieß ihn herzlich willkommen.

Er war zwar noch Novize, gehörte aber immerhin zu den Verkündern des Schweigens. Dennoch sprach er ohne Scheu und erkundigte sich neugierig nach allem, was auf dem Billardtisch stand: den Karteikarten, dem Epoxi-Harz für die Restaurierung, den Etiketten, den Filtern für die Wärmestrahlen, dem Schaukastenmodell …

»Also, hier erledigen wir hauptsächlich die Feinarbeit. Wir holen die Objekte aus dem Magazin – ehemals die Waschküche –, fotografieren sie, nehmen ihre Maße und restaurieren sie. Die gröberen Arbeiten, zum Beispiel das Desinfizieren der Gegenstände, nehmen wir im Freien vor. Da wir hier im Haus genug Räume haben, brauchen wir uns keine Sorgen wegen der Menge der Stücke zu machen. Egal, wie viele wir bekommen, wir können alle aufnehmen. Schau mal, auch meine Aufgabe ist wichtig. In diesem Heft sind Aufzeichnungen über die einzelnen Erinnerungsstücke, und ich bin dafür zuständig, sie ins Reine zu schreiben.«

Offenbar hatte sie ihm das meiste bereits erklärt. Sie beantwortete fast alle seine Fragen selbstständig und erklärte ihm das Museum völlig ohne meine Hilfe. Unbekümmert gab sie ihm die Gegenstände in die Hand und erlaubte ihm, jede beliebige Seite aufzuschlagen und zu lesen.

»Sagen Sie mir nur gleich, wenn ich Sie bei der Arbeit störe.«

Der Gesichtsausdruck des Novizen wirkte noch kindlicher als im Kloster, aber er benahm sich ganz manierlich. Er bewegte sich vorsichtig, damit sein Büffelfell nicht irgendwas streifte, und bat das Mädchen stets mit einem Blick um Erlaubnis, bevor er etwas anfasste.

»Nein, nein. Schau dich nur in aller Ruhe um«, sagte ich, fühlte mich aber dennoch nicht wohl und wurde unruhig. Merkwürdigerweise genügte es schon, dass ein Junge die Werkstatt betrat, um mich aus dem Gleichgewicht zu bringen.

Als er das Heft mit den Notizen in Augenschein nahm, fragte ich mich, ob man einen Fremden so einfach die Geschichten der Erinnerungsstücke lesen lassen durfte. Sooft er eine Seite umblätterte, hatte ich das Gefühl, dass die Welt, zu der eigentlich nur das Mädchen, die Alte und ich Zutritt haben sollten, von unbefugten Händen berührt wurde. Ich war besorgt, aber gleich-zeitig fiel mir ein, dass die Alte niemals ausdrücklich angeordnet hatte, die Angelegenheiten des Museums geheim zu halten. Der Gedanke daran enttäuschte mich sehr.

»Hast du etwas Interessantes entdeckt?«, fragte ich bemüht ruhig.

»Ja, ich finde alles interessant«, antwortete er und sah auf.

Seine Haut und seine Haare wirkten ebenso frisch wie sein Fellumhang, und seine Fersen hatten noch keine klaffenden Risse.

»Und ich dachte immer, in einem Museum werden die Dinge nur ausgestellt.«

»Mach dir nichts daraus. Die meisten Menschen denken das und können ein Museum nicht von einem Lagerhaus unterscheiden.«

»Wozu schreiben Sie das alles auf?«

»Um die Existenz eines Gegenstands zu dokumentieren. Nicht nur mit den Texten, sondern auch mit Fotos, Zeichnungen, Zahlen und mit allen anderen Mitteln geben wir dem Gegenstand einen Sinn. Unser Register entspricht in etwa einem Stammbuch und die schriftliche Dokumentation einem Lebenslauf. Natürlich ist sie viel tiefsinniger und schöner als ein normaler Lebenslauf.«

»Aha.« Nachdenklich legte er das Heft zurück. Wenn er sich bewegte, roch er nach nassem Tier. Ich musste an die hässlichen Büffel denken, die mit gesenkten Köpfen zwischen den Felsen standen.

»Bedeutet ›Existenz dokumentieren‹, die Sachen zu konservieren?«

»Ja, das auch. Konservierung ist die Hauptaufgabe eines Museums. Wenn man sich nicht darum kümmert, zerfällt alles auf der Welt irgendwann, ganz gleich was es ist.« Bei dieser Erklärung verwendete das Madchen exakt meine Worte.

Ob das Häuten der Büffel auch zu den Arbeiten der Mönche gehörte? Irgendwie konnte ich den Gedanken an diese Tiere nicht aus meinem Kopf vertreiben. Da die Felle, die sie trugen, weiß waren, mussten sie die Büffel wohl im Winter schlachten. Aber wie erlegten sie die riesigen Tiere? Oder warteten sie einfach geduldig ab, bis eins von selbst verendete?

»Dürfen sich die Mönche eigentlich schriftlich miteinander austauschen?«

Diese Frage stellte ich ihm nicht, weil ich mich dafür interessierte, sondern um das Bild der Bergbüffel aus meinem Kopf zu verscheuchen.

»Nein, das ist verboten.«

»Oh, das ist aber streng«, sagte das Mädchen mitfühlend.

»Nach dem Schweigegelübde darf man weder Briefe schreiben noch Tagebuch führen. Aber Lesen ist erlaubt. Wir lehnen nicht ab, was von außen kommt, aber wir gehen nicht aktiv nach außen. Es ist ungefähr so, als würden wir unseren Leib aufgeben und in unserem Inneren Exil suchen.«

Das Fleisch mit seiner dicken Fettschicht von der Haut zu schaben, war sicher Schwerstarbeit. Dabei lief ihnen bestimmt das Blut in Strömen über die Hände, und Aasgeruch setzte sich in den Haaren fest. Konnte der Junge das wirklich mit seinen noch nicht ganz ausgewachsenen, weißen Händen geschafft haben?

»Ach, das ist ja praktisch genau das Gegenteil von unserem Museum. Die Erinnerungsstücke kommen hierher, gerade damit ihr Körper erhalten bleibt. Oder?«

Sie wandte sich an mich.

»Da hast du recht.« Ich nickte und sah ihr in die Augen.

Sooft ich das tat, fiel mein Blick zugleich auf ihre Narbe auf der Wange, sodass es mir fast so vorkam, als sei auch sie Teil der Augen.

»Vielleicht ziehen sie sich an, weil sie Gegensätze sind. Die Kapelle unseres Klosters und das Magazin des Museums haben einen ähnlichen Geruch.«

Er sprach aus, was ich im Kloster empfunden hatte.

»Steht schon fest, wann du das Schweigegelübde ablegen wirst?«

Ich erinnerte mich, dass das Mädchen ihm im Boot eine ähnliche Frage gestellt hatte.

»Den genauen Zeitpunkt kann man nicht planen. Man versucht, die Worte nach und nach zu löschen, bis ein vollkommenes Schweigen erreicht ist. Ich weiß nicht, wann das sein wird.«

»Verschwinden die Worte denn schon allmählich?«

»Tja, ich weiß nicht. Nicht so offensichtlich jedenfalls …«, antwortete er vage.

»Du musst unbedingt wieder vorbeikommen. Bevor die Worte verschwunden sind.«

»Ein Museum kann man doch auch schweigend besichtigen.«

»An welchem Tag musst du nicht rudern?«

»Zu meinen täglichen Aufgaben gehört nicht nur das Rudern. Ich habe noch eine Menge anderer Pflichten. Aber wenn ich Zeit habe, komme ich wieder vorbei.«

»Zeig ihm doch auf dem Rückweg noch den Stall.«

Als ich ihr diesen Vorschlag machte, senkte sie den Blick.

»Na gut«, sagte sie. »Darf ich dann mein heutiges Pensum auf morgen verschieben?«

»Natürlich.«

Nebeneinander verließen die beiden den Raum.

Ich wartete, bis sich ihre Schritte auf der Treppe entfernt hatten, schlug das Register auf und machte mich wieder an meinen Index.

An diesem Abend nahm ich mir das Mikroskop zum ersten Mal wieder vor, seit ich mit dem Mädchen die Zellen vom Gaumen des Frosches beobachtet hatte.

Ich legte ein paar Sumpfschnecken, die ich auf dem Weg von der Arbeit gesammelt hatte, auf den Esstisch, zertrümmerte ihr Gehäuse mit dem Hammer und suchte die Männchen heraus. Dabei zerquetschte ich aus Versehen ein paar.

Die Samendrüse war von einem matten Ocker und spiralförmig wie das Gehäuse. Als ich sie mit einer Schere abtrennte, zitterte die Spitze der Schnecke wie vor Schmerzen. Als Nächstes tauchte ich die Drüse in ein Schälchen mit dreiprozentiger Kochsalzlösung, ritzte die Haut mit der Spitze einer Pinzette und befreite die Spermien.

Mein Bruder hatte mir schon häufig Spermien verschiedener Tiere aufgezeichnet.

»Die Spermien der Lebewesen mit geschlechtlicher Fortpflanzung haben alle unterschiedliche Formen.«

»Wer bestimmt denn die Form? Der liebe Gott?«

Meine naiven Fragen pflegten ihm zuweilen ein Lachen zu entlocken.

»Theoretisch haben die Spermien jeweils die für die entsprechende Tierart vernünftigste Form. Also die Form, die am effektivsten Nachkommenschaft produziert. Der liebe Gott ist ein Rationalist.«

Mein Bruder konnte, je nach Wunsch und ohne ein Detail auszulassen, Spermien nachzeichnen. Sie sahen aus wie eine neue Parasitenart oder Fantasiebilder von Außerirdischen.

Ich saugte mit einer Pipette einen Tropfen von der physiologischen Kochsalzlösung auf, träufelte sie auf das

Objektglas und deckte es ab. Die Sumpfschnecken auf dem Tisch waren sehr geschwächt, eigentlich schon halb tot. Ich stellte das Mikroskop auf 400-fache Vergrößerung ein.

Es waren mehr Spermien, als ich erwartet hatte. Sie zappelten in dem winzigen Meer von der Größe meines Augapfels hin und her, wie auf der Suche nach einem unbekannten, unerreichbaren Ort.

Spermien mit anomaler Gestalt waren auffälliger als normale. Als anomal galten solche, die mit mehr als zehn Geißeln versehen waren und dadurch komplizierter und eleganter aussahen.

Das ging mir gegen den Strich. »Ein normales Spermienfädchen hat nur einen einzigen Schwanz, und seine Form ist unauffällig und nichtssagend. Das ist ungerecht«, beschwerte ich mich bei meinem Bruder.

»Ich habe es dir doch schon erklärt. Was korrekt ist, hat nichts Überflüssiges. Je mehr überflüssige Teile ein Lebewesen hat, desto schneller verbrauchen sich seine Kräfte.«

Wir verbrachten damals viel Zeit an dem kleinen Mikroskop. Mein Bruder verzieh mir sogar, als ich ein wertvolles Präparat mit einer falschen Chemikalie zerstörte. Überhaupt bügelte er viele meiner Missgeschicke wieder aus. Meine Mutter saß im selben Raum mit uns und arbeitete an der Nähmaschine, radelte Schnittmuster oder bügelte Nähte. Sie hörte unseren Gesprächen zu und lachte manchmal leise.

Immer wenn meine Wimpern das Okular berührten,

stieg die Erinnerung an meinen Bruder in mir auf. Aber das Mikroskop beschwor auch Ereignisse, bei denen es in Wirklichkeit gar keine Rolle gespielt hatte. Zum Beispiel war ich ganz sicher, dass wir bei der Trauerfeier für meine Mutter ein Bild von ihr herumtrugen. Rückblickend hatte ich jedoch das Gefühl, ich hätte stattdessen ehrfürchtig das Mikroskop im Arm gehalten.

Die Spermien der Sumpfschnecken hatten ihre Vitalität noch nicht verloren. Ihre Geißeln bewegten sich in einem unregelmäßigen Rhythmus, ohne sich zu verwirren. Ich regulierte mit der Feineinstellung die Schärfe.

Irgendwann begannen sich meine Erinnerungen im Okular zu spiegeln. Während ich die Bewegungen der Härchen verfolgte, sah ich – ein wenig verschwommen durch das Lösungsmittel – meinen Bruder, meine Mutter und mich selbst.

Schaute ich längere Zeit in das Mikroskop, stellte sich bei mir häufig das Gefühl ein, ich befände mich statt außerhalb der Linse in dem kleinen Tropfen zwischen dem Objekt- und dem Deckglas. Für mich war das der schönste Moment, denn nun konnte ich meine Erinnerungen mit eigenen Augen verfolgen.

»Sind Sie noch wach?«

Die Tür ging auf, und der Gärtner trat ein.

»Ich habe Licht gesehen, da dachte ich, wir könnten zusammen ein Glas trinken. Aber wenn Sie noch zu arbeiten haben …«

»Nein, nein. Das mache ich nur zum Zeitvertreib. Nehmen Sie Platz.«

Ich schob das Mikroskop beiseite und bot ihm einen Stuhl an.

»Das sind ja Sumpfschnecken. Haben die etwas mit dem Museum zu tun?«

»Nein. Es macht mir nur Spaß, sie unter dem Mikroskop zu betrachten.«

»Ein interessantes Hobby.«

Er fegte die zerbrochenen Schneckenhäuser beiseite und stellte eine Flasche Whisky auf den Tisch. Ich holte Gläser und Eiswürfel.

»Tut mir leid, dass ich mich nicht mehr um den Umbau kümmern kann, aber meine Zeit ist einfach zu knapp.«

»Machen Sie sich keine Gedanken. Es läuft doch alles gut. Sie kommen ja vor lauter Arbeit schon gar nicht mehr zu Ihrem Feierabend.«

»Unser Museum hier ist ganz anders als die, mit denen ich bisher zu tun hatte. Irgendwie scheine ich Zeit zu brauchen, bis ich den richtigen Dreh heraushabe.«

»Ach was! Soweit ich sehen kann, läuft alles wie am Schnürchen.« Der Gärtner spielte mit den toten Sumpfschnecken herum und nahm genüsslich einen Schluck von seinem Whisky. »Sie dürfen nicht zu viel von sich verlangen. So etwas braucht eben seine Zeit. Und Sie machen es gut. Wenn Sie sich mal erledigt fühlen, sollten Sie eine Pause einlegen. Nur keine Hemmungen.«

»Danke.« Ich nickte und rührte mit meinen von den Spermien der Sumpfschnecken verschmierten Fingern in den Eiswürfeln herum.

Weder der Bombenleger noch der Mörder der jungen Frau war bisher gefasst worden. Die Dorfbewohner hatten Angst, und die Gerüchteküche brodelte, da sie unentwegt in den Gassen und in den Ecken des Cafés miteinander tuschelten. Die Sonne war indes so grell und blendend, dass sie alles überstrahlte. Touristen fotografierten nur mäßig interessante Szenen, kauften Ziereier in den Souvenirläden und wanderten mit Rucksäcken bepackt durch die Landschaft. Überall hörte man Kindergeschrei, und aus den Bars, Restaurants und vom Platz tönte ständig Musik. Das Grün der Berge änderte seinen Ton stündlich, sodass man sich daran nie sattsehen konnte.

Auch die Beete auf dem Anwesen standen nun in voller sommerlicher Blüte, obwohl der Gärtner wegen des Umbaus kaum Zeit dafür hatte. Bienen summten zwischen den Glockenblumen, den Heidekräutern, dem Hornklee und dem Enzian herum. Am Morgen hallte der Wald wider vom schrillen Chor der Zikaden, doch wenn die Sonne höher stieg und die heißeste Zeit am Nachmittag kam, herrschte eine vollkommene Stille, in der sich kaum ein Blatt regte.

»Einen so heißen Sommer hatten wir noch nie.«

Die Haushälterin ging durch die Villa, um die Fenster zu öffnen, badete die Alte öfter und kochte eine Menge gesunder Gerichte.

Die alte Frau schien ziemlich unter der Hitze zu leiden. Ihre Erschöpfung war unübersehbar, und wenn wir unsere Dokumentationsarbeit am Vormittag beendet hatten, musste sie sich bis zum Abend an einem kühlen Plätzchen erholen. Hartnäckige Schleimpfropfen in ihrem Hals quälten sie, und sie konnte ihre Atmung nicht mehr so leicht regulieren, auch wenn ich ihr auf den Rücken klopfte. Sie sah bleich aus.

Aber die Dynamik und Kraft ihrer Erzählungen ließen nicht nach, und der sichere Rhythmus und die Spannung zwischen ihr und den Erinnerungsstücken blieben erhalten. Hatte sie einmal die ersten Worte gesprochen, glitt der Strom ihrer Geschichte, abgesehen von kleinen Atempausen, ohne zu stocken bis zum Ende dahin. Eher war ich derjenige, der nicht mithalten konnte, weil meine Hand vom Schweiß glitschig wurde. Auch bei der größten Hitze vergaß sie nicht, ihre Ohren mit der Wollmütze zu bedecken, fuchtelte zeternd mit ihrem Spazierstock herum und quittierte alle meine Vorschläge mit Schnauben.

Größere Sorgen bereitete mir der Umstand, dass die Reinschrift nicht planmäßig voranschritt. Der Papierstoß, den ich stets bereitlegte, wollte einfach nicht abnehmen, denn das Mädchen ging jetzt häufig zum Klostersee, um sich mit dem Novizen zu treffen.

Das Billardzimmer im Souterrain war dank der Kühle der Erde, die durch die Mauern drang, etwas angenehmer als die Zimmer in den oberen Stockwerken. Bei der Arbeit sprachen wir nie mehr als das Nötigste. Ich lauschte, wie die Hand des Mädchens leise über das Papier glitt. Das gab mir die Gewissheit, dass das Erinnerungsstück sicher in unsere Hände überging, dass das Mädchen direkt neben mir saß und für mich arbeitete.

»Also …«

Sie hatte gerade eine Seite fertig geschrieben, und das Geräusch ihres Stiftes verstummte.

»Darf ich ein bisschen rausgehen?«, fragte sie mit entschuldigender Miene. Sogar die Sternennarbe verzog sich dabei ein wenig.

»Natürlich«, erwiderte ich.

»Ich werde heute Abend alles gewissenhaft nacharbeiten.«

»Nur keine Eile. Später ist auch noch Zeit.«

Ich wiederholte, was der Gärtner zu mir gesagt hatte.

»Na gut, dann gehe ich jetzt.«

Sie hüpfte davon. Das Kratzen ihres Stifts war verstummt, und die Werkstatt kam mir sofort öde und leer vor.

Ich wandte meinen Blick von den aufgeschlagenen Akten ab und sah durch die staubige Luke. Draußen schien grell die Mittagssonne. Ich hatte dem Gärtner versprochen, am Nachmittag an der Baustelle vorbeizuschauen, aber zuerst wollte ich noch eine Weile allein hier bleiben. Zu meinen Füßen lagen die Erinnerungsstücke, die morgen archiviert werden sollten.

Ob die Bergbüffel auch an einem so heißen Tag mit gesenkten Köpfen auf den Felsen standen? Unten am Eishaus würden sie schattige Bäume und Quellwasser finden … Ich schloss die Augen und rief mir das Eishaus ins Gedächtnis.

Es ist kalt und abgeschieden wie eine Höhle auf dem Grund des Sumpfes. Weder Licht noch Wind gelangen dorthin. Wenn ein Hauch von Bewegung entsteht, so liegt das an den Wellen auf der Wasseroberfläche, die der Bug des Boots auf seinem Weg zum Kloster erzeugt.

Mit einem unangenehmen Schrammen zieht ein Mönch den Bußschemel über den von Reif bedeckten Boden zu einem Eisblock. Er stützt sich mit einem Knie in der Vertiefung des Schemels ab und legt beide Hände auf das Eis.

Es ist der Novize. Ich erkenne ihn an seinem zu großen Fellumhang und der Form seiner Ohren, die leicht in der Öffnung in der Mauer Platz finden würden. Er nähert seine Lippen dem Eis, als hätte er Angst oder küsste seine Geliebte. Zögernd streckt er die Zunge heraus und drückt sie auf das Eis.

Seine jugendliche Zunge ist frisch und rosa. Eine Zunge, die noch viele Worte hat.

Zeit verstreicht. Irgendwann kommt es mir so vor, als würde ich durch das Mikroskop schauen. Ich betrachte seine Zunge wie das Präparat einer Zelle.

Bald trocknet der Speichel darauf, die Oberfläche der Zunge verliert ihre Farbe, und sie verkrampft sich. Der Junge hält sich an die Büßerregel und rührt sich nicht, doch manchmal werden seine Schmerzen so stark, dass der Schemel quietscht.

Die Worte, mit denen er das Schweigen gebrochen hat, die Worte, die an das Mädchen gerichtet waren, versinken im See. Damit sie nie wieder auftauchen, werden sie an seiner tiefsten Stelle versiegelt.

Als die Glocke schlägt und die Büffel sich zu ihrem Schlafplatz aufmachen, ist seine Bußübung endlich abgeschlossen. Die Zunge erschlafft, als würde sie aus seiner Kehle herausfallen. Auf dem Eis, das nun eine Vertiefung aufweist, klebt die Haut, die sich von ihr gelöst hat. Welk hängt sie da wie ein zerrissener Wortfetzen. Sachte zieht der Junge seine blutige, von Schweigen erfüllte Zunge wieder zurück.

»Heute war es den ganzen Tag über wieder sehr heiß.«

Als ich sie ansprach, warf die Alte von ihrer Couch einen kurzen Blick auf mich und gähnte ein bisschen.

»Es ist nicht das erste Mal, dass es im Sommer so heiß ist.«

Der Balkon war schattig, der Efeu, der die Pfeiler umrankte, wogte im Wind, und es wurde jetzt etwas erträglicher. Sie hatte wahrscheinlich geschlafen und rieb sich nun die Augen, blinzelte und zog ihre Mütze zurecht. Ich hob ihre Sommerdecke auf und legte sie wieder über ihre Füße.

»Schöner Ausblick hier.«

Es näherte sich die schönste Zeit des Tages in der Villa. Die Sonne berührte bereits die Bergkämme und tauchte die gesamte Szenerie von den Vögeln, die durch Wolken flogen, bis zur Mondsichel, die gerade am Himmel auftauchte, in die Farben des Abendlichts. Die Nacht war noch fern, aber hinter den Bäumen lauerte bereits eine Vorahnung von Dunkelheit.

Die Pappelallee schlängelte sich über die Hügel, der weiche Rasen und der graue Kies der Zufahrt bildeten einen schönen Kontrast, und überall zwischen den Büschen leuchteten hübsche Blumen hervor. Auch wenn man sich anstrengte, war jenseits des Wäldchens nichts zu erkennen, da dort die Wolken den Blick versperrten. Je tiefer die Sonne sank, desto weiter schien die Landschaft sich zurückzuziehen.

»Der Sommer geht zu Ende«, sagte die Alte.

»Aber wir sind doch noch mittendrin.«

An die Balustrade gelehnt, wandte ich mich zu ihr um.

»Sie haben eben keine Ahnung, wie plötzlich der Winter hier im Dorf einbricht. Deshalb Ihr Optimismus.«

»Wenn ich mir die steilen Berghänge so anschaue, kann ich es mir schon ungefähr vorstellen.«

»Ich sitze seit Jahrzehnten hier am gleichen Platz und beobachte die gleiche Landschaft. Mir macht niemand etwas vor, auch wenn er noch so raffiniert ist.«

Auf einem Tischchen standen ihre Teetasse und eine Schale, in der offensichtlich Vanilleeis gewesen war. Ein paar welke Efeublätter lagen unter ihrem Liegestuhl. Die steinerne Balustrade war voller Vogeldreck.

»Sehen Sie mal dort drüben. Aus dem Ulmenstumpf am Waldrand werden bald Pilze schießen. Er wird ganz von schleimigen Pilzen überzogen sein. An der Sandbank im Bach ist ein Strudel, der sich entgegen dem

Uhrzeigersinn dreht. Und da ist eine läufige Wildkatze. Das sind alles Zeichen dafür, dass der Sommer sich dem Ende zuneigt.«

Die Alte deutete mit dem Finger in die Gegend, aber ich konnte weder Pilze noch Strudel noch Wildkatze entdecken. Die Sonne sank tiefer, und das Abendrot wurde noch intensiver.

»Der Sommer endet ganz plötzlich. Entschlossen und ohne Reue. Ehe man sichs versieht. Wenn man zurückblickt, ist es bereits zu spät. Niemand kann sich mehr daran erinnern, nicht einmal daran, wie er von hinten aussieht.«

»Ich mache mich also darauf gefasst.«

»Haben Sie übrigens einen warmen Mantel mitgebracht?«, fragte sie.

»Nein. Ich habe nicht damit gerechnet, dass die Arbeiten sich bis zum Winter hinziehen würden …« Ich schüttelte den Kopf.

»Das ist schlecht. Lassen Sie sich im Dorf einen besonders guten Mantel schneidern. Einen robusten Mantel mit viel Kaschmir- oder Angorawolle. Der Winter kommt immer wieder, und im Winter sterben viele Menschen. Es werden eine Menge Erinnerungsstücke zurückbleiben.«

Die Alte sackte in ihrem Liegestuhl zusammen und war nur noch ein Häufchen Schatten. Es sah aus, als ob sie wieder einschlafen wollte, oder als bemühe sie sich zu erkennen, ob sie irgendein Anzeichen für das Ende des Sommers übersehen hatte.

»Ich danke Ihnen für Ihre Fürsorge«, sagte ich.

Sie begnügte sich damit, sich abzuwenden – ausnahmsweise ohne zu schnauben oder auszuspucken.

»Können wir morgen zur gewohnten Zeit mit der Arbeit anfangen?«

»Was soll die Frage?«

»Wenn Sie sich zu erschöpft fühlen, sagen Sie es mir doch.«

»Hören Sie auf mit dem Gesülze. So was zieht bei mir nicht.«

»Ich muss jetzt das Mädchen abholen.«

Ich löste mich von der Balustrade, um den Tisch abzuräumen. Ich stellte die Tasse und die Eisschale auf ein Tablett.

»Wo ist die Kleine?« Die Alte setzte sich auf.

»Sie ist mit einem Freund in das Marionettentheater gegangen, das momentan im Waldpark gastiert. Abends ist es dort ja nicht gerade sicher.«

Die Sonne war halb hinter den Bergen verschwunden. Die Schatten der Bäume, die sich gerade noch auf dem Rasen abgezeichnet hatten, lösten sich allmählich in der Dämmerung auf. Plötzlich war das milchige Leuchten des Mondes wieder da, und neben ihm begannen die ersten Sterne zu funkeln.

»Lassen Sie sich nicht aufhalten.« Die Alte lehnte sich zurück und betrachtete die Sterne.

# 11

Der Tag der Museumseinweihung war gekommen. Allerdings konnten wir noch keine Erinnerungsstücke ausstellen, weil die Umbauten noch nicht abgeschlossen waren. Streng genommen war es also keine richtige Einweihung, aber die Alte hatte auf diesem Tag bestanden, denn an ihm begegneten sich, dem Almanach zufolge, der Stern der Symbole und der Mond der Vollkommenheit – ein höchst seltenes Zusammentreffen, wie sie verkündete.

Für gewöhnlich sind die Eingangstafeln auch bedeutender Museen eher schlicht und natürlich weit weniger interessant als die Bestände. Bei vielen Museen erinnere ich mich nicht einmal an die Tafeln.

Aber diesmal war es anders. Verglichen mit allen, die ich je gesehen hatte, war es mit Abstand die eindrucksvollste, eine Tafel, die den Geist der Sammlung getreu widerspiegelte.

Bei unserer Einweihungsfeier wurde weder ein pompöser roter Teppich ausgerollt, noch gab es kitschige Blumengestecke, weder wurde ein Band durchschnitten, noch veranstalteten die Fotografen ein Blitzlichtgewitter. Stattdessen blühten überall um uns herum frische Blumen, und Vogelgezwitscher begleitete die Feier.

Erstmals seit längerer Zeit kamen wir wieder zu fünft zusammen – die Alte, das Mädchen, der Gärtner, seine Frau und ich. Im und um den ehemaligen Pferdestall lagen noch Werkzeuge und Schutt herum, aber da die Haushälterin den Eingangsbereich gereinigt hatte, war die Atmosphäre doch ein wenig festlich.

Der Gärtner stieg auf die Leiter und bemühte sich nach Kräften, die Tafel gerade zu befestigen, indem er die Position der Nägel sorgfältig im Verhältnis zur Breite der Tür auslotete.

»Ist es so gut?«

Doch sooft er diese Frage stellte, brachte jemand noch eine Korrektur an.

»Vielleicht noch ein wenig nach links?«

Die Hände in den Taschen ihrer Schürze vergraben, legte seine Frau den Kopf schräg und kniff die Augen zusammen.

»Ist das nicht zu tief?«

»Ich finde auch, es sieht ein bisschen schief aus.«

Das Mädchen hatte sich die Haare zu einem Pferdeschwanz zusammengebunden und wirkte dadurch erwachsener. Alle blinzelten, weil die Sonne so blendete.

Eigentlich hatten wir erwartet, dass die Alte uns bei einem solchen Anlass kräftig herumkommandieren würde. Zu meinem Erstaunen saß sie jedoch, die Füße fest auf den Boden gestemmt und auf ihren Stock gestützt, still auf dem Rand der Tränke und verfolgte schweigend das Geschehen. Wie immer war nicht voraussehbar, wann sie explodieren würde, aber niemand wirkte eingeschüchtert. Anscheinend fühlten sich alle verantwortlich und dazu berufen, ihre Meinung kundzutun.

»Vorsicht, fallen Sie nicht!« Ich hielt die wacklige Leiter fest.

»Es wäre doch ein Witz, wenn ich so enden würde wie mein Urgroßvater«, entgegnete der Gärtner heiter. Seine Frau fächelte sich mit ihrer Schürze Luft zu.

»Dein Messer würde sich doch gut neben der Rosenschere von deinem Uropa machen.«

»Andererseits wäre es ziemlich peinlich, wenn in einer Gärtnerfamilie gleich zwei durch einen Sturz von der Leiter ums Leben kämen.«

»Ist eigentlich für unsere Erinnerungsstücke ein besonderer Schaukasten vorgesehen?«, fragte das Mädchen dazwischen.

»Ja, zum Beispiel einer mit Sockel und Goldrand …«

»Das ließe sich machen, wenn du es wünschst.«

»Der Nachteil an diesem Museum ist, dass man sein eigenes Erinnerungsstück nicht mehr besichtigen kann«, sagte die Haushälterin.

»An der eigenen Trauerfeier kann man ja auch nicht mehr teilnehmen.«

»Es passiert zwangsläufig und ohne besondere Absicht, dass sich innerhalb der Exponate in einem Museum eine Hierarchie herausbildet. Auch wenn es zu den Voraussetzungen eines guten Museums gehört, gleiche Bedingungen für jedes Exponat zu schaffen.«

»Trotzdem würde ich den Platz meines Erinnerungsstücks gern nach meinem eigenen Geschmack gestalten. Dieses Privileg sollte uns doch zumindest zustehen.«

»Da haben Sie recht, junge Dame.«

Die Sonne brannte nur so vom Himmel. Über dem Gärtner schwebte eine Wolke. Der Haushälterin klebte die verschwitzte Bluse am Rücken, und die Narbe auf der Wange des Mädchens leuchtete im blendenden Licht.

»Wie sieht es jetzt aus?«, fragte der Gärtner laut.

»Gut.« Zum ersten Mal gab die Alte einen Kommentar ab.

»So ist es gut.«

Wir blickten zur Tränke hinüber und machten den Weg für sie frei. Sie stützte sich auf das Mädchen und stand auf.

»Dann mache ich es jetzt fest.« Der Gärtner zog einen Hammer aus seiner Hosentasche.

Im Verhältnis zur Größe des Gebäudes war die ovale Messingtafel etwas zu klein geraten. Der Gärtner polierte sie noch einmal, dass sie glänzte.

## *Museum der Stille*

Es war kaum zu glauben, dass es sich bei den schlichten und zurückhaltenden Zeichen um die Handschrift der Alten handelte. Sie wirkten so selbstverständlich, als gehörten sie schon seit Ewigkeiten zur Stallmauer. In dem Moment jedoch, als ein Schatten darauf fiel, hob sich jedes Zeichen vom gelben Messing ab und zog uns in seinen unentrinnbaren, ernsten Bann. Ich konnte mir gut vorstellen, dass selbst Gelegenheitsbesucher, die nur zum Zeitvertreib kamen, unweigerlich auf die Schrift der Tafel aufmerksam und innehalten würden.

Die Schläge, mit denen der Gärtner die Nägel einschlug, klangen wie aus weiter Ferne. Ohne auf den herabfallenden Backsteinstaub zu achten, standen wir reglos da und vernahmen sie wie eine Einweihungsfanfare für das Museum.

Am Nachmittag desselben Tages besuchte ich die Baustelle, um die Bauarbeiten, die schon zu etwa 80 Prozent abgeschlossen waren, in Augenschein zu nehmen und die endgültigen Maße für die Schaukästen zu bestimmen. Im Inneren des Gebäudes lagen nach wie vor Berge von Schutt, und die Wände hatten noch Löcher, dennoch verlieh die Tafel der Baustelle bereits die Ausstrahlung eines Museums. Um möglichst viel Museumsluft einzuatmen, nahm ich mir die Zeit, jeden Winkel des Gebäudes gründlich anzuschauen. Der Gärtner folgte mir mit dem Bauplan.

Nicht viele Menschen wissen, wie anziehend ein Museum sein kann, in dem noch nie etwas ausgestellt wurde. Gewiss hat es auch etwas Ödes und Trostloses, aber eine Ahnung, dass hier der Raum für ausgewählte Elemente eines Mikrokosmos entsteht, ist bereits spürbar. Die makellos weißen Wände, die Schatten der Säulen – alles erwartete mit Ungeduld die schönen Dinge, die hier ihre Heimat finden würden.

Ich hatte bereits für jedes Erinnerungsstück einen ungefähren Standort im Kopf und konnte mir auch in dem leeren Raum die Erinnerungsstücke in den Vitrinen lebhaft vorstellen. Für einen Museumsexperten ist es eine große Erleichterung, wenn seine Vorstellungen im Laufe der Arbeit immer deutlicher Gestalt annehmen. Als ich daran zurückdachte, wie die Alte mich in die Waschküche geführt und mir die wie Trödel herumliegenden Erinnerungsstücke gezeigt hatte, wurde mir klar, welch gewaltige Fortschritte wir gemacht hatten.

Ein paar Probleme beschäftigten mich noch: die Stromleitungen, die Metallhalterungen für die Schaukästen und die Position der Notbeleuchtung. Der Gärtner informierte mich über den aktuellen Stand der Dinge, machte konkrete Verbesserungsvorschläge und übertrug meine Anweisungen in den Bauplan. Jedenfalls reagierte er auf jede Frage mit seinem üblichen »Keine Sorge, das kriegen wir schon hin«, wobei er jedes Mal mit dem aufgerollten Bauplan gegen die Mauer schlug.

»Übrigens möchte ich Sie in einer Sache um Rat bitten«, sagte ich, nachdem wir alles durchgegangen waren. »Ich würde gerne bald einmal Urlaub nehmen, um nach Hause zu fahren. Was meinen Sie dazu …?«

»Kann ich nicht sagen. Da müssen Sie die Chefin fragen. Aber eigentlich dürfte das kein Problem sein.«

»Nur ein paar Tage. Wenn wir die Exponate aufstellen, kann ich nicht weg, aber im Augenblick würde es nicht so viel ausmachen, wenn ich nicht da wäre.«

»Dann nehmen Sie doch ruhig Ihren Urlaub. Die

Chefin hat sicher nichts dagegen. Schließlich haben Sie, seit Sie hier sind, ununterbrochen geschuftet. Sie müssen sich auch mal erholen. Eigentlich hätte ich die Chefin schon längst darauf aufmerksam machen sollen. Tut mir leid, dass ich nicht von selber darauf gekommen bin.«

»Aber nein, das ist doch ganz allein meine Angelegenheit.«

»Zu Hause wartet wohl eine Freundin auf Sie?«

Er klopfte mir mit dem Bauplan auf den Rücken.

»Nein, leider nicht. Ich würde nur gern das Baby von meinem Bruder sehen«, antwortete ich ehrlich.

Wie der Gärtner es vorausgesehen hatte, genehmigte die Alte mir den Urlaub ohne Einwände. »Ja, fahren Sie ruhig«, sagte sie, ohne eine giftige Bemerkung zu machen oder missbilligend mit der Zunge zu schnalzen. »Passen Sie auf sich auf«, fügte sie sogar noch fürsorglich hinzu.

Erst beim Packen merkte ich, dass ich mich freute wie ein Kind. Obwohl mir das Leben hier keine Last war und zu Hause auch kaum jemand auf mich wartete, summte ich unwillkürlich vor mich hin, während ich meine Kleider zusammenlegte und das Mikroskop auseinanderschraubte und in seinen Karton legte. Das Mädchen und der Gärtner würden sich in meiner Abwesenheit um alles kümmern, und ich war zuversichtlich, dass ich nach meiner Rückkehr mit frischen Kräften an die Arbeit gehen und das Museum fertigstellen würde.

Meine Habe hatte sich seit meiner Ankunft im Dorf

kaum vermehrt. Ich packte das Mikroskop zwischen die Wäsche, damit es nicht kaputtging, legte das *Tagebuch der Anne Frank* darauf und war fertig. Der Gärtner sollte mich früh am nächsten Morgen zum Bahnhof fahren. Ich malte mir aus, wie ich meinen Urlaub verbringen würde. Ich hatte meinen Bruder noch nicht benachrichtigt, aber ich wusste, er würde sich freuen. Wie immer würde meine Schwägerin überreichlich kochen und mich mit guten Sachen vollstopfen, bis ich nicht mehr konnte. Vielleicht war sie auch ein bisschen erschöpft. Dann würde ich mich als Babysitter zur Verfügung stellen, damit die jungen Eltern auch mal ausgehen konnten. Vermutlich waren sie seit der Geburt des Babys nicht einmal im Konzert gewesen, obwohl sie das so gerne taten. Aber ob ich überhaupt mit einem Baby umgehen konnte? Wahrscheinlich würde ich schon bei der Berührung des nach Milch duftenden, zarten Körpers nervös. Vor meinem inneren Auge sah ich das Baby arglos in seinem brandneuen Bettchen schlafen. Ich stütze mich auf das Gitter und kann mich nicht satt daran sehen. Bei der kleinsten Bewegung – wenn es die Lippen wie zum Saugen spitzt oder niest – muss ich lächeln. Am Kopfende ist liebevoll das Zierei, das ich ihnen geschickt habe, aufgestellt …

Der Gärtner erschien nicht zur verabredeten Zeit. Ich wartete gestiefelt und gespornt mit meinem Koffer in der Hand und fragte mich beunruhigt, ob ich den Express überhaupt noch erreichen würde.

»Entschuldigen Sie!« Völlig außer Atem tauchte der

Gärtner endlich auf. Trotz der frühen Stunde war sein Arbeitskittel durchgeschwitzt, und er schien in größter Eile vom Hauptgebäude herübergerannt zu sein.

»Es tut mir leid, aber Sie müssen Ihren Urlaub verschieben. Anordnung von der Chefin.«

Er schnappte nach Luft.

»Es ist wieder jemand gestorben«, fuhr er zerknirscht fort.

Irgendwann einmal hat mir ein befreundeter Arzt erzählt, das Anstrengende für einen Arzt seien weder die Untersuchungen noch die Behandlungen. Am schlimmsten sei es, wenn ein Patient im Sterben liege, noch dazu in einem hoffnungslosen Fall.

Es sei deprimierend, sich vorzustellen, dass jemand noch an der Schwelle des Todes einen anderen in Anspruch nehmen müsse, auch wenn es ein Arzt sei. Das müsse sehr unangenehm für ihn sein. Es sei ohnehin nicht zu verhindern, dass sein Herz irgendwann aufhöre zu schlagen, und er sei ja auch darauf gefasst.

An seiner Stelle würde ich zu dem Arzt sagen: »Vielen Dank, aber kümmern Sie sich bitte nicht um mich.«

Genauso anstrengend ist es auch für die Mitarbeiter des Museums der Stille, wenn jemand gestorben ist, aber niemand hat deshalb Mitleid mit mir, dem Museumsexperten. Die Toten sind nur noch kalte Materie und haben bereits ihre Reise in die Ewigkeit angetreten. Sie drehen sich nicht einmal mehr nach mir um.

Diesmal war das Opfer eine 27-jährige alleinstehende

Stricklehrerin. Sie war verblutet. Jemand hatte sie auf ihrem Heimweg vom Kulturhaus, wo sie ihren Unterricht gegen 21.30 Uhr beendet hatte, in ein einsames Baustofflager gezerrt und in Hals und Brust gestochen. Ihre Leiche war am folgenden Morgen von einem Arbeiter entdeckt worden. Sie war nicht beraubt worden, und außer den abgetrennten Brustwarzen wies ihr Leichnam keine Spuren von Misshandlungen auf. Alles war genau wie bei der Frau von der Rentenanstalt und der Prostituierten, die vor langer Zeit im Gasthof ermordet worden war.

Ich sammelte Informationen, verfolgte das Voranschreiten der Ermittlungen und stattete zu einem Zeitpunkt, den ich für geeignet hielt, dem Kulturhaus einen Besuch ab. Ich weiß nicht warum, aber dieses Mal verspürte ich weder die Schuldgefühle noch die Angst oder die Reue, die mich sonst immer bei meiner Jagd nach einem Erinnerungsstück begleitet hatten. Stattdessen überfiel mich unbeschreiblicher Verdruss.

Weniger belastend hätte ich es gefunden, wenn es sich um einen Greis wie den Chirurgen gehandelt hätte, warum ausgerechnet wieder eine so junge Frau? Bevor ich in dieses Dorf gekommen war, hatte es fünfzig Jahre lang keinen Mord geben.

In beiden Fällen hatte man die Brustwarzen der Opfer abgetrennt, und die Erinnerungsstücke, die ihrem Tod genau den richtigen Ausdruck verleihen konnten, waren längst in den Händen des Täters. Mir blieb nicht mehr als ein Schatten ihres Andenkens …

Das alles ärgerte mich maßlos. Möglicherweise lag es auch daran, dass der Vorfall meinen Urlaub zunichtegemacht hatte. Nüchtern und schlecht gelaunt erledigte ich jeden Schritt der Prozedur, wie es meine Pflicht war. »Mein Urlaub zählt ja nicht«, brummte ich dabei in mich hinein.

Das Kulturhaus war ein dreistöckiges Gebäude in einer düsteren Lage und sah ärmlicher aus, als sein Name vermuten ließ. Außer dem Strickunterricht wurden noch andere Kurse angeboten. Nachdem ich das Veranstaltungsverzeichnis studiert hatte, beschloss ich, das Erinnerungsstück an einem Freitag zu holen, wenn »Geschichte des Orients« und »Kameratechnik – Mittelkurs« parallel stattfanden. Beide Veranstaltungen wurden vermutlich in der Hauptsache von Männern besucht.

Erwartungsgemäß gelang es mir, mich ohne Schwierigkeiten in das Gebäude zu schmuggeln. Wie beim letzten Mal hatte ich keine Ahnung, was als Erinnerungsstück infrage kommen könnte. Ich schlenderte vor der Anmeldung und einem Raum mit dem Schild »Kursleiter« im Foyer herum und tat, als wartete ich auf den Beginn eines Kurses. Jeder Gegenstand schien mir besser geeignet als das Gras bei der öffentlichen Toilette im Waldpark.

In einer Ecke des Foyers waren verschiedene Arbeiten von Kursteilnehmern ausgestellt. Holzschnitte, gefärbte Stoffe, französische Stickerei, Metallarbeiten, Ölmalerei, Trockenblumen – alles recht bescheiden. In der Handarbeitsecke hing ein Spitzendeckchen, das die Lehrerin angefertigt hatte, eine ganz gewöhnliche Handarbeit, die sich nicht besonders von den Strickwesten oder Pullovern der Teilnehmerinnen abhob. Offensichtlich hing das Deckchen schon eine halbe Ewigkeit dort, denn ein Netz aus Staub überzog die Zwischenräume in seinem Muster.

Gewissensbisse überkamen mich erst, als ich die Nadeln herauszog, um das Deckchen von der Wand zu entfernen. Hemmungen überwältigten mich, und einen Augenblick lang stand ich, eine Ecke des Deckchens in der Hand, wie erstarrt da. So bescheiden die kleine Ausstellung auch war, immerhin handelte es sich zweifellos um eine Art Museum. Es war schändlich, dass ich, ein Museumsexperte, ein Exponat aus einem fremden Museum für meine eigene Sammlung entwendete.

Eine Wanduhr schlug, und Schritte kamen die Treppe herunter. Gleich würde die Sekretärin am Schalter sich in meine Richtung wenden. Ich überwand meine Zögerlichkeit und riss das Deckchen blitzschnell von der Wand. Offenbar hing es noch an einer Nadel fest und riss mit einem leisen Ratschen am Rand ein. Hastig verbarg ich es in der Innentasche meines Jacketts. Ich kehrte dem Schalter den Rücken, durchquerte, um einen unbefangenen Eindruck zu machen, mit betont großen Schritten das Foyer und hoffte, niemand würde mich ansprechen. Auch ohne mich umzudrehen, konnte ich mir den leeren Fleck vorstellen, der durch meine Tat entstanden war und eigentlich gar nicht in ein Museum gehörte.

Es gibt nichts Erbärmlicheres als die Beschädigung eines Exponats durch einen Museumsexperten. Ich verließ das Kulturhaus und fuhr mit dem Rad zum Hauptplatz zurück. Dort breitete ich das Deckchen auf dem Sattel aus. Der Riss war nun so lang, dass das Deckchen beinahe aus zwei Teilen bestand, und sooft ich den Rand berührte, riss die Stelle weiter ein. Hilflos kräuselte sich das aufgegangene Garn.

Ich schnalzte mit der Zunge. Von Anfang bis Ende war alles schiefgelaufen, und ich empfand weder ein Gefühl von Erfolg noch Erleichterung. Ich zerknüllte das Spitzendeckchen, als wäre es die Ursache meines Versagens, steckte es in die Tasche und machte mich, kräftig in die Pedale tretend, auf den Weg zurück zum Anwesen.

Am Abend bekam ich Fieber und konnte schließlich zehn Tage lang das Bett nicht verlassen. So krank war ich seit einem Keuchhusten in meiner Kindheit nicht gewesen. Ich wälzte mich herum und konnte nicht einschlafen. Zuerst dachte ich, es läge an meiner missglückten Jagd nach dem Erinnerungsstück, aber dann bekam ich einen Schüttelfrost, der nicht nachließ, bis ich mich mehr als elend fühlte. Wenigstens ein bisschen dösen zu können, hätte die Sache erträglicher gemacht, aber ich wurde immer wacher, und an Schlaf war nicht zu denken.

Hilflos wand ich mich in meinem Bett und biss die Zähne zusammen, als mein Blick auf das Zierei am Fenster fiel. Während ich beobachtete, wie der Umriss des Engels mit der Zeit seine Farbe veränderte, rechnete ich nach, wie lange es bis zur Morgendämmerung noch dauern würde.

Allmählich wurden meine Kopfschmerzen immer heftiger, bis sie von den Ohren über den Hals und die Brust bis zum Kreuz hinunter ausstrahlten. Als das Muster auf den Flügeln des Engels in der Morgendämmerung sichtbar wurde, fühlte ich mich vor lauter Schmerzen völlig zerschlagen.

In diesem Zustand fand mich die Haushälterin vor, als sie mir zur gewohnten Zeit das Frühstück brachte. Rasch rief der Gärtner einen Arzt, der meiner Krankheit jedoch nicht die verdiente Aufmerksamkeit schenkte. Er untersuchte mich nur flüchtig, diagnostizierte eine schwere Sommergrippe und verschrieb mir ein paar Medikamente.

Die Haushälterin pflegte mich.

Ich hätte mich gern bei ihr bedankt, aber meiner Brust entrang sich kaum mehr als ein Keuchen.

»Ich bitte Sie, Sie sind doch krank«, sagte sie mitfühlend und strich mir über den Rücken.

In den ersten drei Tagen konnte ich nur Wasser zu mir nehmen. Die Schmerzmittel waren so stark, dass ich die ganze Zeit zwischen Wachen und Schlafen vor mich hin dämmerte, ohne zu wissen, ob es Tag oder Nacht war.

Gelegentlich hörte ich, wie die Haustür quietschte und Schritte die Treppe heraufkamen. Dann öffnete ich meine Augen einen Spalt und sah jemanden am Bett stehen. Dafür brauchte mein Bewusstsein, das sonst mühelos funktionierte, ewig lange. Selbst für einen einzigen Atemzug musste ich die ganze Kraft meines geschwächten Körpers mobilisieren. Doch alle meine Besucher waren geduldig und rücksichtsvoll – sogar die Alte.

»Es müssen ziemlich starke Bakterien sein, da sie in der Hitze überlebt haben und Ihnen jetzt so übel mitspielen. Sie werden wohl noch öfter krank werden, bis Sie sich an das Klima hier gewöhnt haben. Neuankömmlingen passiert das häufig. Später, wenn Sie genügend Abwehrkräfte entwickelt haben, kommt das nicht mehr vor.«

Der Atem der Alten war feucht und roch nach Gebissreiniger. Hinter ihr stand die Haushälterin mit einer Schüssel warmem Wasser, um mir den Körper abzuwischen.

»Zum Glück sind Sie nicht im Urlaub krank geworden. Der wäre sonst im Eimer gewesen. Ihrer Familie hätten Sie auch Kummer gemacht, und wir hätten um Ihre Rückkehr bangen müssen. Aber solange Sie hier im Bett liegen, können wir beruhigt sein. Haben Sie nur Geduld, bald sind Sie wieder auf den Beinen und können an den Erinnerungsstücken arbeiten.«

Ich wollte zustimmen, konnte aber die Augen nicht mehr offen halten, weil mir schwindlig wurde.

»Also dann.«

Die Alte stieß mit ihrem Stock auf den Boden, stand auf und humpelte die Treppe hinunter.

Das Mädchen besuchte mich jeden Tag. Ich erkannte es sofort an seinen Schritten, die viel leichter klangen als die der anderen.

»Ihre Lippen sehen schon viel rosiger aus als gestern.«

Als Erstes sagte sie mir immer etwas, das mich aufmuntern sollte.

»Sie atmen auch viel leichter.«

Sie beugte sich über mich und horchte an meiner Brust. Dabei kitzelten ihre Haare mein Gesicht.

»Machen Sie sich keine Sorgen wegen des Museums. Ich gebe mir große Mühe, alle Aufzeichnungen, die liegen geblieben sind, ins Reine zu schreiben. Um alles Übrige kümmern der Gärtner und ich uns zusammen, damit Sie dann gleich wieder an Ihre Arbeit gehen können.«

»Du darfst nicht mehr so spät abends ausgehen.«

Das Sprechen fiel mir noch schwer, aber das musste ich ihr unbedingt sagen.

»Ich weiß. Sie meinen den Mordfall. Mir passiert schon nichts. Keine Sorge.«

Sichtlich versuchte sie, irgendetwas zu finden, das sie für mich tun konnte. Sie schüttelte mein Kissen auf, wischte mir den Schweiß von der Stirn oder zog die Vorhänge auf und zu. Um ihr eine Freude zu machen, bat ich um Wasser, obwohl ich eigentlich keinen Durst hatte. Eifrig brachte sie mir ein Glas mit Eis und stützte mir beim Trinken den Rücken.

»Du musst vorsichtiger sein. In Zukunft fährst du

nicht mehr mit dem Fahrrad, sondern lässt dich vom Gärtner chauffieren, versprochen?«

»Ja, natürlich, Sie können ganz beruhigt sein«, sagte sie folgsam.

Sooft ich die Augen schloss, breitete sich eine eintönige und endlose Dünenlandschaft vor mir aus. Ich hörte auch das reibende Geräusch, das der vom Wind aufgewirbelte Sand erzeugte. Ich fragte mich, warum ich die Augen nicht offen halten konnte, ob es am Sandsturm lag oder daran, dass ich schlief.

Ohne zu wissen wohin, machte ich mich daran, die Dünen zu überqueren. Bei jedem Schritt sank ich tief in den Sand ein und fiel hin. Sooft ich mich vom Gewicht des Sandes befreit hatte und wieder aufrecht stand, spürte ich meine ohnehin spärlichen Kräfte weiter schwinden. Aber ich durfte mich nicht ausruhen. Ich musste unbedingt über die Düne. Mehr wusste ich nicht.

Ich fragte mich nun, warum ich wohl so erschöpft war, obwohl ich doch eigentlich schlafen müsste. Am liebsten wollte ich an einem ruhigen, windgeschützten Platz liegen.

Um mich abzulenken, versuchte ich, an etwas anderes zu denken. Es musste etwas sein, das mich, wenn auch nur für einen Augenblick, die Schwere des Sandes und dieses unangenehme Gefühl vergessen ließ. Woran sollte ich denken? Ja, das war es – die Brustwarzen des Mädchens.

Ihre Brustwarzen?

Ja, genau. Gewiss erscheint das ungehörig und vulgär, aber was sollte ich tun? Es ist nicht einfach, ein Thema zu finden, wenn einem die Sandkörner bis in den Schädel dringen und im Gehirn herumwirbeln.

Selbstverständlich hatte ich die Brustwarzen des Mädchens nie gesehen. Aber hin und wieder hatte ich unversehens ihre Existenz gespürt. Zum Beispiel, wenn sie mir in der ehemaligen Waschküche die Erinnerungsstücke reichte. Oder wenn sie liebevoll die gebrechliche Alte stützte. Wenn sie ihr Gesicht dem meinen näherte, um mir Fragen über die Sammlung zu stellen.

Gesund sehen sie aus und wohlgeformt. Sie wirken nicht geheimnisvoll, obwohl sie doch unter der Kleidung verborgen sind. Sie sind einfach da, wie die nackten Füße des Mädchens in den roten Sandalen. Sie passen auch sehr gut zu der Narbe auf ihrer Wange.

Daher bin ich auch ganz unbefangen und habe es nicht nötig, irgendwelche Begierden im Zaum zu halten oder gar in Selbsthass zu verfallen. Wenn ich mir Mühe gebe, kann ich erkennen, dass sie vom Warzenhof bis zu den Spitzen gut durchblutet sind. Das Blut scheint durch die dünne Haut. Es erstaunt und erfreut mich, wie das Leben sogar in diesem kleinen Organ pulsiert.

Die Spitze ist mit noch zarterer Haut überzogen und hat genau die richtige Form, sie mit den Fingerspitzen zu umschließen. Wahrscheinlich könnte man die Brustwarzen ganz leicht abtrennen. Ein gut geschliffenes Messer würde ohne den geringsten Widerstand durch die Haut gleiten wie durch ein Seidentuch.

Das Mädchen würde auch nicht schreien. Es würde

nicht einmal merken, was mit ihm geschah, und nur verwundert zuschauen, wie ihm das Blut allmählich über die Brust laufen würde …

Als ich das nächste Mal aufwachte, stand der Novize an meinem Bett.

»Was machst du denn hier?«, krächzte ich.

Meine Stimme klang so schwach, als käme sie von der anderen Seite der Dünen. Ohne zu antworten, faltete er die Hände, die unter dem Fellumhang hervorschauten, zum Gebet. Seit dem letzten Mal waren seine Haare etwas gewachsen, und sein Gesicht wirkte irgendwie schmaler.

»Entschuldige, aber in meinem Zustand kann ich dir gar nichts anbieten.«

»Machen Sie sich darüber keine Gedanken«, antwortete das Mädchen an seiner Stelle.

»Ach, du bist ja auch da …«

Sie schaute mich über die Schulter des Novizen an.

»Er hat Heilkräuter aus dem Kloster mitgebracht, die eine entgiftende Wirkung haben. Es gibt sie nur am Klosterberg. Die Büffel fressen sie, wenn sie krank sind. Er hat Ihnen daraus nach einem bestimmten Rezept einen Tee gemacht. Natürlich schmeckt er nicht besonders. Aber Sie sollten ihn trotzdem ausprobieren.«

Es handelte sich um ein moosgrünes, zähflüssiges Gebräu, das so unappetitlich roch, dass ich allen Mut zusammennehmen musste, um davon zu trinken. So musste es riechen, wenn man Schlamm vom Grund des sumpfigen Weihers schöpfte, über den der Junge sein Boot ruderte.

Ergeben setzte ich mich auf, dachte an gar nichts und trank eine Tasse von dem Kräutertee. Ich war sowieso noch zu schwach, um zu denken, und wollte das Mädchen auch nicht in Verlegenheit bringen, indem ich den guten Willen des Novizen missachtete.

»Danke, dass du dir extra die Mühe gemacht hast.«

Von der zähen Flüssigkeit klebte mir die Zunge noch am Gaumen. Er nickte und stellte die leere Tasse auf dem Nachttisch ab.

»Was Sie gerade getrunken haben, ist kein gewöhnliches fiebersenkendes Mittel. Ganz im Gegenteil, es verbrennt Fett im Körper und neutralisiert Gift. Deshalb wird das Fieber erst einmal steigen, und Sie werden sich schlechter fühlen. Aber das ist kein Grund zur Besorgnis. Nachdem Sie das Gift ausgeschwitzt haben, werden Sie wie durch Zauberkraft geheilt sein. Die Mönche haben die Wirkung dieser Kräuter durch die weißen Bergbüffel entdeckt. Büffel, denen das Fell ausgeht oder die Durchfall haben, verlassen die Herde und gehen in den Schatten der Felsen, wo diese Kräuter wachsen. Dort bleiben sie, bis sie wieder gesund sind. Ganz still, um die anderen Tiere nicht zu stören. Das Fell der Tiere, die wegen einer Krankheit häufig diese Kräuter fressen, soll sich besser für die Kutten eignen als das der Tiere, die ihr ganzes Leben lang gesund waren. Ihm haftet eine Feuchtigkeit an, die später das Schweigen stärker absorbiert …«

Als ich mich wieder zurücklegte, überfiel mich eine unwiderstehliche Müdigkeit. Ich wollte auf ihre Erklärung antworten, aber mir schwand das Bewusstsein, und die Gesichter der beiden, die sich über mich beugten, verschwammen.

Warum spricht der Junge nicht, überlegte ich mit meinem geschwächten Verstand. Er machte Fortschritte auf seinem Weg des Schweigens. Kaum war mir das eingefallen, fiel ich auch schon in einen nie gekannten, tiefen Schlaf, der Dünen und Brustwarzen einfach unter sich begrub.

Die Kräuter zeigten eine hervorragende Wirkung. An diesem Tag bekam ich wieder hohes Fieber und schwitzte so stark, dass die Haushälterin alle zwei Stunden meine Bettwäsche wechseln musste. Als ich am nächsten Morgen aufwachte, fühlte ich mich wieder wohl. Meine Gelenke waren noch etwas steif, aber ich verspürte keine Schmerzen, kein Ohrensausen und keine Beklemmungen in der Brust mehr. Ich fühlte mich leicht. Als ich aufstand, zum Fenster ging und mich streckte, spürte ich, wie meine geschwächten inneren Organe nach und nach zu neuem Leben erwachten.

Während meiner Krankheit hatte ich das halb zerrissene, zerknüllte Spitzendeckchen in meiner Jackettasche gelassen.

# 12

Bis ich mich ganz von meiner Krankheit erholt hatte, war der Sommer vorbei. Die Voraussage der alten Frau war eingetreten.

Am Morgen meines ersten Arbeitstags entdeckte ich auf dem Weg zur Villa, dass der Ulmenstumpf am Waldrand voller Pilze war. Ockerfarbene Schirmchen, in der Mitte hohl wie rote Blutkörperchen und etwa so groß wie die Spitze eines kleinen Fingers, überzogen den Baumstumpf. An schattigen Stellen, bis zu denen die Morgensonne nicht vordrang, war die glitschige Oberfläche feucht und kühl.

Ich schaute zum Himmel. Alles – die Form der Wolken, die Art, in der die Bäume schwankten, die Vögel und die Luft – hatte sich verändert. Anzeichen für eine Rückkehr des Sommers gab es nicht. Während ich auf die Villa zueilte, nahm ich mir vor, das Mädchen zu fragen, wo ich einen warmen Mantel in Auftrag geben konnte.

Obwohl ich meine Arbeit wiederaufgenommen hatte, dauerte es eine Weile, bis mein Leben wieder in gewohnten Bahnen verlief. Die Krankheit hatte mich stärker geschwächt, als ich vermutet hatte. Ich hatte abgenommen, und mir wurde öfter schwindlig. Es fiel mir auch schwer, mich länger auf die Baupläne zu konzentrieren. Bei unserer Dokumentationsarbeit am Vormittag schaffte ich es gerade einmal, die Geschichte eines Erinnerungsstücks aufzuzeichnen. So kam ich mit der Alten überein, eine Zeit lang nur noch einen Gegenstand pro Tag zu behandeln, damit die Aufzeichnungen korrekt blieben.

Das eigentliche Problem war freilich nicht meine Krankheit, sondern eher der Gesundheitszustand der Alten. Die Hitze des Sommers schien sie sehr mitgenommen zu haben. Bei unserer ersten Begegnung hatte ich gedacht, älter könne sie nicht mehr werden, aber nach diesem Sommer sah sie tatsächlich noch älter aus. Doch die Art, wie sie die Geschichte der Erinnerungsstücke erzählte, wirkte so kraftvoll, dass ich mir zumindest bei der Arbeit einreden konnte, ihre Schwäche sei nur vorübergehend.

Auch außerhalb des Anwesens hatte sich vieles verändert. Man sah kaum noch Touristen, und ohne den Straßenmusikanten und die Eisbude wirkte der Platz verlassen. Die Weizen- und Hopfenernte war vorüber, und die Felder boten nun einen ganz anderen Anblick. Die Baseballsaison war auch zu Ende, und keine Menschenmenge strömte mehr allwöchentlich in Richtung Stadion. Die Hühnerzüchter hatten am Ende doch nicht gesiegt.

Die Nachricht von der Ergreifung des Bombenlegers versetzte das Dorf in große Aufregung und füllte damit ein wenig die Leere, die der vergangene Sommer zurückließ. Bei dem Täter handelte es sich um einen arbeitslosen, ehemaligen Postboten mittleren Alters. Er war entlassen worden, weil er unter Verfolgungswahn litt und deshalb mehrfach in eine Klinik eingewiesen worden war. Seither hatte er in einem Schuppen in der Nähe eines Bauernhofs gehaust und sich mit dem Basteln von Bomben beschäftigt.

Er war, soweit man den Zeitungsartikeln entnehmen konnte, ein erbärmlicher Charakter, und der Gedanke, dass er den Tod eines Verkünders und die Verletzungen des Mädchens verschuldet hatte, erregte gewaltigen Unmut in mir. Dieser Postbote besaß keinerlei hochherzige Prinzipien, war weder ein Rebell, noch hatte er irgendeinen sinnvollen Ehrgeiz. Er war lediglich aus seiner frustrierenden Lebenslage in die Einsamkeit geflohen und hatte sich durch das Herumbasteln mit Zündschnüren und den Geruch von Sprengstoff Befriedigung verschafft. Mehr nicht.

Immerhin waren nicht Menschen, sondern Gebäude das Ziel seines Anschlags gewesen. In seinem Schuppen wurde eine detaillierte Karte der Wohngebiete gefunden, die er aus seiner Dienstzeit aufbewahrt und auf der er bestimmte Ziele mit Nummern und Pins markiert hatte. Als ich die Abbildung in der Zeitung betrachtete, stellte ich fest, dass die abgesteckten Ziele im Umriss der sternförmigen Narbe des Mädchens glichen. Ein unheimlicher Zufall. Wäre es ihm gelungen, alle seine Pläne in die Tat umzusetzen, hätte er die wichtigsten Gebäude im Dorf zerstört.

Ich wollte meinen Blick gerade von dem Bild lösen,

als ich eine schwerwiegende Entdeckung machte. Der Hauptplatz war die Nummer 1 und bildete den Mittelpunkt des Sterns. Von dort führte eine Linie in Richtung Westen zu Ziel Nummer 2 – die Villa der Alten.

Als ich am nächsten Tag etwas früher von der Arbeit nach Hause kam, standen zwei fremde Männer vor der Tür. Außer ein paar jungen Hilfsarbeitern, die der Gärtner angeheuert hatte, war bisher niemand bis in den hinteren Teil des Anwesens vorgedrungen. Es fiel mir auch niemand ein, mit dem ich einen Termin haben konnte. Um meine Unsicherheit zu kaschieren, sprach ich die beiden besonders höflich an.

Sie waren Polizeibeamte und sahen einander so ähnlich, dass ich sie bis zum Ende unseres Gesprächs nicht auseinanderhalten konnte. Zu ihren Anzügen, die penetrant nach Zigarettenrauch rochen, trugen sie altmodisch gemusterte Krawatten und an den Spitzen abgestoßene Lederschuhe.

Zunächst drehte sich das Gespräch nur um allgemeine Dinge wie mein Verhältnis zu der alten Frau, den Grund für meine Anwesenheit und meine Arbeit. Mit Einzelheiten über das Museum hielt ich mich zurück, um Komplikationen zu vermeiden. Sie hörten interessiert zu und nickten, was ich jedoch eher als bedrohlich und unangenehm empfand.

Bald kam ich zu dem Schluss, dass sie wegen des Bombenanschlags gekommen waren. Da bei uns nicht nur eine Person verletzt worden war, sondern der Attentäter die Villa auch als nächstes Ziel anvisiert hatte, mussten sie wohl vor Ort weitere Untersuchungen durchführen.

»Waren Sie schon im Haupthaus?«, fragte ich.

Der eine Beamte verneinte.

»Es ist eine altehrwürdige, prächtige Villa und außerdem sehr weitläufig. Das Gebäude ist quasi selbst ein Museumsstück. Im Dorf gibt es kein anderes Haus, das sich mit ihm messen könnte«, fuhr ich fort.

»Aha«, antworteten beide gleichzeitig.

»Für einen wahnsinnigen Attentäter wäre es wohl eine naheliegende Konsequenz, sich nach der Zerstörung des Dorfzentrums die Villa vorzunehmen.«

Diesmal nickten sie nicht.

»Wenn Sie das Haupthaus besuchen müssen, könnte ich Sie bei der Besitzerin anmelden. Sie ist eine recht eigenwillige alte Dame. Nicht gerade einfach im Umgang. Aber wenn ich vermittle, könnten Sie sie zumindest sprechen. Schließlich gehört auch sie zu den Betroffenen, denn ihre Tochter wurde bei dem Anschlag verletzt. Es war gut, dass Sie zuerst zu mir gekommen sind. Die alte Dame wäre sicher verstimmt gewesen, wenn Sie sie so plötzlich in der Villa überfallen hätten. Sie hat einen eigenen Kalender und richtet ihr Leben ohne Rücksicht auf andere ganz danach aus. Ich kenne mich damit nicht so genau aus, aber er ist kompliziert, so viel weiß ich. Ich bin natürlich kein enger Vertrauter von ihr, aber da ich etwa seit einem halben Jahr mit ihr zusammenarbeite, habe ich ein bisschen gelernt, wie man am besten mit ihr umgeht …«

»Wo waren Sie am Abend des 3. August zwischen 21.00 und 22.00 Uhr?«, unterbrach mich der eine abrupt, ohne sich vorher zu räuspern oder zu lächeln. Sein Ton klang plötzlich streng.

»Am 3. August?« Die unerwartete Frage brachte mich aus dem Konzept.

»Das war ein Dienstag«, fügte der andere hinzu.

Misstrauisch fragte ich mich, warum sie das wissen wollten, und fühlte mich keineswegs veranlasst, die Frage zu beantworten. Ich versuchte, das Datum mit dem Bombenattentat in Verbindung zu bringen, aber es gelang mir nicht. Ich sehnte mich nach Ruhe und einer Tasse heißem Kaffee.

»Ich kann mich nicht mehr erinnern, da das ja schon einige Wochen her ist«, erklärte ich wahrheitsgemäß.

»Haben Sie keine Eintragungen in einem Tagebuch oder einem Terminkalender gemacht?«

Sie ließen nicht locker.

»Ich führe ein Diensttagebuch. Es liegt in meiner Werkstatt, aber es ist nicht sehr ausführlich.«

»Gehen Sie öfter abends aus?«

»Nein, so gut wie nie …« Ich schüttelte den Kopf. »Nach Feierabend komme ich meist direkt hierher nach Hause. Ich verlasse das Anwesen kaum.«

Ich wusste nicht, ob ich mich hüten oder unbefangener sein sollte.

»Und am Abend des 30. August zwischen 21.00 und 22.00 Uhr?«

»Das war übrigens ein Montag.«

Der eine starrte mich an, während der andere mit den Fingern auf der Tischkante trommelte. Auf dem Tisch stand noch mein Kaffeebecher, ein paar Orangenschalen, eine Schüssel und eine Pipette lagen auch herum. Genau so, wie ich es heute Morgen verlassen hatte.

»Mir einfach solche Daten zu nennen hilft wenig. Zu der betreffenden Uhrzeit arbeite ich normalerweise noch in der Werkstatt oder trinke nebenan mit dem Gärtner einen Schluck. An etwas anderes kann ich mich nicht erinnern.«

»Das verstehen wir doch. Sie brauchen nicht nervös zu werden. Das menschliche Gedächtnis ist ohnehin nicht zuverlässig. Manchmal fällt einem ganz plötzlich doch noch etwas ein. Sie können sich ruhig Zeit nehmen.«

»Woran soll ich mich erinnern? Was soll das überhaupt?«

»Wir wollen doch nur wissen, mit wem Sie wo und was gemacht haben, mehr nicht.«

Der Mann hörte nicht auf, auf den Tisch zu trommeln. Vor Erschöpfung war mir schon ganz schwindlig, und ich hatte keinen anderen Wunsch, als in mein Bett zu fallen.

»Der Bombenleger ist doch gefasst, oder?«

Die beiden schwiegen. Die Abendsonne schien ins Zimmer und tauchte es in eine matte Farbe. Mein Schwindelgefühl nahm zu.

»Ja.«

Als endlich einer antwortete, hatte meine Frage längst ihren Sinn verloren.

»Und am 13. August?«

»Das war eine schwüle Nacht, etwa drei Tage nach Neumond.«

Ich schloss die Augen und presste mir die Finger gegen die Schläfen. Nicht, um mich besser konzentrieren zu können, sondern um mein Schwindelgefühl unter Kontrolle zu bekommen.

»Keine Ahnung …«, antwortete ich mit gesenktem Kopf.

Nachdem die Beamten gegangen waren, dachte ich noch einmal über die drei Daten nach. Urplötzlich wurde mir alles klar: am 3. August war die Frau von der Rentenanstalt ermordet worden, am 30. die Stricklehrerin, und am 13. war ich in die Wohnung der Angestellten eingestiegen und hatte vergeblich nach einem geeigneten Erinnerungsstück gesucht.

Obwohl ich mich seit einiger Zeit wieder wohler fühlte, steigerten wir unser Arbeitstempo nicht und nahmen weiterhin nur ein Objekt pro Tag auf. Die Hinfälligkeit der Alten war nicht mehr zu übersehen.

Wenn ich einen Gegenstand auf den Tisch legte, starrte sie eine Zeit lang nur stumm mit aufgerissenen Augen darauf. Inzwischen brauchte sie merklich länger, um sich zu konzentrieren und die Geschichte eines Erinnerungsstücks abzurufen. Ihre Stimme war heiser, und sooft sie schlucken oder Luft holen musste, wurde der

Rhythmus unterbrochen, und nicht selten ruhte meine Hand auf dem Heft.

Die Genauigkeit ihrer Berichte litt indessen nicht unter dem geänderten Tempo, und auch die Kommunikation zwischen mir und der Alten verlief weiterhin reibungslos. Wenn ich sie so zusammengesunken in ihre Decke gehüllt dasitzen sah, wie sie mit all ihrer Kraft die Geschichten, die die Erinnerungsstücke bargen, eine nach der anderen mühsam hervorstieß, ehe sie verschwanden, erschien sie mir so liebenswert, dass ich gar nicht anders konnte, als ihre Worte mit der größten Sorgfalt niederzuschreiben.

»Es regnet.«

Nach der Arbeit plauderten wir öfter über Belanglosigkeiten. Vermutlich brauchte ich diese Zeit, um genügend Kräfte für den Rückweg in meine Wohnung zu sammeln.

»Scheint so«, antwortete ich, während ich das Erinnerungsstück und das Heft beiseiteräumte.

»Es wird lange regnen.«

»Steht das in Ihrem Almanach?«

»Ich brauche nicht jede Kleinigkeit im Almanach nachzulesen. Ich kann das hören. Jeder Regen macht andere Geräusche auf dem Dach.«

»Es heißt, die Temperaturen werden weiter fallen.«

Ich schaute durch den Vorhang nach draußen. Sogar jetzt am Vormittag war es dämmrig und still wie am Abend.

»Wie wird der Winter in diesem Jahr? Ich habe einen

Mantel aus sehr dickem Stoff bei einem Schneider in Auftrag gegeben.«

»Sie müssen in den Wald gehen und sich die Astlöcher der Eiche, die am nördlichsten Punkt steht, angucken.«

Die Knie angewinkelt und beide Arme an die Brust gedrückt, stützte die Alte sich auf die Armlehnen. Das blutige Geschwür auf ihrer Stirn war ausgetrocknet, und die Haut blätterte ab. Dadurch wirkte es noch mitleiderregender.

»Sind sie trocken, gibt es im nächsten Sommer eine Missernte, wenn Maden darin sind, wird die Weizenernte gut. Wenn sie von Spinnennetzen überzogen sind, fällt der erste Schnee schon im November, und ein langer, harter Winter steht bevor.«

»Ich verstehe. Ich werde es mir ansehen.«

»Sie sind ja ausnahmsweise so zahm.«

»Das bin ich doch immer.«

»Ach Quatsch«, sagte sie, und ehe ich mich versah, war sie eingeschlafen. Ihr Atem ging regelmäßig. Lautlos schlich ich zu ihr hinüber, zog ihr die verrutschte Decke zurecht und setzte mich ihr gegenüber, um zu warten, bis sie aufwachte.

Unterdessen starben immer wieder Menschen. Während es mit jedem Tag herbstlicher wurde, streifte ich auf der Suche nach Erinnerungsstücken durch das Dorf.

Einige der Toten hatten ein langes Leben gehabt, andere waren noch jung gewesen, als sie auf die Reise gingen. Manche hatten sich innerlich schon länger auf ihren Tod vorbereitet und sich von denen, die ihnen nahestanden, verabschiedet, andere starben plötzlich und ohne zu wissen, wie ihnen geschah. Sie alle ließen Erinnerungsstücke zurück – in einer armseligen Wohnung, in einem Sommerhaus auf einem Hügel mit schöner Aussicht, in einer dunklen Gasse, auf einem Bauernhof, in einer Fabrik, in einer Bibliothek, in einem Laden und sogar in der Schule. Irgendwo verborgen warteten diese Dinge geduldig darauf, dass ich sie abholte.

Am meisten beeindruckte mich ein Todesfall im Kloster. Als der Novize mir mitteilte, dass im Kloster jemand gestorben sei, dachte ich zuerst, es ginge wieder um das Fell eines weißen Bergbüffels. Aber der Tote war kein Mönch, sondern ein Laie, der in einem künstlichen Teich Forellen gezüchtet hatte.

Als das Mädchen und ich im Kloster eintrafen, fand gerade die Trauerfeier statt. Es war die bescheidenste und ruhigste Trauerfeier, die ich je erlebt hatte.

Außer uns waren noch fünfzehn oder sechzehn Mönche anwesend, wobei ich nicht sagen kann, ob alle Mönche des Klosters hier versammelt waren oder nur ein Teil von ihnen. Die Kapelle war kalt, und es herrschte eine Dunkelheit, die auch die Kerzen nicht erhellen konnten.

Vielleicht bedienten die Mönche sich einer Zeichensprache, die nur sie verstanden. Einer von ihnen stand in der Mitte des Altarraums und schien die Zeremonie, die offenbar bestimmten Regeln folgte, zu leiten. Das undurchdringliche Schweigen verunsicherte mich. Wie sollte ich mich während dieser Zeremonie verhalten? Mir blieb nichts anderes übrig, als alles so zu machen wie der Junge neben mir. Also betete ich mit gesenktem Kopf und geschlossenen Augen.

Der Tote lag in einem ärmlichen Sarg. Es gab keine Blumen, keine Musik, und niemand weinte. Das einzig Wahrnehmbare waren das leise Reiben der Fellkutten auf der Haut der Mönche und der Ruß der flackernden Kerzen.

Nach einer sehr langen, stillen Andacht trugen ein paar Mönche den Sarg aus der Kapelle in den Kreuzgang, durch den Gemüsegarten und einmal um den Forellenteich herum. Am Ende stiegen sie den felsigen Hügel hinauf. Die übrigen Anwesenden folgten dem Sarg in Zweierreihen.

Wahrscheinlich war das Geschick, mit dem die Mönche den Sarg trugen, auch ein Ergebnis ihrer klösterlichen Übungen. Unbeirrt schritten sie selbst auf lockerem Geröll oder durch dorniges Gebüsch, ohne dass der Tote unnötig durchgeschüttelt wurde.

Es war ein langer Weg. Der Novize hielt den Blick geradeaus gerichtet, und das Mädchen schaute zu Boden und achtete darauf, nicht zurückzubleiben. Die Narbe auf ihrer Wange wurde rot vor Kälte, sodass der Stern noch auffälliger wirkte. Seit dem frühen Morgen war es bedeckt, und der immer stärker wehende Westwind trug dichte Wolken von den Bergen herüber. Ich bereute es, meinen gerade fertig geschneiderten Mantel nicht angezogen zu haben.

Der Trauerzug hatte beinahe den Gipfel des Hügels erreicht. Als ich aufschaute, öffnete sich plötzlich der Blick, und ein erstaunlich großer Friedhof breitete sich vor mir aus.

Die karge Landschaft schien wie ein Symbol für den Geist der Mönche. Überall standen schmale, weiße, knochenähnliche Grabstelen, deren Anordnung auf den ersten Blick zufällig erschien, die aber doch mit einer gewissen Regelmäßigkeit aufgereiht waren.

Die dichten Reihen der Grabstelen erstreckten sich, so weit das Auge reichte, über den Hang. Ich war überrascht, wie viele Mönche hier beerdigt waren.

Einige der Stelen standen schräg, als dächten sie nach, andere waren voller trauriger Risse, die vielleicht von Blitzeinschlägen herrührten. Auf keinem der Pfeiler stand ein Name. Kein besinnlicher Spruch, kein Abschiedswort des Toten. Nur das Todesdatum war mit unbeholfener Hand eingemeißelt.

In der Mitte des Hanges war ein Platz für das Grab des Mannes vorgesehen. Der Sarg wurde hineingesenkt und Erde darauf geschüttet. Die Stele war ganz neu, und die Spuren des Meißels waren noch frisch.

Dem Novizen zufolge hatte der Mann schon lange, bevor er in das Kloster gekommen war, dort gelebt. Eines Tages habe er im Hof gelegen und sei von den Mönchen aufgenommen worden. Von da an hatte er das Kloster nie mehr verlassen, und es hatte ihn auch nie jemand besucht.

Die Mönche rieten ihm, dem Orden beizutreten,

denn er sprach nie. Es war nicht zu erfahren, ob sein Schweigen körperliche Ursachen hatte oder ob er nie sprechen gelernt hatte. Auf alle Fälle hatte er zeitlebens kein einziges Wort gesprochen und kein einziges Schriftzeichen geschrieben. Er konnte ihnen nicht einmal seinen Namen sagen. Von dem Moment an, als sie ihn im Hof gefunden hatten, praktizierte er das Schweigen.

Er lehnte es zwar ab, als Verkünder des Schweigens ins Dorf zu gehen, verrichtete aber alle anderen Arbeiten so bereitwillig und gewissenhaft, dass er eine Zelle bekam und im Kloster wohnen durfte. Bald entwickelte er ein erstaunliches Geschick beim Fischfang. Im Bach hinter dem Kloster legte er verschiedene Reusen aus, konstruierte neue Angelhaken und fing alle möglichen Fische. Erst durch ihn erfuhren die Mönche, welch unerschöpflichen Reichtum der Bach für sie bereithielt.

Seine Persönlichkeit schien ihren Ausdruck statt in Worten in seiner Beschäftigung mit den Fischen zu finden. Seine Lebensphilosophie drückte sich in Messungen der Wassertemperatur und -tiefe aus und in der Erkundung von Laichplätzen. Der Augenblick, in dem er den gefangenen Fisch in den Händen hielt, war wie ein Gefühlsausbruch für ihn.

Es war nicht herauszufinden, wo und wie er sich diese Fähigkeiten angeeignet hatte. Es kannte allerdings auch niemand den Grund für seinen Aufenthalt im Kloster.

Bald legte der Mann einen Teich an und hatte mit

seiner Forellenzucht großen Erfolg. Die Restaurants im Dorf kauften dem Kloster die Forellen ab, sodass sie zu einer wichtigen Einnahmequelle wurden. Der Mann gab sich auch weiterhin große Mühe, um seine Forellenzucht zu perfektionieren. Die meiste Zeit hatte er am Teich verbracht, bis er am Morgen des Vortags tot am Bachufer aufgefunden worden war. Sein Magen war durchgebrochen, und er war am Blut erstickt.

Es kam selten vor, dass ich so viel über einen Toten erfuhr, von dem ich ein Erinnerungsstück besorgen musste. Außerdem nahm ich zum ersten Mal an einer Trauerfeier teil, ohne mich verdächtig zu machen. Für gewöhnlich waren die Verstorbenen für mich beinahe Nebensache, während ihre Erinnerungsstücke ganz im Vordergrund standen. Im Fall dieses Mannes war es anders. Wir hörten, wie die Erde auf seinen Sarg prasselte, und sahen mit an, wie der Sarg langsam unter ihr verschwand. Ich konnte mir vorstellen, wie seine nach Fisch riechenden Hände, die nun ihre Aufgabe beendet hatten, ewige Ruhe auf seiner Brust gefunden hatten.

Auf einmal merkte ich, dass das Mädchen weinte. Ohne ihren Kopf zu senken, den Blick starr auf den Sarg gerichtet, vergoss sie lautlos Tränen für diesen unbekannten Mann. Ich hätte gern gewusst, warum sie weinte, gab es aber gleich auf, sie danach fragen zu wollen. Es wäre sinnlos gewesen. Ihre Tränen quollen unablässig hervor, wie die Wärme aus der Tiefe der Erde strömt oder wie Strudel im Bach entstehen, wenn Forellen den Grund aufwühlen.

Der Wind wurde heftiger. Ein peitschender, trockener Wind. Er wirbelte Staub auf, und die Säume der Fellkutten schlugen. Etwas weiter entfernt standen reglos die weißen Bergbüffel. Sie fraßen nicht und bewegten sich nicht, sondern wandten nur ihre Köpfe in unsere Richtung und glotzten, als wollten sie sich vergewissern, dass die Beerdigung einen korrekten Ablauf nahm. Offenbar bekamen sie gerade ihr Winterfell. Hier und da waren noch Reste des braunen Sommerfells zu sehen und unterstrichen ihre Hässlichkeit, die durch die Beerdigung noch trauriger wirkte. Die starken Böen, die vom Sumpf herüberwehten, erzeugten ein Heulen, das wie das Weinen der Büffel klang.

Ich nahm die Hand des Mädchens. Der Sarg war nun schon fast unter der Erde verschwunden.

Der einzige persönliche Gegenstand, den der Mann zurückgelassen hatte, war ein handtellergroßer Beutel, den er schon bei sich gehabt hatte, als man ihn damals im Kloster aufnahm. Er war aus billigem Leinen und an der Öffnung verschnürt. Ich löste die Schnur und legte den Inhalt auf den Tisch.

Ein Kamm, ein Löffel, ein Angelhaken und eine Murmel: Körperpflege, Nahrung, Arbeit und Erinnerung. Mehr war nicht darin. Es war das kleinste vorstellbare Museum, dennoch war das ganze Leben des Mannes darin enthalten. Ich gab den Inhalt wieder in den Beutel und verschnürte ihn. »Das nehme ich«, sagte ich.

Der Novize nickte.

»Das ist ein schönes Erinnerungsstück.« Das Mädchen nahm den Beutel mit beiden Händen entgegen.

Ich war völlig durchgefroren, und meine Fingerspitzen waren abgestorben. Die Zelle des Mannes hatte nur eine Luke und war so klein, dass wir drei gerade nebeneinander darin stehen konnten. Seine Matratze und seine Decke hatte man bereits weggeräumt, und da wir nun das Erinnerungsstück mitnehmen würden, blieb hier abgesehen von den Forellen im Teich keine Spur von ihm zurück.

»Ich wusste gar nicht, dass auf dem Hügel ein Friedhof liegt«, sagte ich.

»Und noch dazu ein so großer …«, fügte das Mädchen hinzu.

»Es ist auch der Friedhof der weißen Büffel.«

Der Junge, den ich lange nicht mehr gesehen hatte, war im Gesicht noch etwas schmaler geworden, und die Fellkutte, die ihm früher zu groß gewesen war, passte ihm jetzt.

»Werden sie wie Menschen begraben?«

»Warum sollte man sie anders behandeln?«

»Sie erweisen ihnen sehr viel Achtung.«

»Aber das Fell wird ihnen doch abgezogen?«

»Ja.«

»Wenn ihr ein Fell braucht, schlachtet ihr dann einen Büffel?«

»Nein. Wenn der Winter kommt, sterben einige von allein.«

Der Junge sprach inzwischen merklich weniger. Vor

jedem Satz zögerte er einen Moment, und seine Stimme war leise. Ich fürchtete, dass er bald ganz in die Welt des Schweigens eingehen würde.

»Die Mönche liegen also mit den Büffeln auf einem Friedhof.«

Das Mädchen legte den Kopf schräg und schaute zu ihm auf. Vermutlich hegte sie die gleiche Befürchtung wie ich.

»Die Büffel sind die Einzigen, mit denen wir unser Schweigen teilen können«, sagte der Junge. Der Saum seiner Fellkutte flatterte, Tiergeruch stieg mir in die Nase.

Mir stand nicht der Sinn danach, gleich in mein Zimmer zurückzukehren. Wir beide, das Mädchen und ich, waren erschöpft und wollten uns möglichst schnell aufwärmen, waren aber noch zu aufgeregt, um nach Hause zu gehen. Der kalte Wind auf dem Friedhof, die traurige Beerdigung und das Gefühl, ein neues Erinnerungsstück zu haben, verbanden sich und senkten sich tief in mein Herz.

Wir stellten unsere Fahrräder an der vorderen Veranda ab und liefen eine Weile am Bach entlang in den Wald hinein. Mir fiel ein, dass ich ihn zum ersten Mal betrat, obwohl ich ihn auf dem Anwesen stets in meinem Blickfeld hatte.

Der Wald war größer, als ich vermutet hatte. Die Laubbäume hatten bereits die Hälfte ihrer Blätter abgeworfen, aber die hohen, dichten Äste verdeckten dennoch den Himmel, und ich fühlte mich, als wäre ich an irgendeinem fernen Ort eingeschlossen. Hier und dort sah man hübsche Wildfrüchte oder Vogelbeeren, und ein Eichhörnchen mit buschigem Schwanz huschte einen Baum hinauf, aber all dies konnte mein Unbehagen nicht zerstreuen.

»Er spricht immer weniger«, bemerkte das Mädchen. Sie trug das Erinnerungsstück in ihrer Hand.

»Wirklich …?«, antwortete ich vage.

Der Weg war kaum erkennbar, und unsere Schuhe sanken tief in das welke Laub ein. An ihrer Strumpfhose klebten eine Menge Samen.

»Wenn er etwas sagen möchte, blinzelt er langsam mit geschlossenem Mund. Mehr nicht.«

»Aber er hat doch auf meine Fragen geantwortet.«

»Ja. Aber irgendwie ungelenk. Er kommt mir vor wie jemand, der eine Sprache erst vor Kurzem gelernt hat und bei jedem Wort noch unsicher ist.«

»Hast du Angst, dass du dich bald nicht mehr mit ihm unterhalten kannst?«

»Ich weiß nicht genau. Ich habe keine Ahnung, welcher Art sein Schweigen sein wird.«

Sie stolperte über eine Baumwurzel und wäre beinahe gestürzt. Reflexartig fasste ich sie um die Schultern. Sie griff die Schnur des Beutels fester.

»Ich beneide die Büffel. Sie sind die einzigen Geschöpfe, die das Schweigen mit ihnen teilen können.«

Auch im Wald wehte ein starker Wind. Er rüttelte an den Zweigen und Vogelnestern und zerzauste die Haare des Mädchens. Um uns vor dem Wind zu schützen, drängten wir uns dicht aneinander.

»Dort ist sie.« Sie zeigte mit dem Finger auf eine alte Eiche am nördlichsten Ende des Waldes.

Wir gingen einmal um den Baum herum, fanden ein großes Astloch und steckten gemeinsam die Hände hinein. Unsere Finger begegneten sich in dem dunklen feuchten Hohlraum und verharrten dort eine Weile, um die darin verborgene Bedeutung herauszufinden.

Um sich vor dem Wind zu schützen, schloss sie die Augen. Ihre Wimpern schienen noch feucht zu sein. Fast glaubte ich, in den Furchen ihrer Narbe noch Tränenspuren zu erkennen.

An unseren Fingern klebten Spinnweben.

# 13

Es herrschte strenger Frost an diesem Tag. Der Umbau der Stallungen war abgeschlossen.

Damit waren zumindest die Rahmenbedingungen für das Museum geschaffen, die konkreten Vorbereitungen für die Ausstellung lagen jedoch noch vor uns. Wir hatten insofern Glück, dass der Umbau noch vor Einbruch des Winters beendet war, denn Außenarbeiten im Schnee hätten Probleme bereitet.

Zumindest äußerlich hatte sich der Stall kaum verändert. Schadhafte Stellen an den Außenmauern waren ausgebessert worden, und die Pferdetränke war geblieben. Bisher wies nur die Tafel am Eingang darauf hin, dass es sich nicht mehr um einen gewöhnlichen Pferdestall handelte.

Werkzeuge und Schutt waren sauber fortgeräumt. Da die meisten Trennwände entfernt worden waren, wirkte der Stall geräumiger, und die Luft fühlte sich nicht mehr klamm an. Lichtverhältnisse und Ventilation waren optimal. Die Luft, die sich seit Ewigkeiten auf dem Boden angestaut hatte, schien völlig gereinigt. Als ich den vor mir liegenden Raum mit dem abgeteilten Empfangsbereich und dem ins Innere führenden Besuchergang betrachtete, konnte ich direkt vor mir sehen, wie das Mädchen und ich die Schaukästen aufstellten und sie nach und nach mit den Exponaten bestückten.

Am Abend veranstalteten der Gärtner und ich eine kleine Feier in seinem Schuppen. Feier ist vielleicht übertrieben ausgedrückt, wir stießen miteinander auf die abgeschlossene Arbeit an.

»Am Anfang war mir der Gedanke, den Stall in ein Museum umzubauen, völlig fremd.« Der Alkohol tat schon seine Wirkung, und der Gärtner war bei bester Laune und recht redselig. »So etwas Großes habe ich bisher nie gemacht. Ich hatte ja nicht einmal eine Ahnung, was ein Museum überhaupt ist. Einmal habe ich einen Teich zugeschüttet, dann ein Gewächshaus gebaut und das Ankleidezimmer der Chefin renoviert, aber mehr auch nicht.«

»Ihrer Arbeit haben wir es zu verdanken, dass alles so gut geklappt hat.«

»Aber nein, ich habe ja nur Ihre Anweisungen ausgeführt.«

Wir genehmigten uns ausnahmsweise eine bessere Flasche Whisky, um auf unseren Erfolg anzustoßen. Der Ofen sandte angenehme Wärme aus, und die Käse- und Schinkenplatte, die seine Frau für uns hergerichtet hatte, schmeckte frisch und delikat.

»Ehrlich gesagt, als die Chefin diesen komischen Einfall hatte, kamen mir große Bedenken. Vor Ihnen haben mehrere das Projekt abgebrochen und sind einfach abgereist. Der eine konnte die giftigen Bemerkungen der

Chefin nicht ertragen, den anderen grauste es vor den Erinnerungsstücken, und der Nächste war ein Betrüger, der es von Anfang an nur auf Geld abgesehen hatte. Schrecklich.«

»Ich habe keine besonderen Fähigkeiten. Ich habe nur im Sinne des Museums gehandelt und das, was nötig war, nacheinander erledigt.«

»Eben, genau das ist das Wichtigste dabei. Die anderen hatten alle nicht die Geduld, nach und nach auch die unspektakulären Arbeiten zu erledigen. Und dazu noch in einem so langweiligen Dorf ohne Unterhaltungsmöglichkeiten.«

»Ich glaube, ich liebe Museen. Ganz gleich, welcher Art und welchen Inhalts.«

»Ich habe auch das Gefühl, dass ich unser Museum lieben werde. Eigentlich ist das gar nicht meine Art, aber ich bin stolz darauf, beim Bau des einzigen Museums im Dorf mitgewirkt zu haben. Ich hätte nicht im Traum gedacht, dass ich als Gärtner jemals zu so etwas käme.«

»Noch schöner wird es, wenn erst die Schaukästen mit den Exponaten stehen und die frisch gedruckten Eintrittskarten am Schalter bereitliegen.«

»Kann ich mir vorstellen. Darauf freue ich mich auch schon.«

Nachdem wir uns ausgiebig gegenseitig gelobt hatten, plauderten wir über alles Mögliche. Er erzählte mir, wie er seine Frau, die Haushälterin, kennen- und lieben gelernt hatte, und ich erzählte ihm von meiner Welt und ihren Reflexionen im Mikroskop. Er sprach von der Beziehung zwischen Gartenbau und Kunst, und ich schlug eine Umbesetzung der Hühnermannschaft vor.

Der Ofen bullerte gemütlich. Inzwischen machte es uns nichts mehr aus, wenn wir Wasser verschütteten oder uns die Crackerkrümel ins Glas fielen, weil wir unsere Bewegungen nicht mehr ganz unter Kontrolle hatten. Manchmal legte einer den Kopf auf die Stuhllehne oder ein Bein auf die Tischkante. Wir betranken uns richtig unbeschwert und nach Herzenslust, ohne auf jemanden Rücksicht nehmen zu müssen.

Die Scheiben waren beschlagen und dunkel. Es musste draußen noch kälter geworden sein. Doch der Gedanke, dass in der Dunkelheit das Museum der Stille harrte, gab mir ein Gefühl von Freiheit und Heiterkeit. Mit der Wirkung des Alkohols kam mir allmählich zu Bewusstsein, dass ich eine schwierige Aufgabe bewältigt hatte.

Alles um mich herum schien mir seine Glückwünsche zu übermitteln. Jedes Aufblitzen der Messerklingen an der Wand war ein Lob.

»Dann werde ich mal Ihr Messer schleifen. Es ist langsam an der Zeit.«

Der Gärtner rieb sich die Hände und stellte eine Schüssel Wasser und einen Schleifstein bereit.

»Ist das nicht gefährlich, wenn man getrunken hat?«

»Sie unterschätzen mich. Wenn man so viele Jahre Messer geschmiedet hat wie ich, gehorchen sie einem wie die eigenen Finger. Es ist sogar günstiger, wenn man ein bisschen getrunken hat und entspannt ist. Haben Sie es dabei? Geben Sie mal her.«

»Ja, ich trage es immer bei mir.«

Ich zog das Klappmesser aus der Hosentasche.

»Oh, es sieht ja so gepflegt aus. Wie durch die Berührung Ihrer Hände poliert«, sagte er in sehnsüchtigem Ton und nahm das Messer in beide Hände, streichelte den mit Silber und Elfenbein verzierten Griff und öffnete liebevoll die Klinge.

»Was haben Sie bisher damit geschnitten?«

Er hielt die Klinge gegen das Licht der Glühbirne.

»Verschiedenes. Einmal habe ich ein Schloss damit aufgebrochen, dann Orangen geschält und Kienspäne geschnitten, einmal habe ich auch einen Karpfen damit geschuppt … Das war's so in etwa.«

»Die Vorstellung, dass mein Messer zu etwas nütze ist, bereitet mir große Freude.«

Langsam ließ er seinen Zeigefinger vom Griff über den Messerrücken gleiten, als wolle er dieses Gefühl möglichst lange auskosten. Als das Messer in seiner Hand lag, begriff ich sofort, dass es eigentlich für ihn gemacht war. Das Messer wirkte darin viel organischer als in meiner.

»Ich freue mich, dass Sie es wertschätzen.«

Wasser tropfte auf den Schleifstein, und die Klinge glitt mit einem Sirren darüber. Es klang scharf und schön. Mit geschlossenen Augen lauschte ich dem Ton, der unter den Fingern des Gärtners entstand, und trank noch ein Glas Whisky.

Als ich den Gärtner nach Hause gebracht hatte und in meine Wohnung gehen wollte, tauchten aus dem Dunkel des Flurs plötzlich zwei Männer auf. Ich torkelte und lehnte mich gegen die Tür. Obwohl ich nur die paar Meter vom Schuppen herübergelaufen war, war ich außer Atem.

»Ist Ihnen nicht wohl?«, fragte der eine Mann.

Obwohl ich in der Dunkelheit sein Gesicht nicht gut erkennen konnte, wusste ich sofort, dass es einer der beiden Beamten war, die neulich hier gewesen waren.

»Ich bin nur ein wenig angetrunken.«

Ich fühlte mich klar im Kopf, sprach aber mit schwerer Zunge.

»Ist Ihnen noch etwas eingefallen?« Die beiden stellten sich mir in den Weg. Das schwache Licht aus dem Schlafzimmerfenster der Gärtnerwohnung beleuchtete ihre Gesichter von der Seite.

»Was meinen Sie damit?«, fragte ich barsch.

»Ob Sie noch einmal in Ihrem Diensttagebuch nachgelesen haben und sich erinnern können, was Sie an den Abenden des 3. August und ...«

»Des 30. und 13., nicht wahr?«

Ich wandte den Blick ab und griff nach der Türklinke. Prompt rückten sie mir noch näher auf den Leib.

»Na also, Sie wissen doch Bescheid.«

Ihr gelassener Tonfall reizte mich.

»Falls Sie extra gekommen sind, um mir wieder die gleichen Fragen zu stellen, tut es mir leid.«

»Sie sagen es. Wir würden die Sache auch gern schnell hinter uns bringen und nach Hause gehen.«

»Waren Sie schon einmal im Waldpark?«

Sie ließen nicht locker und malträtierten mich weiter mit ihren Fragen.

»Ja, doch. Ich war mal zu einem Baseballspiel dort. Aber das war nicht im August, sondern im Frühling.«

»Waren Sie schon einmal in Apartment 104 des Wohnblocks B hinter dem Botanischen Garten?«

»Apartment 104?«

Ich schluckte und versuchte meine Verwirrung im Zaum zu halten. Die kleinste Unbesonnenheit konnte unwiderrufliche Folgen haben. Das spürte ich. Obwohl ich mir die größte Mühe gab, Ruhe zu bewahren, brachte ich nur ein betrunkenes Ächzen zustande. Meine Arme und Beine waren so betäubt vom Alkohol, dass ich nicht aufrecht stehen konnte, ohne mich an der Tür abzustützen.

»Ich kenne diese Wohnung nicht«, antwortete ich.

»Schauen Sie sich einmal diese Frau an.« Einer zog eine Fotografie aus der Innentasche seines Anzugs und leuchtete mit der Taschenlampe darauf.

»Und diese hier.« Der andere zeigte mir noch ein Foto.

»Kennen Sie sie?«

Es waren ganz gewöhnliche Schnappschüsse von jungen Frauen. Ihre Gesichter waren so durchschnittlich, dass man sie, kaum hatte man sie gesehen, im nächsten Moment schon wieder vergessen hatte.

»Nein.«

Es war sehr kalt. Ich fror, und meine Zähne fingen an zu klappern. Die behagliche Wärme, die ich gerade noch im Schuppen empfunden hatte, war längst verflogen, und mit ihr waren auch die Befriedigung und das Glücksgefühl dahin, die der Gärtner und ich geteilt hatten. Hilfe suchend schaute ich zum Museum hinüber. Aber in der Dunkelheit war nichts zu sehen.

»Sie waren doch bestimmt schon mal bei der Rentenanstalt. Sie mussten sich doch anmelden, als Sie hier ins Dorf gezogen sind.«

»Waren Sie schon mal im Kulturhaus? Besuchen Sie dort irgendeinen Kurs?«

»Die Frau am Empfang sagt, sie habe Sie dort gesehen.«

Ich schüttelte den Kopf. Mir wurde plötzlich speiübel.

»Entschuldigen Sie.« Ich schob den einen Mann beiseite und übergab mich.

»Alles in Ordnung?« Der eine klopfte mir auf den Rücken, während der andere sich die Fotos und seine Taschenlampe wieder in den Anzug steckte. Ich sagte nichts mehr.

»Wir kommen wieder. Gute Besserung.« Sie gingen davon.

Es war Tränenfest. An diesem Tag trauerten die Dorfbewohner um den Herbst und erflehten zugleich einen milden Winter. Es war kalt, und gelegentlich nieselte es.

Das Mädchen und ich wollten uns mit dem Novizen den Festumzug anschauen und machten uns auf den Weg zum See, um ihn abzuholen.

Aber nicht der Novize, sondern ein großer, hagerer alter Mönch mit weißem Haar erwartete uns am See. Er trug seinem Alter entsprechend eine abgetragene, schmutzige Fellkutte. Wir hatten ein ungutes Gefühl.

»Wo ist der Novize, der sonst immer hier ist?«, fragte ich ihn ohne große Hoffnung und erhielt erwartungsgemäß keine Antwort. Stattdessen bedeutete der Alte uns, ins Boot zu steigen. Zuerst einmal fuhren wir zum Kloster.

Das Sumpfwasser war noch kälter als bei unserem letzten Besuch im Kloster, als wir das Erinnerungsstück abgeholt hatten, und seine dunkelgrüne Farbe hatte sich vertieft. Die schwarz gefleckten Libellen waren verschwunden, die Wasserpflanzen waren ausgeblichen, und am Ufer lagen angespülte verfaulte Blätter. Der alte Mann ruderte langsamer als der Junge, und wenn er Treibholz umschiffen musste, geriet das Boot ins Schwanken.

»Auch wenn er nicht reden darf, kann er verstehen, was wir sagen, nicht?«

Das Mädchen schaute ihm ins Gesicht. Er ruderte weiter, es schien aber, als habe er genickt. Vielleicht hatte er auch nur die Ruder fester gegriffen, um schneller vorwärtszukommen.

»Ich habe eine Verabredung mit dem Jungen, der sonst immer das Boot rudert. Wo ist er denn heute? Wir würden gerne mit ihm zur Prozession gehen, wenn er darf. Natürlich wissen wir, dass Sie nicht sprechen dürfen. Würden Sie also bitte mit dem Finger dorthin zeigen, wo er sein könnte – in der Kapelle, im Hof oder in der Bibliothek?«

Das Boot erreichte das Kloster, und wir kletterten auf das schlammige Ufer. Das Mädchen wartete auf eine Reaktion des alten Mannes und beobachtete jede seiner Bewegungen.

Aber er gab uns kein Zeichen, nicht einmal mit den Augen. Er drehte das Boot um und kehrte uns den Rücken zu. Der Klang ihrer Stimme, die ihr Ziel nicht erreicht hatte, machte uns noch trauriger.

Es blieb uns nichts anderes übrig, als eine Runde durch das Kloster zu drehen, um den Jungen zu suchen. Obwohl die Jahreszeit sich geändert hatte, war die Atmosphäre im Kloster die gleiche geblieben. Weiterhin herrschte das Schweigen, ohne auch nur einen Bruchteil seines Territoriums preisgegeben zu haben.

Auf unserem Weg begegneten uns mehrere Mönche, aber unserem Ziel kamen wir nicht näher. Einer von ihnen wirkte so freundlich, dass wir es fast gewagt hätten, ihn anzusprechen. Das war jedoch ein Trugschluss, denn kaum schickten wir uns an, ihn zu fragen, spürten wir, wie sich eine massive Mauer des Schweigens vor uns auftürmte und uns zurückwies.

Der Junge saß weder auf einer Bank im Kreuzgang, noch war er in der Bibliothek oder im Eishaus zu finden. Der Glockenturm glänzte vor Nässe, und seine von Nebel umhüllte Spitze wirkte höher als sonst. Da kaum noch Grün übrig war, steckten die Büffel ihre Schnauzen auf der Suche nach Nahrung in die Felsspalten.

Als wir den Zuchtteich erreichten, merkte ich, dass er sich verändert hatte. Er war zwar immer ein Teil der schweigenden Welt gewesen, aber der Eindruck von Lebendigkeit und die Spuren einer menschlichen Hand, die ihn früher belebt hatten, fehlten nun völlig. Stattdessen lag ein unerträglicher Verwesungsgeruch über dem Wasser.

Der kleine umzäunte Teich war trüb und von Algen überwuchert, zwischen denen tote Forellen trieben. Fette, prächtige Forellen. Ihre Mäuler waren geöffnet, als schnappten sie nach Luft, und an ihren Kiemen klebten schleimige Algen, doch die silbrigen Bäuche glänzten trotz des bedeckten Himmels. Diese silbrigen Stellen schienen einen besonders intensiven Gestank abzusondern.

Das Mädchen presste sich die Hand vor den Mund und wich zurück. Der Tod passte viel besser hierher als auf den Friedhof auf dem Hügel, und die Vorstellung, dass der Geruch in Wirklichkeit von der Leiche des Fischzüchters stammte, drängte sich mir auf.

»Komm, wir gehen«, forderte ich das Mädchen auf.

Wir gingen zum See hinunter und ließen uns von dem Alten wieder zum Dorf übersetzen.

Die Hauptstraße, die auf den Platz führte, war mit getrockneten Blumen, Nüssen, Früchten und Ziereiern geschmückt. Alle möglichen Stände reihten sich aneinander, und aus den Lautsprechern am Rathaus ertönte heitere Musik. Um die Straßenkünstler hatten sich Menschentrauben gebildet, und die Kinder schrien vor Aufregung.

Dennoch war ich in trauriger Stimmung und konnte mich nicht von Herzen daran freuen. Ich achtete darauf, dass ich das Mädchen, das dicht hinter mir ging, nicht verlor. Beide Hände in den Hosentaschen, hielt ich den Blick auf meine Füße gerichtet. War es der Besuch der Beamten, der mich noch so beschäftigte? Oder lag es am regnerischen Wetter oder letztendlich daran, dass wir auf einem »Tränenfest« waren?

Als Erstes kauften wir uns Pfefferminzbonbons, um den Fischgeruch zu vergessen, dann tranken wir eine heiße Schokolade. Das Mädchen bummelte vor den Ständen herum, die ihm gefielen, und schaute sich dies und jenes an, kaufte aber nichts außer einem Potpourri für die Alte. Sie war offensichtlich sehr enttäuscht darüber, dass sie den Jungen verpasst hatte.

»Du bist eingeladen, also such dir aus, was du möchtest«, sagte ich.

»Nein. Mutter hat mir verboten, Geld auf dem Rummelplatz auszugeben. Sie mag keine Rummelplätze.« Das Mädchen leckte sich die kakaoverklebten Lippen.

»Warum nicht?«

»Weil Gedränge herrscht und alles unhygienisch ist. Letztendlich ist es ihr zuwider, wenn die Leute zusammenkommen, um sich zu amüsieren.«

»Kann ich mir vorstellen. Deine Mutter ist schließlich Expertin für Erinnerungsstücke, und den Toten muss man stets allein gegenübertreten.«

Der Platz war für den Verkehr gesperrt, und es ging dort sehr lebhaft zu. Obwohl es neblig war und immer wieder anfing zu regnen, spannte niemand einen Schirm auf. Die Leute trugen Wollmützen oder Kopftücher. Das Mädchen zog sich die Kapuze seines Mantels so tief ins Gesicht, dass Stirn und Wangen vollkommen bedeckt waren. Die Haare, die dennoch unter der Kapuze hervorschauten, waren feucht.

Der Nebel wallte an den Bergkämmen entlang und mischte sich dort, wo sie am höchsten waren, mit den Wolken, sodass noch dichtere Schleier entstanden. Die Kälte des Windes von den Bergen ließ ahnen, dass der Regen jederzeit in Schnee übergehen konnte.

Auf den Schienen, die man um den Springbrunnen gelegt hatte, fuhr eine Mini-Dampflok, in einer Losbude schrillte eine Glocke, da jemand den Hauptgewinn gezogen hatte, und vor der Schießbude hatte sich eine Schlange gebildet. Niemand nahm Notiz von der Kälte. Wir waren die Einzigen, die mit eingezogenen Köpfen zu den Bergen hinaufschauten.

»Willst du nicht irgendwas Lustiges machen?«, versuchte ich das Mädchen zu animieren.

»Ich bin kein Kind mehr«, antwortete sie mürrisch.

»Woher kommt eigentlich der Name ›Tränenfest‹?«

Wir zogen uns aus dem Gedränge zurück und lehnten uns gegen eine Leitplanke.

»Die Leute trauern über die Ankunft des Winters und weinen.«

»Hasst man den Winter hier so sehr?«

»Scheint so. Ich glaube nicht, dass es viele gibt, die sich darauf freuen. Beim Registrieren der Erinnerungsstücke haben Sie sicher bemerkt, dass 70 Prozent der Leute hier im Winter sterben. Natürlich belastet die Kälte den Körper, aber es könnte ja auch andere Gründe geben. Niemand – weder die Ärzte noch die Historiker oder Wahrsager – weiß eine Antwort darauf.«

»Allerdings wirken die Leute nicht besonders traurig.«

»Das werden Sie bei der Prozession gleich sehen, wenn die Einwohner weinend durchs Dorf ziehen. Es ist sozusagen eine Scheinklage. Die Tränenprinzessin des Jahres geht voran, die Übrigen folgen ihr mit lautem, übertriebenem Weinen und Wehklagen. Dabei schwenken sie Weißdornzweige. Auf diese Weise will man den Winter zum Rückzug bewegen.«

Sie zog ihre Kapuze noch tiefer ins Gesicht. Seltsamerweise verunsicherte es mich, dass ich die Sternennarbe nicht sehen konnte. Es war, als hätte ich das Signal verloren, das sie speziell aussandte.

»Es ist kaum zu glauben, aber vor langer, langer Zeit ist Mutter auch einmal zur Tränenprinzessin gewählt worden.«

»Was ist denn die Voraussetzung? Sicher doch die Schönheit?«

»Wenn die Prinzessin ein Opfer sein soll, wäre ein hässlicher Mensch ja nicht geeignet. Die wichtigste Bedingung ist allerdings die Fähigkeit, möglichst viele Tränen vergießen zu können. Sonst würde die Prinzessin ja auch nicht so genannt.«

»Ich kann mir kaum vorstellen, dass deine Mutter weint.«

»Ich auch nicht. Es scheint, als wäre all ihre Körperflüssigkeit verdunstet. Alle Emotionen kommen bei ihr in Form von Wut zum Ausdruck.«

Beim Sprechen reckte das Mädchen gelegentlich den Hals und ließ seinen Blick über die Menschenmenge schweifen. Offenbar hielt sie noch immer Ausschau nach dem Novizen.

Der schöne Schmuck der Alleenbäume war ganz durchnässt und hing kraftlos herunter. Der Mantel, den ich mir auf den Rat der Alten aus dem besten Stoff hatte schneidern lassen, hielt mich warm, aber die Schuhe, die ich schon vor meiner Zeit im Dorf getragen hatte, waren völlig durchweicht und wurden immer schwerer. Die Wärme, die uns die heiße Schokolade gespendet hatte, war längst verflogen.

»Ob die Mönche des Schweigens weinen dürfen …«, flüsterte das Mädchen, während es seinen Schal richtete. Ich schwieg, weil ich nicht sicher war, ob sie die Frage an mich oder nur an sich selbst gerichtet hatte.

»Ob man ihnen auch verzeiht, wenn sie nicht im Eishaus büßen?«

Mit den dicker werdenden Regentropfen wurden die Wellenringe auf dem Wasser des Brunnens immer größer. Das Mädchen ergriff meinen Arm.

»Vielleicht ist es ihnen gestattet, lautlos zu weinen«, sagte ich.

»Aber die weißen Bergbüffel weinen nicht. Sie können keine Tränen vergießen.«

Ich stieß einen Seufzer aus.

»Ah, da kommt die Prozession.«

Sie blickte in die Richtung, aus der der Festzug über die Hauptstraße auf den Platz zusteuerte. Gleichzeitig verstummte die Lautsprechermusik, die Dampflok blieb stehen, und der Lärm legte sich. Um den Weg frei zu machen, trat die Menschenmenge spontan zurück. Erst jetzt merkte ich, dass mit der Prozession auch der Abend nahte. Das Profil des Mädchens begann sich in der Dämmerung aufzulösen.

Verglichen mit dem wilden Treiben zuvor verlief der Umzug viel ruhiger, als ich gedacht hatte. Es wurde weder Musik gespielt, noch trugen die Teilnehmer prächtige Kostüme, nicht einmal die Prinzessin. Sie hielten nur die Weißdornzweige in den Händen.

Wegen der großen Entfernung konnte ich ihr Gesicht nicht genau erkennen, aber die Tränenprinzessin schien ungefähr im gleichen Alter zu sein wie das Mädchen. Sie trug einen schwarzen Umhang um die Schultern und längere und stärker verästelte Weißdornzweige als die anderen. Zur Linken und Rechten wurde sie von stark gebauten Fackelträgern begleitet, die die Rolle ihrer Leibgarde innehatten. Ihnen folgten alle möglichen Leute, wobei es keine festen Regeln zu geben schien. Nur Zweierreihen mussten wohl eingehalten werden. Unter den Marschierenden waren auch eine Frau in mittlerem Alter, die aufgrund ihrer Körperfülle nur watscheln konnte, ein Kleinkind, das gerade den Windeln entwachsen war, ein alter Mann mit einer Katze auf dem Arm und auch ein paar gut aussehende junge Männer.

Die Prozession kam nur langsam voran. Als sie ihr Ziel – den Platz – erreicht hatte, drehte sie angeführt von der Prinzessin eine Runde um den Springbrunnen. Nach und nach schlossen sich ihr Menschen auf dem Platz an. Die Zuschauer wichen zwar auf den Gehweg oder auf die Terrasse des Cafés aus, viele drängten aber doch nach vorn, um besser sehen zu können. Ich legte meinen Arm um die Schultern des Mädchens.

Bald formierte sich der Zug zu einem großen Kreis. Jeder weinte nun auf seine eigene Art. Einige ließen den Kopf hängen, schluchzten mit zuckenden Schultern, während andere, dramatisch wie die Helden der antiken Tragödien, zum Himmel hinaufschauten und mit lautem Geschrei ihre Weißdornzweige schwangen. Alle Arten von Tränen flossen: qualvolle, schmerzliche, ängstliche und einsame. Aber die Menschen vereinten sich nicht in ihrem Schmerz. Niemand legte den Kopf an die Brust eines anderen, niemand hielt sich an den Händen. Alle schlossen sich in ihrem eigenen Kummer ein.

Rasch senkte sich die Nacht. Die Straßenlaternen waren nicht eingeschaltet, nur zwei Fackeln beleuchteten den Platz. Reglos verharrte das Mädchen in meinem Arm.

Vielleicht täuschte ich mich, aber je dunkler es wurde, desto lauter erschienen mir die Klagerufe aus der Prozession. Es war das erste Mal, dass ich so viele Menschen gleichzeitig weinen hörte. Jeder weinte für sich, aber all dieses Weinen zusammengenommen klang wie ein röhrender Strudel aus der Tiefe des Meeres. Durch das Getrampel, das Aufschlagen der Weißdornzweige auf dem Boden und das Stöhnen der Zuschauer war das Röhren jedoch voller verschiedener Töne und Nuancen.

Sooft die Leibgardisten ihre Fackeln schwangen, sprühten Funken. Dann schützte die Prinzessin ihr Gesicht mit dem Umhang und stieß einen besonders lauten Schrei aus.

Auf einmal stieß ein Mann in der Mitte der Prozession einen Zweig in seinen Fuß, und eine Frau gleich hinter ihm löste ihr Haar und zerwühlte es. Andere rangen krampfhaft die Hände und keuchten.

Ich hatte mich nicht getäuscht. Das Röhren wurde zunehmend lauter. Die Prozession ging immer weiter im Kreis und erzeugte einen immer heftigeren, unaufhörlichen Strudel der Tränen.

»Da!« Abrupt reckte sich das Mädchen in die Höhe, um besser sehen zu können.

Ihre Finger waren vor Kälte so steif, dass sie Schwierigkeiten hatte, in die genaue Richtung zu zeigen.

»Da ist er!«

Im nächsten Augenblick entschlüpfte sie meinem

Arm und drängte sich durch die Menschenmenge. Ich wollte sie zurückhalten, aber es gelang mir nicht.

Ich hatte nicht einmal die Zeit, sie zu fragen, wohin sie wolle.

Ich behielt sie im Auge und folgte ihr. Dabei rempelte ich immer wieder Leute an und erntete missbilligendes Zungenschnalzen. Als das Mädchen die Prozession erreichte, zögerte es einen Augenblick, machte sich dann aber gleich daran, die weinende Menge zu durchqueren. In der Richtung, in die es rannte, stand ein Verkünder des Schweigens. Der Novize.

Warum hatte ich ihn bis jetzt nicht gesehen? Er musste schon vor der Prozession dort gestanden haben.

Er hielt die Hände gefaltet, seine Beine waren leicht gegrätscht, und sein Blick war auf das Pflaster gerichtet. Er stand genau in der gleichen Haltung an derselben Stelle, an der sein Mitbruder bei dem Bombenanschlag getötet worden war. Er weinte nicht. Das Büffelfell, das bei unserer ersten Begegnung noch frisch gewesen war, war jetzt so von Schlamm verdreckt, dass ich mir nicht mehr vorstellen konnte, wie es vorher ausgesehen hatte.

Er stand genau in der Mitte des Kreises, und die Menschen drehten sich um die Achse seines Schweigens. Endlich holte ich das Mädchen ein.

»Das ist zu gefährlich. Komm, wir gehen zurück.«

»Nein, ich muss.«

Aus der Nähe wirkte die Prozession noch dramatischer. Die Gesichter der Menschen waren nass vom Regen und von ihren Tränen, und der weiße Hauch, den sie beim Atmen ausstießen, wirkte wie fiebriger Dampf.

Es war der perfekte Kreis aus Tränen, eine vollkommene Form, ohne jede Abweichung.

Das Mädchen versuchte sich hindurchzudrängen, wurde aber sogleich mitgerissen und taumelte. Ich hielt sie fest, beobachtete den Rhythmus des Zuges und drängte mich in einem günstigen Moment rasch in den Kreis hinein. Es waren nur wenige Schritte bis ins Zentrum, aber die immer lauter werdende Menschenmenge ließ uns nicht durch und drängte uns immer wieder zurück. Das Mädchen fiel und riss mich mit sich zu Boden. Es spritzte, und sie schrie auf. Ich merkte, dass die Leute mit Fingern auf uns zeigten und tuschelten. Der Rhythmus des Kreisens wurde jedoch nicht unterbrochen.

Als ich dem Mädchen aufhelfen wollte, bekam es einen Hieb mit einem Weißdornzweig auf den Rücken. Jemand trat auf meine Hand und stieß mich in die Seite. Es war weniger der Schmerz als die Wucht, die mich so überwältigte, dass ich nicht schreien konnte. Es blieb mir nichts anderes übrig, als aufzugeben und mich schützend über das Mädchen zu werfen. Mein Mantel und meine Handschuhe waren voller Schlamm.

Niemand redete mit uns, niemand kümmerte sich um uns, und niemand wich uns aus. Alle waren zu sehr mit dem Vergießen ihrer Tränen beschäftigt, um uns zu beachten.

Mit flatterndem Umhang hob die Prinzessin ihren

Zweig gegen den Nachthimmel und schlug auf das Mädchen ein. Aber es war nicht das Mädchen, sondern die Prinzessin, die schrie. Dieser Schrei schürte die Trauer der Menschen. Der Zweig zerbrach, und der obere Teil fiel zu Boden. Tränen, Speichel, Augenschleim, Schneeregen, Rotz, Funken, Schuppen, Schlamm, alles regnete auf uns hernieder.

Reglos stand der Novize da. Er kam nicht auf uns zu, ja, er schaute nicht einmal zu uns herüber. Er trug nur die Bürde seines Schweigens, die fast zu schwer erschien für einen halbwüchsigen Jungen. Dass seine Arme taub und seine Beine vor Ermüdung gefühllos waren, ließ sich sogar durch das Fell erkennen.

Wir konnten nicht entkommen, nicht mit ihm sprechen, geschweige denn weinen. Der Körper des Mädchens war warm und duftete gut. Unaufhaltsam drehte sich die Spirale der Trauer um uns herum weiter.

# 14

Alles Wehklagen hatte die Ankunft des Winters nicht aufhalten können. Es war unübersehbar, dass der fruchtbare Herbst vorüber war und nicht zurückkehren würde. Alles – die Farbe der Berge, die Strömung des Baches, der Schatten des Rathausturms, der Klang der Klosterglocke – stand im Zeichen des Winters.

Am Tag nach dem Fest musste das Mädchen wegen einer Mandelentzündung das Bett hüten, und ich machte mich mit dem Gärtner in den Wald auf, um Brennholz zu sammeln. Die Reinigung meines beschmutzten Mantels, meines Schals und meiner Handschuhe übernahm die Haushälterin.

Ansonsten widmete ich mich der noch anstehenden Museumsarbeit. Die Alte wurde täglich schwächer, meine Probleme mit der Polizei waren noch ungelöst, und auch auf eine Nachricht meines Bruder wartete ich vergebens. Das Mädchen war niedergeschlagen, weil der Novize sich nun ganz dem Schweigen hingegeben hatte. Ich gab mir Mühe, möglichst wenig über Dinge nachzugrübeln, die nichts mit meiner Arbeit zu tun hatten. Auch wenn der Umgang mit der Alten nicht ganz leicht war, befriedigte mich die Archivarbeit so sehr, dass das Museum zu einem Zufluchtsort für mich wurde, an dem ich mich völlig geborgen fühlte, während ich die Schrauben für die Schaukästen zählte oder die Lichtschalter ausprobierte.

In gewissem Sinne versuchte auch das Mädchen, der Wirklichkeit zu entfliehen. Den Vorfall bei der Prozession erwähnte sie nie, und sie fragte mich auch nicht nach meiner Meinung über das Schweigen des Novizen. Sobald ihre Mandelentzündung einigermaßen abgeklungen war, kam sie ins Souterrain und setzte sich mit geradem Rücken auf ihren Platz, um sich schweigend der Reinschrift der Texte zu widmen.

Wenn ich sie ermahnte, sich zu schonen, erwiderte sie, sie arbeite gern noch länger, und schrieb mit gesenktem Kopf weiter.

Der Gesundheitszustand der Alten war ernst. Auch mit all ihrem Geschimpfe konnte sie ihre Hinfälligkeit nicht länger verbergen. Im Gegenteil. Je heftiger sie zeterte, desto deutlicher kam ihre körperliche Schwäche zum Ausdruck.

Sie aß immer weniger und nahm nur noch Suppen oder breiartige Speisen zu sich, was der Haushälterin erhebliche Mühe bereitete. Das Gesicht der alten Frau wurde noch kleiner, und mittlerweile konnte sie gar nicht mehr ohne Hilfe gehen. Da das Heizungssystem der Villa nur schlecht funktionierte, trug sie alle möglichen Kleidungsstücke übereinander, um sich vor der Kälte zu schützen: drei paar Socken, Strumpfhosen, ihren Wickelrock, Schürze, Bluse, Weste, Pullover, Strickjacke, dazu noch einen Schal, Handschuhe, eine Stola,

Ohrenschützer und natürlich die unvermeidliche Wollmütze. Wenn sie, auf das Mädchen gestützt, den Gang herunterkam, sah sie aus wie ein wandelndes Bündel Lumpen, aus dem nur ihre Augen herausschauten. Man hätte meinen können, dass nicht ihre Gebrechlichkeit sie ins Wanken brachte, sondern dass das Gewicht der ganzen Kleiderschichten sie niederdrückte.

Neuerdings wurde in dem Raum, in dem wir arbeiteten, immer eine Couch aufgestellt, damit die Alte ihre Geschichten im Liegen erzählen konnte. Das behinderte unsere Arbeit jedoch nicht im Geringsten. Obwohl ihr Blickwinkel nun ein anderer war, blieb die Kommunikation zwischen ihr und den Gegenständen problemlos erhalten. Die Umsetzung ihrer Worte in Schrift funktionierte nun sogar etwas reibungsloser, weil ihre Stimmbänder sich entspannten, wenn sie lag.

Eines Nachmittags schneite es. Es war der erste Schnee seit meiner Ankunft im Dorf. Der Wind trieb Flocken vor sich her, die jedoch, sobald sie zur Erde fielen, schmolzen.

Am Tag darauf wurden die Schaukästen geliefert. Der Gärtner und ich packten sie vor dem Brunnen aus und trugen sie behutsam, um sie nicht zu beschädigen, ins Museum hinein.

»Sie sind recht solide«, sagte er.

»Es ist ja auch eine ihrer wichtigsten Aufgaben, die Sammlung zu schützen. Sie sind dazu da, die Exponate sicher aufzubewahren.«

»Großartig. Ich wusste gar nicht, dass es so viele Größen und Formen von Schaukästen gibt. Ich hatte mir das alles viel simpler vorgestellt.«

»Das Ausstellen einer Sammlung ist keine einfache Angelegenheit. Je nach Konzept kann sie eine andere Bedeutung erhalten. Dies wiederum hängt vom Museumsexperten ab und welche psychovisuellen Effekte er einsetzt. Das heißt, er muss nicht nur die Inhalte einer Sammlung miteinander kombinieren, sondern auch die Eigenschaften der Schaukästen wie Design, Farben und Akzente zueinander in Beziehung setzen.«

»Aha. Jetzt, wo das Innere allmählich Gestalt annimmt, bin ich ganz schön aufgeregt. Kaum zu glauben, dass hier einmal Pferde gehalten wurden.«

Er blieb im Eingang stehen und schaute ergriffen in den Raum.

»Wenn erst die Erinnerungsstücke ausgestellt sind, wird es noch einmal ganz anders aussehen«, sagte ich.

Nachdem wir alle Vitrinen ausgepackt hatten, installierten wir sie nach meinem Übersichtsplan. Die Schaukästen befestigten wir auf dem Boden, die Regale an den Wänden.

Zum ersten Mal erlebte ich, welche Freude es macht, die Schaukästen selbst zu tragen und die Schrauben festzuziehen, denn in den anderen Museen, in denen ich bisher gearbeitet hatte, hatte ich immer nur zugesehen, wie die Handwerker diese praktischen Arbeiten erledigten. Ich entdeckte völlig neue Aspekte für mich, während ich mich so uneingeschränkt in den Dienst dieser Sammlung stellte. Auch der Gärtner, der noch nie ein Museum betreten hatte und dem nie jemand etwas über den Geist einer solchen Einrichtung beigebracht hatte, zog jede einzelne Schraube liebevoll fest. Beim Anblick seines Profils kam mir seit Langem einmal wieder eine museumsphilosophische Zeile in den Sinn: Ein Museum ist kein Werk der Natur. Es wird von Menschen geschaffen.

Die Schaukästen brachten eine gewisse Ordnung in die bisher undefinierten Räumlichkeiten. Nach meinem Plan standen nun gerade Linien, Würfel, Kurven und Kugeln in schönem Einklang miteinander.

Als wir mit dem Aufstellen und Anbringen fertig waren, erschien die Alte, um sich ein Bild vom Stand der Dinge zu machen. Sie kam unangemeldet und in Begleitung des Mädchens und der Haushälterin.

»Ist es Ihnen denn heute nicht zu kalt draußen?«

Ich ergriff ihre Hand und half ihr über die Eingangsstufe.

»Ich störe Sie wohl beim Faulenzen? Da ist die Kälte natürlich ein willkommener Vorwand. Aber nicht mit mir!«

Sie war derart eingemummelt, dass ihre Stimme gedämpft klang.

»Ach, wir waren schon so lange nicht hier, und jetzt sind Sie schon fast fertig! Kaum wiederzuerkennen!« Die Haushälterin und das Mädchen waren überrascht.

»Aber solange die Erinnerungsstücke noch nicht ausgestellt sind, habe ich keine Ruhe.«

Ich führte die Frauen herum. Weil die Alte so langsam ging, konnte ich ihnen alles bis ins kleinste Detail erklären. Der Gärtner folgte uns, um jederzeit etwas ergänzen zu können.

»In den kleinen Schaukasten mit dem Zierrahmen dort vorne am Eingang kommt die Rosenschere Ihres Urgroßvaters«, wandte ich mich an ihn. »Als Ursprungsstück dieses Museums kommt ihr ein bevorzugter Platz zu. Die Erläuterung wird ganz schlicht auf einem kleinen Schild stehen, das ich ungefähr hier neben dem Kasten anbringen will. Erklärungen auf Wandtafeln kommen nicht in Betracht. Ich glaube, die Besucher brauchen nur ein paar einfache Informationen über die Erinnerungsstücke: die Namen der Besitzer, den Todestag und ihre Todesursache. Diese Angaben genügen. Vollgeschriebene Wandtafeln passen atmosphärisch nicht hierher. Sie würden die Besucher nur ablenken ...«

»Der erste Rundgang beginnt im linken Flügel, geht bis zur Wand, biegt dann in den hinteren Gang ab und geht dann im rechten Flügel weiter. Damit haben die Besucher schon eine Runde gedreht. Ich möchte die Stücke nicht chronologisch anordnen, sondern relativ frei. Schließlich haben nicht alle Erinnerungsstücke, auch wenn sie zum Beispiel im gleichen Jahr gesammelt wurden, unbedingt etwas miteinander zu tun. Eigentlich sind sie alle isoliert zu betrachten ...«

»Die freien Plätze vor den Wänden, die Sie ab und zu sehen, sind für größere Objekte vorgesehen, die nicht in einen Schaukasten passen. Durch unsere Definition der Erinnerungsstücke und unsere Methode, an sie heranzukommen, haben die meisten Exponate unserer Sammlung eine tragbare Größe. Wenn etwas so groß ist, dass man es nicht transportieren kann, nehmen wir stattdessen etwas Kleineres, das die Größe symbolisiert. Allerdings gibt es keine Sammlung ohne Ausnahmen. Vor den Stellplätzen für sehr große Stücke möchte ich nur jeweils eine kleine Absperrung errichten, denn ich gehe davon aus, dass diese Gegenstände auch ohne schützende Vitrine nicht beschädigt werden. Wir Museumsexperten glauben nur ungern, dass die Menschen, die ein von uns eingerichtetes Museum besuchen, schlecht sein könnten …«

Obwohl ich nicht vorbereitet war, referierte ich frei und ohne zu stocken, als ob ich aus einem Museumsführer vorläse. Ich war selbst überrascht, wie sehr mir das Museum der Stille am Herzen lag. Sogar noch während ich sprach, fielen mir zahlreiche neue Ansatzpunkte ein, die aneinander anknüpften, sich weiterentwickelten und mir neue Horizonte erschlossen. Die Worte sprudelten nur so aus mir heraus, ohne dass ich darüber nachdenken musste. Ich brauchte nur ganz entspannt meiner eigenen Stimme zu lauschen, die das ganze Museum erfüllte und darin nachhallte wie in einer Konzerthalle.

Das Mädchen, der Gärtner und die Haushälterin nickten bewundernd, sooft ich etwas besonders Treffendes sagte. Wenn ich mit dem Finger irgendwohin zeigte, schauten sie sogleich in diese Richtung, und wenn ich eine kurze Atempause einlegte, nahmen ihre Gesichter einen erwartungsvollen Ausdruck an.

Nur die Alte blieb ihr unverwechselbares Selbst. Sie spähte in die Aschenbecher, die normalerweise niemand beachtete, nahm die Unterseite der Empfangstheke ins Visier oder schaute in die Schublade unter dem Telefon und tippte mit der Stockspitze überall dagegen, wobei sie auch ihr Schnauben nicht vergaß. Ab und zu hustete sie absichtlich, um meinen Vortrag zu unterbrechen.

Dennoch war ich ihr nicht böse. Die Beziehung, die während der Archivarbeit zwischen uns entstanden war, half mir, sie zu verstehen. Dankbarkeit zu zeigen fiel ihr schwer. Wenn sie nicht wusste, wie sie sich verhalten sollte, fuchtelte sie eben mit ihrem Stock herum. Den Beweis für ihre Wertschätzung lieferte sie, als sie einmal stolperte und sich mit der Hand auf einem Schaukasten abstützen musste, die Fingerabdrücke jedoch sogleich verstohlen mit dem Ärmel ihrer Strickjacke abwischte.

Das Licht, das durch die Fenster hereinschien, hatte genau die richtige Helligkeit und würde den Erinnerungsstücken nicht schaden. Die Wände, von denen man sorgfältig den Schmutz entfernt hatte, leuchteten wieder in ihrer unverfälschten Backsteinfarbe. Und nun hatten sich meine Mitarbeiter vor mir versammelt und erwiesen mir ihren Respekt.

Als ich in der fünften und letzten Abteilung die Punkte erläutern wollte, die ich bei der Planung des Rundgangs berücksichtigt hatte, vernahm ich plötzlich vom Eingang her eine Stimme.

»Hallo, ist jemand da?«

Alle wandten sich von mir ab und blickten in diese Richtung.

Zwei Männer betraten das Museum und kamen direkt auf uns zu, ohne den Rundgang zu beachten.

»Entschuldigen Sie die Störung«, sagte der eine mit aufgesetzt liebenswürdigem Lächeln.

»Es dauert nicht lange. Es geht um unseren Fall, Sie wissen schon.«

Sie würdigten die anderen keines Blickes. Sie hatten es ganz allein auf mich abgesehen.

Ich brachte kein einziges Wort heraus, obwohl die Worte, als ich den Plan des Rundgangs von der ursprünglichen über die verbesserte bis zur endgültigen Phase im Kopf hatte, mühelos aus mir hervorgesprudelt waren. Meine Stimme, die gerade noch durch das Museum gehallt hatte, duckte sich rasch hinter dem Trommelfell.

»Können wir Sie unter vier Augen sprechen? Wir möchten Ihnen keine Ungelegenheiten bereiten.«

»Nein.« Endlich bekam ich den Mund auf. »Sie bereiten mir keine Ungelegenheiten.«

Ich ärgerte mich, dass gerade sie die ersten Besucher des Museums waren, und hatte das Gefühl, all meine Mühe war umsonst gewesen. Wie sehr hätte ich mir gewünscht, dass der feierliche Anlass den guten Dorfbewohnern vorbehalten geblieben wäre, die sich aufrichtig für die Erinnerungsstücke interessierten.

Die anderen standen der unerwarteten Situation hilflos gegenüber. Auch die Alte schien ratlos und zupfte an ihrer in mehreren Lagen um die Hüften gewickelten Garderobe herum.

»Also, dann lassen Sie uns weitermachen.«

»Wie ist es denn nun? Irgendetwas ist Ihnen doch bestimmt wieder eingefallen, oder?«

»Den 3., 30. und 13. August betreffend.«

»Waldpark und Apartment Nr. 104, Block B.«

»Rentenanstalt und Kulturhaus.«

»Und die beiden Fotos.«

Die beiden waren ein eingespieltes Team. Dennoch gab es da eine gewisse Dissonanz, die sich deprimierend anhörte.

Alle standen vor Schreck wie angewurzelt im Gang. Das Mädchen und die Haushälterin bemühten sich, die Alte zu stützen, während der Gärtner mich fragend ansah und es sich nicht verkneifen konnte, neugierig auf die Fotos zu schielen.

»Warum schnüffeln Sie mir dauernd nach?«

Die Sonne sank rasch, und es wurde kälter im Museum. Mir war klar, dass diese Frage mir gar nichts nützte, aber ich hatte auch nicht die Beherrschung, weiter zu schweigen.

Meine Zähne fingen vor Kälte an zu klappern, und die Befürchtung, es könnte mir wieder übel werden wie an dem Abend, als ich betrunken gewesen war, bereitete mir beinahe mehr Sorgen als die Frage, warum die Beamten mich verfolgten.

»Es hilft Ihnen nicht, wenn Sie weiter schweigen.«

»Ich würde liebend gerne reden, aber ich weiß von nichts.«

»Offensichtlich haben Sie den Ernst Ihrer Lage noch nicht erkannt.«

»Den kann ich auch gar nicht erkennen. Diese Daten, Orte und Fotos haben nichts mit mir zu tun. Wirklich. Glauben Sie mir.«

»Sie sind im Waldpark und auch im Kulturhaus gesehen worden.«

»Außerdem gibt es eine Augenzeugin, die Sie am 13. August gegen Mitternacht in der Straße hinter dem Botanischen Garten gesehen hat. Genauer gesagt, sie ist mit Ihnen zusammengestoßen und dabei gestürzt.«

»Wie Sie wissen, bin ich Museumsexperte. Im Rahmen meiner Arbeit gehört es zu meinen Aufgaben, im Dorf Recherchen durchzuführen.«

»Sie geben also zu, in das Apartment Nr. 104 eingebrochen zu sein?«

Der eine packte mich an der Schulter, während der andere mich ungeniert mit seinem verpesteten Atem anhauchte.

Ich war so wütend, dass mir die Luft wegblieb. Was hatten diese unhöflichen Patrone in meinem Museum zu suchen? Woher nahmen sie sich das Recht, diese jungfräuliche heilige Welt mit ihrem stinkenden Atem zu verpesten? Ich hatte sie nicht eingeladen. Sie hatten ja nicht einmal eine Eintrittskarte gekauft.

Kalter Schweiß brach mir aus, und in meinen Schläfen hämmerte es schmerzhaft. Ich befahl mir, möglichst ruhig zu atmen, aber meine Kehle war wie zugeschnürt, sodass ich fast erstickte.

»Ich habe nichts zuzugeben«, flüsterte ich mit abgewandtem Blick.

Aber ich konnte mich einfach nicht beruhigen, und mein Puls raste.

»Wir wollen nichts weiter als hier ein Museum für Erinnerungsstücke einrichten. Ich habe nichts beschädigt und bin niemandem zu nahe getreten.«

»Wir reden hier nicht über Souvenirs«, sagte der eine abfällig.

»Beleidigen Sie die Erinnerungsstücke nicht.«

Ich stieß die Hand des Mannes von meiner Schulter. Der Gärtner und die Haushälterin ließen den Kopf hängen, als wären sie selbst gemaßregelt worden. Das Mädchen war blass, und die Alte tat, als sei sie eingeschlafen.

Auf einmal entdeckte ich unter einem Schaukasten hinter dem Mädchen eine Holzkiste, die mir bislang nicht aufgefallen war. Es kam mir vor, als hätte sie sich unbemerkt und grundlos in mein Blickfeld geschlichen. Hatten der Gärtner und ich nicht schon alle gelieferten Kisten geöffnet? Ich stand den Beamten gegenüber, konnte die Kiste aber nicht aus meinem Blickwinkel verbannen, was mich noch mehr verärgerte, da ich meine Leistung, die ich für vollkommen hielt, missachtet fühlte.

»Menschen, die die wahre Bedeutung der Erinnerungsstücke nicht verstehen, haben kein Recht, dieses Museum zu betreten. Wir waren gerade so glücklich, weil alle für die Sammlung nötigen Vorbereitungen getroffen sind. Stören Sie uns nicht. Schließlich sind wir doch die Opfer. Uns sollten Sie beschützen. Ich sehe absolut keinen Grund für Sie, mich zu beschuldigen.«

Ich redete und redete. Etwas Besseres, um meinen Ärger zu überspielen, fiel mir nicht ein.

»Der Bombenleger hatte diese Villa als nächstes Angriffsziel im Visier. Und das ist noch nicht alles: bei der Explosion am Springbrunnen auf dem Platz wurde diese junge Dame hier schwer verletzt. Sehen Sie mal hier, die Narbe auf ihrer Wange.«

Ich zeigte mit dem Finger darauf. Das Mädchen wandte das Gesicht ab und versuchte, seine Narbe zu verbergen. Ich bereute sogleich, dass ich diese nicht wiedergutzumachende Grausamkeit begangen hatte, aber ich konnte meine Worte nicht mehr zurücknehmen. Die Holzkiste war immer noch da.

»Haben Sie den Täter überhaupt richtig vernommen? Der Typ macht sich ja noch einen Spaß daraus, Bomben zu legen. Das ist doch kein anständiger Mensch! Vielleicht wollte er an irgendjemandem in der Villa Rache üben. Es wäre ja auch denkbar, dass er auf dem Platz eigens auf uns gewartet hat. Jemand, der Bomben legt, tötet auch Menschen.«

Ich warf den Bauplan, den ich in der Hand hielt, auf den Boden. Meine Hände waren vor Kälte fast gefühllos. Währenddessen drängte sich die Holzkiste immer stärker in mein Bewusstsein, bis sie schließlich mein ganzes Blickfeld ausfüllte und mir schwindlig wurde.

Plötzlich überfiel mich ein Gedanke. Ich machte mir Vorwürfe, dass ich mich so lange von den Beamten hatte ablenken lassen.

»Weg hier!«, schrie ich. »Eine Bombe. Hier im Museum!«

Ich stieß die Beamten beiseite, um als Erstes das Mädchen zu retten. Unter meinen Füßen zerriss der Bauplan.

»Alle weg, schnell! Hier ist eine Bombe …«

Das Mädchen war so entgeistert, dass es die Kiste nicht einmal bemerkte. Es starrte mich an wie einen Fremden. Schreiend versuchten die Beamten, mich zurückzuhalten. Der eine drehte mir den Arm nach hinten, und der andere nahm mich in den Nackenhebel. Bei dem Gerangel fiel mir etwas aus der Hosentasche.

»Ist das Ihr Messer?«, schrie der eine mir ins Ohr, nachdem er es aufgehoben hatte.

»Lassen Sie mich los! Aus dem Weg.«

Ich wehrte mich wie wild.

»Schnell, sonst explodiert sie.«

»Ach ja?« Der eine packte mich an den Haaren und hielt mir das Messer unter die Nase, aber ich nahm es gar nicht wahr. Ich sah nur Schuhe: die abgetragenen Arbeitsschuhe des Gärtners, die Stoffschuhe der Haushälterin, die unter ihrer Schürze hervorschauten, die Schnürstiefel des Mädchens und die winzigen Lederschuhe der Alten. Niemand hörte auf mich. Die Füße rührten sich nicht.

Während die Männer meinen Kopf nach unten drückten, dachte ich an den Sonntag, an dem das Mädchen und ich das Ei kaufen gingen. Die Druckwelle, die die Glassplitter in den Körper des Mädchens getrieben hatte, und die überwältigende Stille danach drangen abwechselnd an mein Trommelfell. Der Leichnam des schweigenden Verkünders vor dem Springbrunnen trat mir wieder lebhaft vor Augen. Ich wollte schreien, brachte aber nur stoßweise Schluchzer hervor.

»Beruhigen Sie sich doch«, hörte ich den Gärtner sagen. »Es ist alles in Ordnung. Haben Sie keine Sorge.«

Er rettete mich aus den Händen der Beamten und strich mir über den Rücken. Irgendwann wurde ich still. Nur mein Atem ging noch schwer und unregelmäßig. Der Gärtner nahm ein Werkzeug aus seinem Gürtel und öffnete die Kiste.

»Da, sehen Sie, es sind nur Ersatzschrauben.«

Er ließ ein paar davon auf seiner Handfläche hin- und herrollen. Die glatten, mit Schmieröl behandelten Schrauben waren schön.

»Der Attentäter ist bereits verhaftet. Er kann unmöglich eine weitere Bombe legen«, sagte einer der Beamten.

»Das hier ist Ihr Klappmesser, nicht wahr?«

Er öffnete es und hielt es sich vors Gesicht. »Sieht ziemlich scharf aus«, sagte er.

Der ehemalige Billardsalon hatte einen prächtigen Kamin. Bevor man ihn benutzen konnte, waren natürlich umfangreiche Reparaturarbeiten nötig. Nachdem ein Schornsteinfeger und der Gärtner drei Tage lang massenweise Ruß entfernt hatten, konnte ich ihn endlich in Betrieb nehmen und nun, ohne unter der Kälte zu leiden, bis spät in die Nacht arbeiten.

Das Kaminfeuer veränderte die Atmosphäre der Werkstatt. Sein Knistern unterstrich die Stille, und das Flackern der Flammen beruhigte mich.

»Arbeiten Sie noch? Sie sind aber fleißig.« Es war der Gärtner.

Ich unterbrach meine Arbeit und bot ihm einen Platz an.

»Machen Sie nur weiter, lassen Sie sich nicht stören. Ich wollte nur sehen, ob alles in Ordnung ist.«

»Danke. Er brennt jetzt prima.« Ich warf einen Blick auf den Kamin.

»Nein, nicht der Kamin … wie es Ihnen geht, wollte ich fragen«, stotterte er und knetete an seinen Handschuhen herum.

»Ach …« Seufzend rollte ich den Rand des Papiers, an dem ich arbeitete, ein bisschen ein. »Tut mir leid, dass ich Ihnen solche Sorgen bereitet habe.«

»Nein, nein, Sie brauchen sich nicht zu entschuldigen. Ich habe mich eingemischt.«

»Ich bin froh über Ihre Anteilnahme.«

»Aber nein, das ist doch nicht der Rede wert.«

Wir schwiegen eine Weile. Er lehnte sich gegen die Tür und fummelte verlegen an ihrem Knauf herum. Ich spielte weiter mit meinen Unterlagen.

»Ich weiß nicht, aber immer wenn die kommen, wird mir schlecht.«

»Dagegen kann man nichts machen. Das geht jedem so. Das ist ihre Masche. Sie beleidigen die Leute und treiben sie fast in den Wahnsinn, bis ihnen der Boden unter den Füßen wegrutscht.«

»Ich werde verdächtigt, nicht wahr?«

»Das ist nur eine Routineuntersuchung, glaube ich. Sie sind hergekommen, um etwas über die Sammlung herauszubekommen. Diese Mordfälle sind der erste Serienmord in der Geschichte des Dorfes, und daher ermitteln sie besonders sorgfältig. Niemand verdächtigt Sie, glauben Sie mir.«

Die brennenden Holzscheite fielen in sich zusammen, und die Gestalt der Flammen veränderte sich. Am Rand meiner Arbeitsplatte stapelten sich säuberlich die Blätter der heutigen Reinschriften.

»Übrigens …«, fuhr er fort. »Das Klappmesser …«

»Ach ja, natürlich. Ich muss mich bei Ihnen entschuldigen. Verzeihen Sie, dass es so gekommen ist.«

»Haben die es mitgenommen?«

»Ja, leider. Obwohl ich mich ziemlich dagegen gewehrt habe.«

»Sie werden es Ihnen bestimmt zurückgeben, wenn feststeht, dass Sie mit den Morden nichts zu tun haben. Aber das Messer fehlt Ihnen sicher bei der Arbeit, oder? Ich habe ein anderes für Sie mitgebracht.«

Er zog ein nagelneues Messer hervor.

»O nein, das kann ich nicht annehmen. Das ist zu wertvoll.«

»Sie können es vorbehaltlos benutzen. Bei der Beschaffung von Erinnerungsstücken muss man einfach eins dabeihaben. Im entscheidenden Moment kann es sehr hilfreich sein. Wie ich immer sage – es ist mein größtes Vergnügen, wenn meine Messer zu etwas nütze sind. Sie können es mir ja zurückgeben, wenn Sie Ihr altes wiederhaben.«

Folgsam nahm ich das neue Messer entgegen und bedankte mich. Es hatte exakt die gleiche Form wie das, das die Beamten mitgenommen hatten. Die Verzierung, die Art, wie der Griff sich anfühlte, die Form der Klinge, alles war genauso.

»Ich könnte es gar nicht von dem anderen unterscheiden«, sagte ich, während ich das Messer auf- und zuklappte.

»Selbstverständlich nicht«, antwortete er stolz. »Auch ohne maschinelle Hilfe bin ich imstande, immer wieder die gleiche Klinge anzufertigen. Ich weiß bei jedem einzelnen Messer noch genau, wie es war, als ich es geschmiedet habe. Wollen Sie noch arbeiten?«

»Ich würde Ihnen gern bei einem Glas Gesellschaft leisten, aber ich muss noch etwas erledigen und bleibe lieber noch eine Weile hier.«

»Na, dann übertreiben Sie's nicht. Also bis morgen.«

Er zog sich den Reißverschluss seiner Jacke bis unter das Kinn und winkte mir im Gehen noch zu. Ich steckte das Messer in die Tasche und kehrte an meine Arbeit zurück.

In dieser Nacht gab es ein drittes Opfer. Die Ermordete war Verkäuferin in einem Haushaltswarengeschäft in einer Gasse hinter der Ladenpassage.

Wie im Falle der anderen beiden Opfer war auch diesmal nichts Auffälliges beobachtet worden. Um zehn Uhr morgens hatte die junge Frau den Laden geöffnet, die Regale abgewischt und anschließend vorbestellte Ware zuerst mit Zeitungspapier und dann mit Schaumstoff sorgsam eingepackt. Sie war sehr gewissenhaft. Die Haushälterin, die häufig beim Einkaufen an dem Geschäft vorbeikam, erzählte mir, sie habe oft beobachtet, wie die junge Frau mit einem Tuch die Ladenhüter, die schon ewig herumstanden, reinigte.

Sie hatte das Geschäft wie gewohnt um sieben Uhr abends verlassen und wurde erstochen im Schuppen einer Hühnerfarm aufgefunden, die in einer ganz anderen Richtung als ihre Wohnung lag. Was sie dort zu suchen gehabt hatte, war unbekannt. Natürlich waren dem Opfer die Brustwarzen abgetrennt worden.

# 15

Zum ersten Mal kehrte ich ohne ein Erinnerungsstück zurück. Bisher war es mir auch im ungünstigsten Fall immer gelungen, irgendetwas aufzutreiben, und wenn es nur ein bisschen welkes Gras war. Diesmal freilich war es anders.

Die Alte tobte. Ihre Wut war so groß, dass ich fürchtete, sie könnte auf der Stelle tot umfallen. Sie nannte mich einen Taugenichts, stampfte mit dem Fuß auf und schrie, sie habe ihr Museum wohl einem Versager anvertraut. Am Ende ging sie sogar mit ihrem Stock auf mich los und musste von der Haushälterin zurückgehalten werden.

»Ich werde von der Polizei beobachtet«, wandte ich zaghaft ein.

»Na und? Wollen Sie damit sagen, die Polizei war vor Ihnen da, und Sie haben denen das Erinnerungsstück überlassen?«

»Nein, so war es nun auch wieder nicht.«

»Sie werden doch bloß beschattet, mehr nicht. Wovor haben Sie denn solche Angst?«

»Wenn ich mich an Orten herumtreibe, wo die Tote sich aufgehalten hat, bei ihr zu Hause oder auf der Hühnerfarm oder sonst wo, mache ich mich doch noch verdächtiger. Deshalb bin ich nur mit dem Fahrrad in der Gegend herumgefahren und musste unverrichteter Dinge umkehren. Schicken Sie doch bitte den Gärtner oder die Haushälterin.«

»Sind Sie verrückt?« Sie ereiferte sich so, dass sie beinahe gestürzt wäre. »Wollen Sie diese bedeutsame und edle Pflicht einfach anderen überlassen? Das ist doch idiotisch. Haben Sie keinen Stolz? Polizisten, na und? Ist mir doch egal, wer Sie verdächtigt. Mein Museum darf nicht darunter leiden, dass Sie sich selber schützen wollen. Hören Sie zu: Wenn ein Mensch stirbt, muss man ein Andenken an ihn beschaffen. Ganz gleich, wie bedeutungslos dieser Mensch war, ganz gleich, wo so ein Erinnerungsstück versteckt liegt – ohne Ausnahme. Das ist Ihre Aufgabe. Und Sie werden sich nicht davor drücken.«

Sie hob ihren Stock und richtete die Spitze auf mein Gesicht. In Panik fiel die Haushälterin der Alten in den Arm, da sie fürchtete, diese würde zustoßen. Aber die Stockspitze stoppte um Haaresbreite vor meinen Wimpern.

Widerwillig stieg ich aufs Fahrrad und fuhr ins Dorf zurück. Es war windig, und ich kurvte eine Weile unentschlossen herum. Ich hoffte, die Polizisten würden aufgeben, aber das taten sie natürlich nicht. Auf den breiteren Straßen folgten sie mir mit dem Wagen, durch die Gassen mit dem Motorrad. Es waren zwar nicht dieselben Beamten, aber ich wusste, dass der Grund, aus dem sie mich beschatteten, der gleiche war. Allerdings quälte mich die Furcht, dass die Alte mich verstoßen würde, wenn ich ohne Erinnerungsstück zurückkam, mehr als die vor Verdächtigungen. Höchste Priorität hatte es für mich, das Vertrauen der Alten zurückzugewinnen.

Ich drehte um und fuhr zum Haushaltswarengeschäft. Die Gasse war so feucht und düster, dass ich mich fragte, ob hier überhaupt jemand herkam, um Geschirr zu kaufen. Im Laden selbst kam es mir noch kälter vor, da das Porzellan und die Keramik zusätzliche Kälte auszustrahlen schienen. Zwei Männer – einer hinter einer Straßenlaterne, der andere hinter einer Mülltonne – beobachteten mich.

Wie die Haushälterin gesagt hatte, herrschte auf den Regalen peinliche Sauberkeit. Weder an Kaffeebecherhenkeln noch in Löffelmulden war das kleinste Stäubchen zu sehen.

Ich suchte nach einer Ware, für deren Verpackung man möglichst lange brauchen würde. Auf diese Weise, so hatte ich mir überlegt, hätte ich bessere Chancen, ein passendes Erinnerungsstück zu finden. Die Männer folgten mir nicht ins Geschäft, beobachteten aber jede meiner Bewegungen genau.

»Die nehme ich.«

Meine Wahl fiel auf eine bauchige, schwere Teekanne. Eine blasse, ungesund aussehende Frau, wahrscheinlich die Ladenbesitzerin oder eine neue Verkaufskraft, packte sie mir wortlos ein. Die ganze Zeit über spürte ich die Blicke der Männer durch das Schaufenster.

Glücklicherweise brauchte die Frau erwartungsgemäß lange und achtete nicht besonders auf mich.

Geistesgegenwärtig griff ich nach einem Lappen, der neben der Registrierkasse lag, und steckte ihn in Sekundenschnelle in die Tasche. Genau wie ich es auf meinen bisherigen Beutezügen schon mehrmals getan hatte. Ich war ganz sicher, dass es der Lappen war, den die ermordete Verkäuferin tagtäglich zum Reinigen des Geschirrs benutzt hatte. Weniger sicher war ich mir jedoch, ob ich die Augen meiner Verfolger hatte täuschen können.

»Beehren Sie uns bald wieder«, sagte die Frau und reichte mir die Papiertüte mit der Teekanne.

Ich bedankte mich.

Aus meiner Tasche schaute ein Zipfel des Lappens heraus, in dem all der Schmutz von den Händen der Toten und vom Geschirr steckte. Er hatte eine unbeschreibliche Farbe und war weder gemustert noch sonst irgendwie verziert. Wäre ich nur etwas später gekommen, hätte die blasse Frau ihn bestimmt in den Mülleimer geworfen.

Der Lappen war zu nichts mehr zu gebrauchen. Mir fiel ein, was die Alte gesagt hatte: »Für jedes Menschenleben, so unbedeutend es auch gewesen sein mag, gibt es ein Erinnerungsstück.«

Als ich mit dem Rad um die Ecke der Gasse bog, versperrten mir die zwei Polizisten den Weg. Ohne in ihre Gesichter zu sehen, wusste ich gleich, dass sie es waren. Die Befragung meiner Person gehörte wohl zu ihren besonderen Dienstpflichten.

»Gerade in diesem Augenblick wird die Klinge Ihres Messers mit den Wundrändern des Opfers verglichen«, sagte der eine.

»Bei Ihrem Messer scheint es sich ganz und gar nicht um eine handelsübliche Marke zu handeln«, fügte der andere hinzu.

»Folglich hinterlässt es beim Schneiden ein ganz spezielles Profil.«

»Es gibt ein neues Opfer.«

»Das ist sehr bedauerlich.«

»Haben Sie schon ein neues Messer?«

Damit war das Gespräch beendet, und sie gingen weg.

Wie wild in die Pedale tretend, fuhr ich zur Villa zurück. Der Wind war in dieser Jahreszeit so stark, dass ich trotz heftigen Strampelns nicht sonderlich schnell vorwärtskam. Vor dem schmiedeeisernen Tor des Anwesens wurde ich von einem heftigen Windstoß erfasst, meine Reifen rutschten auf dem Kies, und ich wäre beinahe gestürzt. Ich hielt an, vergewisserte mich noch einmal, ob das Erinnerungsstück auch sicher in meiner Tasche steckte, und warf die verpackte Teekanne auf die Erde. Sie zerbrach enttäuschend leicht.

»Wie viele haben wir noch?«, fragte die Alte.

»Sie meinen Erinnerungsstücke?«, fragte ich zurück, während ich nach unserer Sitzung aufräumte.

»Was denn sonst, Sie Schwachkopf?«

Verglichen mit dem Wutausbruch, den sie nach meinem Fehlschlag bei der ermordeten Verkäuferin bekommen hatte, hielt sich ihr Ärger in Grenzen.

»Etwas über sechzig, schätze ich. Wir kommen zügig voran. Wenn es so weitergeht, sind wir fertig, bevor der Winter vorbei ist.«

»Sie sind ein hoffnungsloser Träumer. Was zügig ist und was nicht, entscheide immer noch ich.«

Sie schob ihr verrutschtes Gebiss wieder zurecht. Ich wartete eine angemessene Weile in aufrechter Haltung auf ihr Urteil, aber es kam keines. Also räumte ich weiter auf.

Wir saßen in der Eingangshalle – es war eine denkbar schlechte Wahl für einen so kalten Tag. Der Steinboden war eisig, die Decke hoch, und ständig zog es von irgendwoher. Der Elektroofen, den die Haushälterin für uns aufgestellt hatte, richtete kaum etwas aus. Außerdem war der Raum zu den Gängen und zur Treppe hin offen, sodass es ziemlich anstrengend für die Alte gewesen sein musste, mit dem Erinnerungsstück zu kommunizieren.

Ich überprüfte die Nummer im Register, markierte das Ende des Textes mit einem Strich und legte Bleistift und Radiergummi in mein Mäppchen zurück. Draußen fing es immer wieder an zu schneien. Es war der zweite Schneefall in diesem Winter.

»Übrigens …«, setzte ich an. »Wie genau sollen wir die Erinnerungsstücke dokumentieren, die ich alle gesammelt habe?«

Die Miene der alten Frau ließ sich wegen der zahllosen Falten nicht genau deuten, aber sie schien verblüfft.

»Ich verstehe Ihre Frage nicht.«

»Ich meine, wer soll die Geschichte der jüngsten Erinnerungsstücke, die ich im Dorf gesammelt habe, erzählen …?«

»Sie natürlich. Wer denn sonst?«, brummte sie unwirsch.

»Aber ich habe nie mit den Betreffenden gesprochen, sie noch nicht einmal gesehen. Ich habe überhaupt keine Informationen über sie, von denen ich berichten könnte.«

»Hören Sie doch auf mit Ihrem ständigen ›aber ich, aber ich …‹ Glauben Sie etwa, das hilft? Hören Sie auf damit, davon kriege ich Ausschlag.«

Sie tat, als ob sie an dem Abszess auf ihrer Stirn kratze. Im Sommer war er noch rot gewesen und hatte geeitert, aber mit ihrem zunehmenden gesundheitlichen Verfall war er trocken und blättrig geworden.

»Wie bedauerlich, dass Sie meine Geschichten für bloße Informationen halten. Wozu rede ich denn Tag für Tag, bis ich heiser bin und fast am Schleim ersticke? Offensichtlich habe ich mit Ihnen meine Zeit verschwendet.«

»Ich bitte Sie um Verzeihung. Damit wollte ich doch nur ausdrücken, dass ich Sie als Einzige für berechtigt halte, die Geschichten der einzelnen Erinnerungsstücke zu erzählen.«

»Eins sollten Sie wissen«, sagte sie jetzt wieder etwas

leiser. »Nur die Person, die das Erinnerungsstück entdeckt hat, kann darüber reden. Es spielt keine Rolle, ob Sie die Toten gekannt haben oder nicht. Wenn die Zeit gekommen ist, werden Sie erzählen.«

Kaum hatte sie zu Ende gesprochen, drehte sie sich um und legte den Kopf auf das Kissen. In letzter Zeit kam es häufig vor, dass sie nach einem energischen Redeschwall urplötzlich verstummte und abrupt einschlief.

»Ich verstehe«, erwiderte ich. Sie reagierte nicht.

Es war mir nicht lästig, nach unserer Arbeit noch unbestimmte Zeit mit ihr zu verbringen. Wir brauchten sie, um uns zu entspannen. Natürlich hätte ich sie nach getaner Pflicht sofort wieder in ihr Zimmer bringen können, aber sie schien lieber noch eine Weile auf der Couch liegen bleiben zu wollen, obwohl es so ungemütlich kalt war. Also stellte ich die Tüte mit dem Erinnerungsstück zu meinen Füßen ab und ließ mir die Geschichte, die ich gerade aufgezeichnet hatte, noch einmal durch den Kopf gehen. Meine Gedanken schweiften ab. Auf der Couch wirkte die Alte noch kleiner als sonst. Alle Gelenke ihres Körpers – die Knie, die Hüfte, die Ellenbogen, die Finger – waren irgendwie verkrümmt und knorrig. Sie zeigten in willkürliche Richtungen, mal nach oben, mal nach unten, sodass ihr Körper nur ungefähr die Umrisse eines Menschen hatte. Die Vorstellung, dass dieser winzige Körper alle existenziell notwendigen Faktoren in sich barg, war verwunderlich.

»Sie sollen etwas essen, auch wenn Sie keinen Appetit haben. Ihre Haushälterin macht sich Sorgen um Sie.«

Eigentlich war ich nie sicher, ob ich sie ansprechen oder lieber schweigen sollte, wenn wir zu zweit waren.

»Überlegen Sie doch mal, worauf Sie Appetit hätten. Ich hole es Ihnen«, sagte ich, wohl wissend, dass ich mir nur eine Rüge, Hohn oder eine ironische Bemerkung einhandeln würde.

Allmählich schneite es immer heftiger. Der Wald, den man durch das Fenster sehen konnte, war nun fast vollkommen weiß.

»Sie müssen sich irgendetwas ganz Köstliches vorstellen. Wenn Sie sich Mühe geben, fällt Ihnen bestimmt etwas ein.«

Die Alte vergrub ihren Kopf im Kissen und rührte sich nicht. Wenn sie ausatmete, pfiff es geräuschvoll. Ihre Finger schauten ein wenig unter der Decke hervor. Sie wirkten derart kraftlos, dass ich mir nicht vorstellen konnte, wie sie damit früher einmal Erinnerungsstücke beschafft hatte.

»Ich wollte Sie schon immer nach Ihrer eigenen Vergangenheit fragen«, fuhr ich fort, obwohl ich eher hoffte, dass sie schlief.

Das Mädchen, der Gärtner und die Haushälterin mussten irgendwo in der Villa sein, aber ihre Anwesenheit war nicht spürbar. Die Villa hatte seit einer Ewigkeit keinen Besuch mehr gesehen, und nur ein Kleiderständer, eine Hutablage und ein Wartebänkchen waren unsere einsamen Zeugen.

»Waren Ihre Eltern liebevoll? Wie waren Sie als Kind? Welches war in der Schule Ihr Lieblingsfach, und wann waren Sie zum ersten Mal verliebt? Waren Sie verheiratet? Und warum haben Sie das Mädchen adoptiert? … Solche harmlosen Geschichten eben.«

Ich zog die Schultern ein, rieb mir die kalten Hände und steckte sie unter meinen Pullover. Schneeflocken fielen auf das Zierfenster in der Haustür, schmolzen sofort und rannen als Wassertropfen die Scheibe hinunter. Das morsche Geländer der Veranda knarrte unangenehm.

»Ich soll Ihnen alte Geschichten erzählen?«

Unvermittelt hob die Alte den Kopf und starrte mich mit aufgerissenen Augen an.

»Ach, du meine Güte … Entschuldigen Sie, jetzt habe ich Sie geweckt.«

Ich fühlte mich ertappt und geriet in Verlegenheit.

»Erst fragen Sie, und dann machen Sie einen Rückzieher … was denn nun?«

Sie schob ein paar graue Haare unter die Mütze und hakte ihren Rock auf, um ihn glatt zu ziehen. Bei oberflächlichem Hinsehen wirkte es allerdings eher so, als müsse sie dringend zur Toilette und rutsche deshalb unruhig herum.

»Das kommt davon, wenn man Selbstgespräche führt. Sie haben wohl gedacht, Sie reden mit einer Leiche.«

»Natürlich nicht!«, widersprach ich vehement.

»Ich habe sowieso alles vergessen.«

Es klang so enttäuscht, als ob sie sich trotz aller Mühe

an nichts mehr erinnern könnte, und ich geriet in noch größere Verlegenheit.

»Selbstverständlich hatte ich Eltern. Eine erste Liebe muss es wohl auch gegeben haben. Vielleicht war ich sogar mal verheiratet. Aber da ich alles vergessen habe, ist es, als hätte ich es nicht erlebt. Gewiss weiß ich nur eins, dass ich, solange ich denken kann, hier gelebt habe. Die Erinnerungsstücke füllen die Lücken für mich aus, und das genügt mir.«

Sie wandte sich von mir ab. In ihrer Blickrichtung stand nur ein leerer, staubbedeckter Schirmständer. Ich strich ihr über den Rücken.

Auf der Treppe waren Schritte zu hören.

»Die Haushälterin kommt, um Sie abzuholen. Dann wollen wir Sie mal wieder in Ihr Zimmer bringen.«

Lieber Bruder, ich weiß nicht mehr, mein wievielter Brief an Dich das ist. So oft habe ich Dir noch nie geschrieben. Im Spätsommer hatte ich Urlaub bekommen, um Euch zu besuchen. Leider musste ich ihn wegen eines unerwarteten Auftrags absagen. Danach hatte ich eine schlimme Grippe und musste eine Zeit lang das Bett hüten. So ging auch der Herbst vorbei. Inzwischen hat bereits der Winter Einzug gehalten. Euer Baby muss nun schon vier Monate alt sein. Ich habe überhaupt keine Vorstellung von einem vier Monate alten Kind. Liegt es ruhig in seinem Bettchen oder strampelt es? Vielleicht probiert es ja sogar schon zu stehen. Trinkt es nur Muttermilch oder steckt es alles, was ihm in den Weg kommt, in den Mund und sabbert? ... Ich finde es ungerecht, dass ich mich nicht mehr an die Zeit erinnern kann, als ich selbst ein Baby war. Es macht mich immer ein bisschen traurig, wenn ich an meine liebe Schwägerin denke. Eigentlich hatte ich vor, mich für all ihre Freundlichkeit zu revanchieren, indem ich Euer Baby tüchtig verwöhne. Es bedrückt mich, dass ich dazu noch nicht gekommen bin, und ich komme mir ihr gegenüber wie ein Verräter vor. Da ich damit beschäftigt war, die während meiner Krankheit liegen gebliebene Arbeit aufzuholen, bin ich in letzter Zeit gar nicht mehr dazu gekommen, mich ans Mikroskop zu setzen. Das Museum ist mittlerweile so weit fertig, dass wir die Sammlung aufstellen können. Nur noch ein kleiner Schritt also. Wenn ich die Überführung der Exponate ins Museum geregelt habe, werde ich das Mikroskop einmal auseinandernehmen und in aller Ruhe reinigen. Was nach der Fertigstellung des Museums sein wird, ist noch unklar. In meinem Vertrag ist keine Rede von der Verwaltung und Unterhaltung des Museums. Ich müsste meine Arbeitgeberin demnächst einmal darauf ansprechen, was sie noch mit mir vorhat. Auf alle Fälle komme ich bald nach Hause. Am liebsten wäre es mir eigentlich, die Verwaltung des Museums jemand anderem zu überlassen. Ich kenne sogar jemanden, der das gut machen könnte.

Es ist nicht so, dass das Leben im Dorf mir nicht gefällt, aber ich habe das Gefühl, schon allzu lange hier zu sein. Das Museum steht zwar kurz vor seiner Eröffnung, aber meine persönlichen Umstände werden immer schwieriger. Die Kälte wird strenger, meine Arbeitgeberin wird schwächer, und ein Junge, mit dem ich befreundet bin, ist auf eine weite Reise gegangen … Aber mach Dir keine Sorgen, ich komme schon zurecht. Letztendlich wird alles gut werden. Ich brauche nur noch ein bisschen Geduld, bis das Museum fertig ist, und dann kann ich das Dorf verlassen. Nur noch ein bisschen Geduld muss ich haben. Ich warte wirklich dringend auf Deine Antwort. Grüße Deine Frau und das Baby ganz herzlich von mir.

Als ich mich aufs Fahrrad schwang, um zum Briefkasten zu fahren, sah ich, dass im Schuppen noch Licht brannte. Ich stellte das Rad im Blumengarten ab und spähte durch den Türspalt hinein.

Der Gärtner war gerade dabei, ein Messer zu schleifen. Obwohl es jetzt am frühen Abend noch hell war, waren alle Lampen eingeschaltet. Neben seinem Schleifstein stand sogar eine Tischlampe. Offenbar war er mit einer überaus schwierigen Arbeit beschäftigt.

Das Geräusch, welches das Messer auf dem Schleifstein erzeugte, ließ mir den sonst so vertrauten Schuppen fremd erscheinen. Die intime Atmosphäre, die dort herrschte, wenn wir zusammen ein Glas tranken, war verschwunden.

Er schliff in einem gleichmäßigen Rhythmus, änderte aber immer wieder ganz sacht den Winkel. Obwohl er keinen übermäßigen Druck auf das Messer ausübte, durchschnitt ein scharfes Sirren die Luft. Die Schärfe des Tons schien sich bei jedem Schleifgang zu steigern, und immer wieder verpasste ich die Gelegenheit, ihn anzusprechen.

Das Messer glich dem, das er mir gegeben hatte, aufs Haar. Trotz seiner großen Hände waren die Silber- und Elfenbeinverzierungen gut sichtbar. Unwillkürlich tastete ich nach dem geliehenen Messer in meiner Gesäßtasche. Es war noch da. Ich hatte es noch kein einziges Mal benutzt.

»Was gibt's, Herr Kollege?«, fragte der Gärtner. »Stehen Sie nicht draußen herum, kommen Sie rein.« Er winkte mich mit dem Messer zu sich. Von der Spitze tropfte Wasser.

»Ich wollte noch über den Transport der Sammlung ins Museum mit Ihnen sprechen«, sagte ich.

»Aha. Tut mir leid, aber könnten Sie noch einen Moment warten? Ich würde das Messer gern fertig schleifen. Es ist nicht gut, mittendrin aufzuhören.«

»Selbstverständlich, bitte. Es eilt nicht …«

Noch bevor ich meinen Satz zu Ende gesprochen hatte, fing er schon wieder an zu schleifen.

»Haben die Ihnen das Messer zurückgegeben?«

»Nein, noch nicht.«

»Eine dumme Geschichte.«

»Ja, wirklich …«

Auf dem Tisch standen noch von unserem letzten Treffen leere Flaschen, Gläser, ein Behälter für Eiswürfel, und zusammengeknülltes Käsepapier lag auch herum. Nur an der Wand, an der jetzt noch mehr Messer zu hängen schienen, herrschte peinliche Ordnung.

»Es ist das gleiche wie meins.« Ich starrte auf den Schleifstein.

»Ja. Diese Form gefällt mir am besten.« Er unterbrach den Schleifvorgang für einen Moment.

»Wie viele Messer von der gleichen Sorte haben Sie denn?«

»Ich habe Ihnen doch schon erzählt, dass ich so viele davon schmieden kann, wie ich will. Haben Sie das Messer, das ich Ihnen letztes Mal gegeben habe, noch?«

»Ja«, sagte ich und reichte es ihm. Er legte die beiden Messer aneinander und hielt sie ins Licht. Die Klingen glichen einander wie ein Haar dem anderen, ohne einen Millimeter Unterschied.

»Perfekt, was?«

Kalt glänzten die Klingen im Licht der Glühbirne. Sie wirkten, als könnten sie allein mit ihrer Kälte alles schneiden. Ich nickte, ohne den Blick abwenden zu können.

»Das Messer, das ich Ihnen geschenkt habe, hat meine Lieblingsform.«

Er lächelte. Ich wollte zurücklächeln, aber meine Lippen brachten nur ein kraftloses Zittern zustande.

»Sie wollten mit mir besprechen, wie wir die Sammlung ins Museum transportieren, ja?«

»Das muss nicht unbedingt jetzt sein. Entschuldigen Sie die Störung«, sagte ich ausweichend.

»Kein Problem. Wir können jetzt darüber reden.«

»Vielleicht ein anderes Mal. Es hat Zeit. Eigentlich bin ich auf dem Weg zum Briefkasten.«

»Sie haben einen Brief? Den kann ich morgen früh, wenn ich zum Markt fahre, für Sie einwerfen. So kommen Sie höchstens auf dem Rückweg in die Dunkelheit. Legen Sie ihn dahin.«

Er zeigte mit dem Kinn auf den Tisch.

Eine Sekunde lang zögerte ich. Der Gedanke, den Brief bei ihm zu lassen, erregte Angst und Argwohn in mir. Ich wusste nicht genau, warum, aber ich hatte das untrügliche Gefühl, dass es eine entscheidende, ungeahnte Bedeutung für mich haben würde, wenn ich den Brief hier auf dem Tisch zurückließ.

Dennoch konnte ich sein freundliches Angebot nicht ausschlagen und bedankte mich.

»Dann vielen Dank und bis morgen.« Ich verabschiedete mich und ging in meine Wohnung zurück. Das Licht im Schuppen brannte noch bis spät in die Nacht.

# 16

Obwohl ausnahmsweise ein schöner Tag war, herrschte im Magazin, in das sich nie ein Sonnenstrahl verirrte, abendliches Dämmerlicht. Die Atmosphäre erinnerte noch an die einstige Waschküche, auch nachdem wir Regale und Schränke dort aufgestellt und die Erinnerungsstücke ihren Platz darin gefunden hatten. Der trockene Wasserhahn war verrostet, aber der gekachelte Boden glänzte noch so hell, dass man nahezu das Gefühl hatte, Seife zu riechen. Auch die Wäscheleinen hingen noch da. Niemand hatte sich die Mühe gemacht, sie abzunehmen, und das Mädchen hängte die Pinsel daran auf, die es zum Abstauben der ganzen Erinnerungsstücke benutzte.

Gemeinsam bereiteten wir den Transport der Sammlung ins Museum vor. Wir packten die Erinnerungsstücke nach Abteilungen getrennt in Kartons, während wir uns immer wieder auf dem Lageplan vergewisserten, wo sie hin sollten.

Es war eine langwierige und langweilige Arbeit. Wieder einmal wurde mir die Vielfalt der Formen der einzelnen Exponate bewusst. Ich hatte so etwas noch nie erlebt. Aus Gründen der Effektivität wollte ich möglichst viele Gegenstände in einem Karton unterbringen, aber durch ihre unterschiedliche Form – Kugel, Zylinder, Würfel, Schnur, Flüssigkeit, Pulver – beanspruchte jedes seinen eigenen Platz, was unweigerlich ungenutzten Raum zwischen den einzelnen Exponaten entstehen ließ.

Das Einzige, was all diese Dinge einte, war der Begriff »Erinnerungsstück«. Er war zwar so fragil wie die Schnur einer Perlenkette, überwand jedoch problemlos alle Unterschiede. Er war die Autorität, die das Museum absolut beherrschte.

So nahmen wir jeden einzelnen Gegenstand in die Hand und suchten das am besten geeignete Verpackungsmaterial dafür aus, um ihn möglichst sicher zu umwickeln. Inzwischen war ich in der Lage, auch Unterschiede im Ausdruck der Stücke wahrzunehmen. Und wenn ein Stück bereits schriftlich dokumentiert worden war, erinnerte ich mich auch ungefähr an seine Geschichte.

»Bringen wir alles, was hier ist, rüber ins Museum?«

Das Mädchen trug eine warme, cremefarbene Hose und eine Mohairjacke. Die Haare hatte es zu zwei Zöpfen geflochten. Wahrscheinlich ohne Hilfe, denn hier und da hingen ein paar lose Strähnen heraus.

»Natürlich. In der Regel kann ein Museum nicht alle Bestände seines Magazins ausstellen, aber unseres ist etwas Besonderes. Bei uns werden alle Stücke gleich behandelt.«

»Aber mit der Zeit vermehren sich die Erinnerungsstücke. Irgendwann wird der Platz im Museum nicht mehr ausreichen. Was dann?«

»Das Anwachsen der Bestände können wir nicht verhindern. Es ist das Schicksal unseres Museums.«

»Wie das der Toten. Die werden auch nicht weniger.«

»So ist es. Das ist unser Schicksal. Mach dir keine Sorgen. Man könnte zum Beispiel größere Schaukästen aufstellen oder das Museum ausbauen. Aber auch abgesehen von solchen praktischen Lösungen, findet sich, meiner Erfahrung nach, meistens irgendwo noch ein passender Raum für überzählige Bestände. So ein Museum hat größere Tiefe, als wir meinen.«

»Dann ist ja alles in Ordnung«, sagte sie sichtlich erleichtert.

Zwischen den Regalen war es so eng, dass wir bei der Arbeit auf dem Boden sitzen mussten. Ich konnte den Elektroofen aufdrehen, wie ich wollte, der Kachelboden blieb kalt. Offenbar hatte ich mich mit meinem Zeitplan verkalkuliert, und ein Nachmittag reichte nicht einmal aus, um die Sachen für eine Abteilung einzupacken.

Indes freute es mich sehr zu beobachten, wie hingebungsvoll das Mädchen trotz der Kälte mit den Erinnerungsstücken umging. Zuerst überprüfte sie die Registernummer des zu verpackenden Erinnerungsstücks, indem sie mit dem Zeigefinger den Lageplan entlangfuhr. Dann ging sie durch die Regale und suchte das entsprechende Objekt heraus. Sie nahm es stets mit beiden Händen, egal wie leicht oder klein es war. Instinktiv und ohne dass ich es ihr beigebracht hätte, wusste sie, worauf es bei der Museumsarbeit ankam. Als Nächstes wickelte sie den Gegenstand entweder in Watte oder legte ihn in einen Holzrahmen, wobei sie sich jedes Mal bei mir vergewisserte, ob es so richtig sei, indem sie mich mit einem zweifelnden Blick ansah, der zu fragen schien: Geht das so?

»Ja, in Ordnung«, antwortete ich dann.

Dieser Vorgang spielte sich in der Werkstatt und auch im Magazin unzählige Male zwischen uns ab und war nur ein Teil der vor der Fertigstellung des Museums notwendigen Arbeiten. Irgendwann wurde dieser wortlose Austausch für mich zu einer Art Geheimcode für Gefühle, der nur uns beiden verständlich war.

»Man muss sehr vorsichtig sein, auch wenn der Transportweg nur kurz ist, nicht wahr?«, sagte sie, nachdem sie ein Schminkkästchen mit der Nummer B-092 sicher in einem Pappkarton verstaut hatte.

»Normalerweise liegen Magazin und Ausstellungsräume viel näher beieinander. Hier ist es etwas umständlich, da man ja die Sachen erst aus dem Hauptgebäude heraus durch den hinteren Garten, am Bach und am Blumengarten entlang, dann am Gärtnerhaus vorbei zum Museum tragen muss. Wenigstens liegt es auf dem gleichen Grundstück. Unterwegs müssen die Stücke unter allen Umständen vor Schaden bewahrt werden. Unabhängig von der Länge der Strecke, ist der Transport einer Sammlung für einen Museumsexperten immer eine Nervensache. Etwas Schlimmeres als den Verlust eines unersetzlichen Exponats kann ich mir nicht vorstellen.«

»Haben Sie das schon einmal erlebt?«

»Ja, schon. Ich mag gar nicht mehr daran denken.«

Ich packte eine Tischlampe in Watte und Plastikfolie, dann wickelte ich ein Holzpferd in eine Wolldecke und bettete einen Kamm aus Bernstein in ein Stofftäschchen.

»Es ging damals um einen seltenen Stein, den man ›Glashaar‹ nennt. Er entsteht, wenn bei einem Vulkanausbruch ein feiner Sprühregen aus Magma sekundenschnell erstarrt, und sieht aus wie leicht gewelltes Haar. Der Stein verschwand, während wir für eine Sonderausstellung die Exponate austauschten. Niemand hatte sich fahrlässig verhalten. Einen Einbruch hatte es auch nicht gegeben. Irgendwann merkten wir einfach, dass er weg war.«

»Wurde er je wieder gefunden?«

»Wir haben alles durchsucht, aber vergeblich. Wenn ein Museumsstück verschwindet, dann meistens spurlos. Auch noch so viele Anwesende können nicht verhindern, dass es in einen Spalt schlüpft, der sich in der Zeit aufgetan hat.«

»Könnte es nicht auch sein, dass ein fanatischer Museumshüter den Stein an sich genommen hat? Um ihn in dem Museum auszustellen, in das er eigentlich gehört.«

»In das er eigentlich gehört?«

»Ja. Vielleicht gibt es irgendwo ein Museum, von dem wir nichts wissen, in dem alle verschwundenen Exponate dieser Welt ausgestellt sind.«

»So jemand ist bestimmt ein tüchtigerer Museumsexperte als ich.«

»Das ist nicht wahr. Sie sind etwas ganz Besonderes. Denn Sie sind als Einziger auf der Welt auserwählt worden, das Museum der Stille zu errichten.«

Bei dem Wort »Einziger« hob sie den Zeigefinger.

Ich dachte an jenes Museum, das von mir unbemerkt von allen vergessen am Ende der Welt existierte. Schweigend – wie das Museum der Stille.

»Hast du den Novizen seit dem Tränenfest eigentlich noch einmal wiedergesehen?«

Diese Frage beschäftigte mich schon seit Längerem. Sie nahm den Zeigefinger herunter und nickte.

»Ich habe ihn einmal im Kloster besucht. Ich dachte, wir könnten uns vielleicht noch einmal ungestört miteinander unterhalten wie früher, nicht so wie bei der Prozession.«

Ihre Stimme schien bis auf den Grund der muffigen Luft im Magazin zu sinken.

»Er saß auf einer Bank im Kreuzgang, und ich setzte mich eine Weile zu ihm. Alle Blumen im Hof waren verwelkt, und der Brunnen war gefroren.«

»Er praktiziert nun also das Schweigen«, sagte ich, auf ihre Haarschleifen starrend.

»Ja. Das vollkommene Schweigen. Von Zeit zu Zeit schauten wir uns an, er legte seine Hände auf meine und nahm sie wieder weg. Mehr nicht. Was hätten wir sonst tun können? Wir konnten uns nicht einmal mehr verabreden.«

Niedergeschlagen schüttelte sie den Kopf.

»Eigentlich hat er doch nur das Sprechen aufgegeben, aber dennoch kam es mir vor, als wäre er weit fortgegangen.«

»Aber er wird nicht fortgehen, er bleibt doch im Kloster.«

»Obwohl wir zusammen auf einer Bank saßen, fühlte ich mich wie durch einen unsichtbaren Vorhang von ihm getrennt. Wenn ich mit aller Kraft meine Hände nach ihm ausstreckte, gab nur der Vorhang nach, ihn selbst konnte ich nicht erreichen. Er ist fortgegangen. Er hat seinen Körper verlassen und ist an einen Ort jenseits der Sprache geflüchtet. Er wird nie zurückkehren.«

Ich schluckte. Darauf wusste ich nichts zu erwidern.

Sie ließ ihren Kopf hängen und weinte. Ihre Hände, die sich gerade noch mit den Erinnerungsstücken beschäftigt hatten, ruhten auf ihrem Schoß. Obwohl sie nur den Blick gesenkt hielt, keinen Laut von sich gab und keine Träne floss, wusste ich, dass sie weinte. Die Erinnerungsstücke beobachteten sie still, um sie nicht zu stören. Ihre Traurigkeit hielt lange an.

»Entschuldige«, murmelte ich, als ich es nicht mehr ertragen konnte.

Mir war, als ob sie meinetwegen weinte.

»Ich hätte mich schon viel früher bei dir entschuldigen müssen, aber ich habe mich nicht getraut.«

Sie hob den Kopf.

Obwohl sie dicht neben mir saß, verbarg sich ihr Profil im dunklen Schatten der Erinnerungsstücke. Nur die hübschen Schleifen in ihrem Haar waren deutlich sichtbar.

»Als die Beamten hier waren, war ich so durcheinander, dass ich deine Narbe erwähnt habe …«

»Das macht nichts. Wirklich nicht«, stammelte sie schluchzend.

»Ich wollte dich nicht mit in die Sache hineinziehen. Geschweige denn von deiner Narbe sprechen … Ich hatte bloß so große Angst, dass du und das Museum einer Bombe zum Opfer fallen könntet.«

»Ich weiß doch. Sie trifft keine Schuld.«

Ich legte meine Hand auf ihre und dachte dabei, dass der Novize es auf der Bank im Kreuzgang wohl genauso gemacht hatte. Ich ließ meine Hand dort, bis die Zeit der tiefsten Traurigkeit verstrichen war.

Seit jenem Vorfall hatten sich die Beamten nicht mehr blicken lassen. Aber wenn mir bei meiner Arbeit oder beim Herumfahren mit dem Rad eine verdächtige Gestalt in den Blick kam, erschrak ich derart, dass mein Herz anfing, wie wild zu klopfen.

Die Ankündigung der Polizei, die Messerklinge und die Wundränder zu vergleichen, beunruhigte mich. Vor meinem inneren Auge tauchte ständig das Bild des Gärtners auf, wie er das Messer schliff, und mein Herzklopfen verstärkte sich.

Ich lauschte dann auf seinen Rhythmus und versuchte, mich zu beruhigen, indem ich mir, statt an den Mordfall zu denken, die Alte, das Mädchen, den Gärtner und die Haushälterin bei ihrer Arbeit für das Museum vorstellte. Der Gedanke an unsere Verbundenheit besänftigte meine Unruhe ein wenig.

Wie die Alte vorausgesagt hatte, starben mit zunehmendem Frost mehr Menschen. Die meisten von ihnen waren alt. Sie hatten lange gelebt, und nachdem sie ihre Ehepartner längst verloren hatten und die meisten ihrer Freunde gegangen waren, machten sie sich nun selbst auf diese einsame Reise.

Die Trauerfeiern verliefen alle ähnlich. Die Dekoration war ähnlich, und die Hinterbliebenen schluchzten auf ähnliche Weise.

Die Erinnerungsstücke der Verstorbenen hingegen waren erstaunlich unterschiedlich. Einige waren plump, andere ärmlich, wieder andere geheimnisvoll. Auch die Orte, an denen ich sie einsammelte, unterschieden sich voneinander. Manchmal war es geradezu ein Kinderspiel, an das gewünschte Objekt heranzukommen, dann wieder mussten das Mädchen und ich unsere ganze Energie aufwenden. Mein neues Messer kam drei Mal zum Einsatz: beim Aufbrechen einer Küchentür, beim Aufschneiden eines Koffers und beim Durchtrennen der Leitung einer Alarmanlage.

Es geschah an einem besonders kalten Morgen. Die Berge waren völlig mit Schnee bedeckt, der Nebel über den Kämmen verzog sich nicht, und die Laubbäume reckten ihre Äste wie steif gefrorene Arme in den Himmel. Die dichte Wolkendecke hielt die Morgensonne von der Erde fern, und der Wind heulte ununterbrochen aus allen erdenklichen Richtungen.

Es war so unerträglich kalt, dass ich allein für den Weg zum Haupthaus nicht nur meinen Mantel, sondern auch einen Schal, Handschuhe, Stiefel und Ohrenschützer brauchte. Die Zugvögel waren längst fortgezogen. Doch von einer Buche hörte ich den Ruf einer Drossel, die mich mit ihrem Gekrächze nur noch mehr deprimierte. Die Blätter der Heckenkirsche zeigten als einzige noch ein hübsches Grün, aber bei jedem Schritt knirschten Reifkristalle auf dem Boden.

In einer Ecke des Blumengartens machte der Gärtner gerade ein Feuer.

»Guten Morgen.«

»Hallo.« Er hob die Hand. »Sie sind ja schon früh unterwegs.«

»Ich wollte vor der Sitzung mit der alten Dame noch mal ins Magazin …«

»Emsig wie immer.«

»Aber nein. Ich tue doch nur meine Arbeit.«

Ich hielt meine Hände über das Feuer aus welken Blättern, vertrockneten Blumenzwiebeln und Gras. Es qualmte stark und strahlte keine Wärme aus. Als der Gärtner mit einem Stock darin herumstocherte, stieg weißgrauer Rauch auf und Asche wirbelte durch die Luft. Wir husteten.

»Sollen die Sachen nach Abteilungen eingepackt und dann in dieser Reihenfolge hinübergebracht werden?«

»Ja, so habe ich es vor.«

»Endlich ist es so weit.«

»Ja, wirklich.«

»Geben Sie acht, dass Sie sich nicht überarbeiten. Haben Sie keine Hemmungen, mir Bescheid zu sagen, wenn Sie Hilfe brauchen. Auch wenn man noch jung ist, ist der erste Winter hier hart genug.«

»Danke.«

Alle Blumen waren verwelkt, nur auf einem Gemüsebeet trotzten noch einige Kräuter der Kälte. Die meisten Scheiben des Gewächshauses hatten Risse und erfüllten ihre eigentliche Aufgabe nicht. Der Kiesweg, der zum Haupthaus führte, schlängelte sich sanft dahin und verlor sich im Dunst. Die Rollläden auf der gerade noch sichtbaren Nordseite des Hauses waren heruntergelassen, und es schien noch in tiefem Schlaf zu liegen. Wenn wir schwiegen, konnte ich das Heulen des Windes, das in der Tiefe des Waldes im Boden vibrierte, sogar durch die Schuhsohlen spüren.

»Ich muss das Feuer stärker anfachen.«

Der Gärtner nahm ein Stück Papier aus der Jackentasche und warf es ins Feuer. Eine Sekunde später loderte es orangefarben auf. Dann warf er ein weiteres Blatt Papier hinterher. Ein weißes rechteckiges Blatt.

Als Nächstes kam aus dem Inneren seiner Jacke ein in Ölpapier eingeschlagenes Kästchen zum Vorschein. Es hatte geradeso Platz in seinen beiden Händen. Nachdem es Feuer gefangen hatte, schlugen die Flammen höher und strahlten eine wohlige Wärme aus.

Zuerst verbrannte das Ölpapier, dann das Kästchen, dann züngelten die Flammen nach seinem Inhalt. Es war ein Zierei. Der Samt, der Schaumstoff und die Watte darum herum waren im Nu zu Asche verbrannt, und das Ei verlor rasch seine cremefarbene Bemalung.

Abermals schürte der Gärtner das Feuer mit seinem Stock. Funken sprühten, und das Ei rollte zur Seite auf den Boden. Ich hätte beinahe aufgeschrien. Die fein ziselierte Eierschale brach auf, und der Engel schaute hervor. Die Flammen beschienen sein gesenktes Gesicht und ließen es rosig erscheinen.

»Man schreibt und schreibt, und alles vergeblich«, murmelte der Gärtner. Und er warf einen dritten und vierten Brief nacheinander ins Feuer.

»Das sind doch die Briefe an meinen Bruder …«

Ich streckte den Arm aus und versuchte, sie dem Feuer zu entreißen, aber es war zu spät. Die Briefe mit dem roten Stempel »Empfänger unbekannt« gingen innerhalb von Sekunden in Flammen auf.

»Es tut mir ja auch leid.«

Der Gärtner legte mir seine Hand auf die Schulter. Sie war so schwer, dass es mir den Atem nahm.

»Er ist doch Ihr einziger Bruder. Da ist es nur zu verständlich, dass Sie ihm schreiben. Aber was soll man machen? Ich kann Ihnen da auch nicht helfen. Verstehen Sie? Sie sind an einen sehr entlegenen Ort gekommen, viel entlegener, als Sie vielleicht selber denken mögen. Um ein Museum für Erinnerungsstücke zu errichten. Nicht wahr?«

Ich gab keine Antwort. Ich wusste nicht einmal, ob mir kalt war oder heiß. Alles, was ich wahrnahm, war das Knistern der brennenden Briefe und die Farben der Flammen.

»Das heißt aber nicht, dass Sie Ihren Bruder verloren

haben. Ganz ohne Zweifel besitzen Sie einen Bruder. Es ist nur so, dass wir die Menschen, die nur noch in unserer Erinnerung lebendig sind, nicht mit Briefen erreichen können. Eine Antwort kommt natürlich auch nicht. So verbunden sie beide im Herzen auch sein mögen, die Distanz zwischen Ihnen ist unüberbrückbar groß.«

Ich schob seine Hand von meiner Schulter. Er seufzte und legte sie langsam auf meinen Rücken, als wolle er meinen Körper unbedingt berühren.

»Sie sind mit Recht verärgert. Entschuldigen Sie, dass ich Ihnen nichts von den zurückgekommenen Briefen erzählt habe. Ich habe auf eine passende Gelegenheit gewartet, aber irgendwie habe ich es dann nie über mich gebracht … Verzeihen Sie mir.«

Der Druck seiner Hand war so stark, dass ich ihre Konturen durch den Mantel spüren konnte.

»Anfangs ist man verwirrt. Aber das legt sich bald, das kann ich Ihnen versprechen. Sie können jetzt nicht mehr zurück. Eines Tages wird Ihnen das, was Sie einen Tag zuvor noch als sehr hart empfunden haben, nicht mehr so schwer vorkommen. So ist es eben. Schauen Sie uns an – mich, die Chefin, das junge Mädchen. Auch wir kommen auf dem Anwesen und im Dorf irgendwie zurecht. Selbst wenn wir uns manchmal beklagen, denkt keiner von uns daran, irgendwo anders hinzugehen. Sie brauchen sich keine Sorgen zu machen. Alles wird gut. Ja?«

Der Gärtner klopfte mir noch einmal auf den Rücken und schob das Ei, das aus dem Feuer gerollt war, mit dem Stock wieder hinein. Hübsche Flammen umzüngelten es.

Ich stieg die Hintertreppe hinunter, ging den dämmrigen Gang bis zum Ende und schloss das Magazin auf. Auf dem Boden lagen eine Schere, Fetzen von Klebebändern und Fäden herum. Die Regale für die erste Abteilung waren fast leer, und in einer Ecke stapelten sich Kartons.

Wie lebendig und voller Hoffnung dieses Magazin war! In einem idealen Magazin gibt es kein einziges vergessenes und verstaubtes Objekt, und alle weisen Spuren von Menschenhänden auf. Überdies sollte es sich umgekehrt proportional zur Ordnung der Ausstellungsräume in einem unordentlichen Zustand befinden.

Langsam schritt ich die Regale ab. Bis zum Beginn meiner Sitzung mit der Alten war noch viel Zeit. Ich konnte mich nicht mehr erinnern, was ich hier eigentlich noch erledigen wollte. Vielleicht hatte ich bloß etwas überprüfen wollen, bevor das Mädchen und ich am Nachmittag mit dem Verpacken fortfuhren. Sehr wichtig konnte es jedenfalls nicht gewesen sein. Außerdem kam das Mädchen auch gut zurecht, wenn etwas danebenging.

Der Vorhang vor der Luke war zugezogen, und obwohl weder Licht noch Luft von außen eindrangen, kroch die Kälte hartnäckig durch die Mauern. Ich zog meine Handschuhe aus und steckte sie in die Manteltasche. Ein Stück Asche fiel zu Boden.

Der Reihe nach sah ich mir die Erinnerungsstücke an. Meine Schritte hörten sich an, als kämen sie von weit her. Dank der aufmerksamen Pflege des Mädchens waren alle Gegenstände in gutem Zustand. Als ich die Schildchen betrachtete, die an jedem Stück hingen und auf denen in säuberlicher Handschrift die korrekte Registernummer stand, fühlte ich mich getröstet. Mit ein wenig Stolz stellte ich außerdem fest, dass die von mir durchgeführten Reparaturen sich organisch in die ursprüngliche Form einfügten. Willkürlich nahm ich diesen oder jenen Gegenstand vom Regal, um ihn mir an die Wange zu halten, daran zu riechen oder seine Rückseite zu streicheln. Manches nahm ich von allen Seiten in Augenschein, um festzustellen, wie es am besten zur Geltung kommen würde. Alle warteten geduldig auf den Tag, an dem sie im Museum ausgestellt würden. Keiner von ihnen würde mich jemals im Stich lassen.

Währenddessen loderte vor meinem inneren Auge das Feuer weiter. Alles Blinzeln konnte seinen Anblick nicht vertreiben, und ich sah, wie der Gärtner immer mehr Briefe hervorzog, um sie ins Feuer zu werfen. Zuletzt schob er das Ei wieder in die Mitte der Flammen.

Jedes Mal, wenn ich stehen blieb und meine Schritte verstummten, flüsterte es in mir:

Nicht Briefe werden hier verbrannt, sondern dein Bruder …

Mehrmals überfiel mich ein Gefühl, als würden die Fingerspitzen meines Bruders auf meiner Schulter brennen, während wir durch das Mikroskop schauten. Wenn ich dann erschreckt aufschaute und nach hinten blickte, lag nur noch glühende Asche darauf.

Noch mehr ängstigte mich, dass es nicht die Stimme des Gärtners war, die in mir raunte, sondern meine eigene. Ich schüttelte den Kopf, presste die Finger zwischen die Brauen und suchte Zuflucht bei den Erinnerungsstücken. Allein ihre Treue gab mir Halt.

Allmählich näherte ich mich den Regalen mit den neueren Objekten. Ganz hinten jenseits eines Tischs, der früher offenbar als Bügelbrett gedient hatte, lagerten die Gegenstände, die ich selbst beschafft hatte. Als ich direkt vor ihnen stand, verringerte sich die Distanz zwischen uns noch mehr. Sie hatten eine andere Ausstrahlung als die, die jemand anderes besorgt hatte. Das Skalpell zum Verkleinern von Ohren war das erste Objekt, das ich selbst besorgt hatte; da war die Fellkutte des Mönchs, der bei dem Bombenanschlag getötet worden war, hier das Glasauge des alten Mannes und dort das Schreibmaschinenpapier der Wahrsagerin. Ehrfurchtsvoll nahm ich einen Gegenstand nach dem anderen in die Hand und drückte ihn einen Moment an meine Brust, bevor ich ihn wieder zurücklegte. Warum ich das tat, wusste ich selbst nicht. Ich gehorchte nur meinem Körper, der sich nach dieser Berührung sehnte.

Plötzlich überfiel mich eine verstörende Übelkeit, und meine Hand erstarrte in der Luft. Etwas Gewalttätiges und Verzerrtes störte die Ordnung. Erst jetzt spürte ich die schmerzhafte Kälte in meinen Fingern.

Eigentlich hätte ich an der Stelle das Gras aus dem

Waldpark, das aufgegangene Spitzendeckchen und den Geschirrlappen vorfinden müssen. Stattdessen standen dort drei mir unbekannte Reagenzgläser. Um ganz sicherzugehen, suchte ich hinter den Regalen und unter der Bügeltheke nach den drei verschwundenen Erinnerungsstücken, konnte sie aber nicht entdecken. Ich holte tief Luft und unternahm einen erneuten Anlauf. Vergebens. Offenbar waren die drei Objekte ausgetauscht worden.

Ich nahm eines der Gläser in die Hand. Es war ein normales Reagenzglas, wie mein Bruder es im Biologieunterricht benutzte. Meine Finger waren taub und zitterten umso heftiger, je vorsichtiger ich mit dem Glas umzugehen versuchte. Es war mit einem Korken verschlossen. Das Etikett hing an einem Draht. Die unbeholfene Handschrift darauf war nicht die des Mädchens. Ich wusste sofort, dass sie vom Gärtner stammte.

Auf dem Grund des Reagenzglases schwebten zwei Klümpchen, anscheinend in hundertprozentigem Alkohol. Sie lagen nebeneinander, als wollten sie sich gegenseitig Mut machen oder als schämten sie sich, von mir entdeckt worden zu sein. Die Schnittränder waren glatt, und etwas Blut und Fettgewebe klebten daran, die Spitzen der ovalen Klümpchen waren von feinen Runzeln überzogen. Ich hielt das Glas in Augenhöhe schräg. Die beiden Klümpchen bewegten sich nun in der Flüssigkeit und stießen dabei gegeneinander. Feine Fasern, vielleicht Blutgefäße oder Hautfetzen, hingen an den Schnitträndern und schwankten hin und her wie feine Härchen.

Es waren Brustwarzen. Die Brustwarzen der drei ermordeten Frauen.

Ich ging zurück zu den Regalen mit den älteren Gegenständen und suchte nach dem Diaphragma der ermordeten Prostituierten aus dem Gasthof. Es gehörte zu den Objekten, die heute verpackt werden sollten. Meine Hände zitterten immer stärker, meine Lippen waren ausgedörrt, und die Zunge klebte mir am Gaumen. Auch den Ring hatte man gegen ein Reagenzglas ausgetauscht. Der Korken war brüchig, das Glas blind und der Alkohol schon zur Hälfte verdampft. Es bestand kein Zweifel: dieses Präparat war wesentlich älter als die anderen drei. Dass es sehr lange aufbewahrt worden war, erkannte man schon daran, dass die Brustwarzen geschrumpft waren und dadurch noch trauriger aussahen.

Ich dachte an die blitzenden Messer, die die Wände im Schuppen zierten. Die Messer, die Großvater und Vater des Gärtners angefertigt hatten, wurden in einem besonderen Rahmen präsentiert. Ich stellte das Reagenzglas auf das Regal zurück. Langsam sanken die Brustwarzen auf den Grund. Ohne mein Wissen lagerten hier die Erinnerungsstücke, die eigentlich ich hätte beschaffen sollen.

# 17

Ich rannte die Treppe hinauf durch die Hintertür ins Freie, ohne mich umzudrehen und ohne die Haushälterin zu beachten, die in der Küche das Frühstück zubereitete. Der Morgendunst hatte sich weitgehend verzogen, aber der Himmel war noch bedeckt. Ich hatte große Angst, der Gärtner würde noch am Feuer stehen. Sollte ich dann einfach an ihm vorbeilaufen, als sei nichts geschehen, oder sollte ich ihn auf die Erinnerungsstücke ansprechen? Panisch eilte ich durch den Garten und rieb mir dabei die Hände, um das Gefühl der Reagenzgläser loszuwerden. Vor Entsetzen waren meine Finger wie gelähmt.

Aber das Feuer war aus, und nur noch ein schwarzer Rußfleck war auf der Erde zurückgeblieben. Keine Spur mehr vom Gärtner, den Briefen oder dem Ei. Ich lief noch schneller, zertrat eine Rosmarinpflanze, schlug den Schnee von den Ruten der Weiden und stürzte auf meine Wohnung zu. Einmal stolperte ich über den Hahn für den Rasensprenger, fiel hin und verletzte mich an der Handfläche.

Zu Hause setzte ich mich auf die Bettkante und wartete, bis mein Atem ruhiger ging. Würde man alle Messer überprüfen, die der Vater oder Großvater des Gärtners geschmiedet hatte, würde sich sicher herausstellen, dass eins davon genau zu den Wundrändern an den Brustwarzen der Prostituierten passte. Außerdem passte die Klinge des Messers, das der Gärtner mir geschenkt hatte, wahrscheinlich auch genau zu den Schnitträndern bei den drei jüngst ermordeten Frauen. Ich muss-te über vieles nachdenken, aber mein Gehirn schien wie bis ins Mark erfroren, und meine Verwirrung nahm ständig zu. Meine Hosensäume waren voller Schlamm, und mein Mantel war von Dornen, welken Blättern und Zweigen übersät.

Ich riss meinen Koffer aus dem Schrank und warf Wäsche, Schreibutensilien, Rasierzeug, meine »Museumskunde«, das Mikroskop und das *Tagebuch der Anne Frank* hinein. Mehr besaß ich nicht. Als ich den Reißverschluss zuziehen wollte, fiel mir das Ei auf dem Fensterbrett ein. Ich wickelte es in ein Hemd und packte es zu den anderen Sachen in den Koffer.

Von meinem Fenster aus war kein Mensch zu sehen. Einen Augenblick lang schien die Morgensonne durch die Wolken, die der Wind kurz auseinandergetrieben hatte, und der reifbedeckte Boden glitzerte. Ich lauschte, aber jenseits meiner Wand war alles still. Ich musste aufbrechen, bevor die Haushälterin mir das Frühstück brachte.

Ich schnallte den Koffer auf den Gepäckträger, stieg auf mein Rad und warf noch einen letzten Blick auf das Museum. Es stand einfach da. Es stand dort, wie es seit Ewigkeiten dort gestanden hatte, unberührt von der Kälte, vom Wind oder von meinem Verrat.

Es tat mir nur leid wegen des Mädchens, und der Gedanke an sein enttäuschtes Gesicht, wenn es erfuhr, dass ich die Erinnerungsstücke im Stich gelassen hatte, schmerzte mich. Wie schön wäre es, dachte ich, wenn ich jetzt wie damals im Magazin meine Hand auf die seine legen könnte.

Ich umklammerte das Lenkrad und trat mit aller Kraft in die Pedale.

Zum ersten Mal seit meiner Ankunft im Dorf war ich wieder am Bahnhof. Da mich das Mädchen damals sofort zum Wagen gebracht hatte, war mir nicht aufgefallen, wie klein er war. Es gab nicht einmal einen Fahrkartenschalter, und als provisorische Bahnsteigsperre diente ein Holzbalken. Ich stellte mein Rad ab, nahm den Koffer vom Gepäckträger und sah mich im Warteraum um. Der Betonboden war rissig, und von der Decke hingen Spinnweben. Der Holzofen in der Mitte war kalt und schien schon länger nicht in Betrieb gewesen zu sein. Der Fahrplan an der Wand war so verblichen, dass man die Zeiten nicht mehr lesen konnte.

Ich ging durch die Sperre und setzte mich auf eine robuste, hellblau gestrichene Bank auf dem Bahnsteig. Außer mir gab es keine Wartenden, und Bahnpersonal war auch keins zu sehen. Anfangs fuhr ich bei jedem Geräusch herum, da ich fürchtete, der Gärtner könnte mir gefolgt sein. Aber bald kümmerte ich mich nicht mehr darum, denn jedes Mal, wenn ich mich umdrehte, rannte bloß eine streunende schwarze Katze davon oder die schwankenden Äste der Alleenbäume knarrten. Ich war völlig allein.

Die Schienen erstreckten sich weit hinaus über den Horizont meines Blickfelds. Jenseits des gegenüberliegenden Gleises erhob sich ein kleiner steiler Hang, hinter dem sich ein Kiefernwäldchen ausbreitete. Er war von braunen Nadeln übersät. Gelegentlich fuhr ein Auto in den Kreisverkehr vor dem Bahnhof, entfernte sich aber gleich wieder in irgendeine Richtung.

Ich nahm meine Ohrenschützer ab und lauschte angestrengt auf ein Schienengeräusch, ein Klingelsignal oder etwas anderes, das auf einen herannahenden Zug hindeuten konnte. Um mich ein wenig vor der Kälte zu schützen, zog ich die Schultern hoch und legte mir den Koffer auf den Schoß.

Je höher die Sonne stieg, desto dichter wurde die Wolkendecke. Um diese Zeit begannen wir für gewöhnlich mit der Dokumentationsarbeit. Ob die Alte allmählich die Geduld verlor und vor Wut über mein Nichterscheinen dem Mädchen oder der Haushälterin mit dem Stock drohte? Oder ruhte sie, den Kopf auf ein Kissen gelegt, auf der Couch und wartete still darauf, dass ich ein Erinnerungsstück auf den Tisch legte und sie mit dem Erzählen beginnen konnte?

Es fing an zu schneien. Mir fiel gleich auf, dass der Schnee anders war als der, der die anderen Male gefallen war. Die Flocken waren so groß, dass sie im Nu den ganzen Himmel verhüllten. Sie fielen zur Erde und tauten nicht. Irgendwann legte sich der Wind, und der Schnee verschluckte alle Geräusche. Auch wenn ich noch so angestrengt über die Gleise in die Ferne lauschte, vernahm ich nicht mehr als das leise Klirren, mit dem die Schneekristalle einander berührten und das die Dichte der Stille noch zu steigern schien.

Ich sah zum Himmel hinauf und hauchte mir in die Hände. An meinen Handschuhen haftete noch der Geruch des Feuers. Auf einmal schien es mir schon sehr lange her zu sein, dass ich die Verbrennung meiner Briefe mit angesehen und im Magazin die Brustwarzen entdeckt hatte.

Der felsige Hang, das Dach der Treppe, die die Gleise miteinander verband, die Mülltonnen, die Kiefernäste, die Eisenbahnschwellen, die Schienen – alle Umrisse in meinem Blickfeld versanken im Schnee. Unaufhaltsam. Hilflos umklammerte ich meinen Koffer.

Im Wäldchen flog ein Vogel auf, ein Ast schwankte. Danach waren wieder die Schneeflocken die einzige Bewegung in der Landschaft. Gleichmäßig deckten sie alles zu, die kleinste Kuhle im Hang und die dünnste Kiefernnadel. Von den Gleisen war längst nichts mehr zu sehen.

Ich dachte an das Museum. Der Schnee würde dem massiven Museumsbau gut stehen. Bestimmt bedeckte er auch das Museumsschild, das die Alte hatte anfertigen lassen.

Alles war weiß. Nichts ragte mehr aus dem Schnee heraus, und es schneite immer weiter. Es kam kein Zug.

Ich stand von der Bank auf. Schnee, der sich auf mir

angesammelt hatte, fiel zu Boden. Meine Fußspuren waren die einzigen auf dem Bahnsteig, den bis jetzt niemand sonst betreten hatte.

Fahrradfahren war inzwischen unmöglich. Ich überquerte schräg den Kreisel und folgte einem nicht erkennbaren Weg ins Unbekannte. Ich wollte einfach nur weit weg von hier. Mehr wusste ich nicht. Dazu musste ich immer weiterlaufen, ganz gleich, wie heftig es schneite.

Meine Hand- und Fußgelenke waren steif, und ich hatte Schwierigkeiten, das Gleichgewicht zu halten. Der Koffer erschien mir jetzt viel schwerer als beim Verlassen der Wohnung am Morgen. An einem Hang rutschte ich aus und stürzte. Einer meiner Handschuhe fühlte sich innen klebrig an, und als ich ihn auszog, sah ich, dass die Schürfwunde an meiner Hand blutete. Die Schönheit der roten Farbe überraschte und faszinierte mich. Um meine Hand zu reinigen, rieb ich sie mit Schnee ab. Es tat gar nicht weh.

Auf der Straße war kaum ein Mensch. In vielen Häusern waren die Vorhänge zugezogen, und Friseursalon, Bürgerhaus, Blumengeschäft und Kindergarten schienen menschenleer. Die wenigen Passanten, denen ich begegnete, hatten ihre Kapuzen tief ins Gesicht gezogen und nahmen keine Notiz von mir.

Sooft ich an eine Wegbiegung kam, hielt ich mich in nördlicher Richtung. Weiter als einen Schritt vermochte ich nicht zu sehen. Die Schneeflocken, die auf meine

Wimpern fielen, froren sofort dort fest, und es fiel mir schwer, die Augen offen zu halten.

Unablässig lief ich weiter und blieb erst stehen, als ich den Sumpfsee erreichte. Auch wenn mein Verstand wie gelähmt war, war mir bewusst, dass ich auf dem Weg zum Kloster war. Das Kloster schien mir die einzig mögliche ferne Zuflucht zu sein. Ebenso wie für den Novizen, der am Abend des Tränenfestes ohne einen Laut das Mädchen verlassen hatte, würde es dort, wenn ich es schaffte, vielleicht auch für mich ein Entrinnen geben.

Das tiefe Grün des Sumpfwassers blieb unberührt vom Weiß des Schnees. Kein Mönch war in Sicht, das Boot war an einer Birke festgebunden. Nachdem ich das Tau gelöst hatte, ruderte ich auf den See hinaus. Auch das Boot war voller Schnee. Die Flocken, die auf das Wasser fielen, schienen sich nicht aufzulösen, sondern so, wie sie waren, in die Tiefe gesogen zu werden. Beim Rudern knarrte es ein wenig, und meine Hände spürten leichten Widerstand. Die Wasseroberfläche begann zu überfrieren.

Obwohl mich der von unzähligen Mönchen festgetretene Trampelpfad über den Felsen ohne Umwege zum Kloster hätte führen müssen, sah die Landschaft im Schnee ganz anders aus. Ich behielt den Glockenturm, der in der Luft zu schweben schien, als Orientierung fest im Auge und stieg, mühsam Halt suchend, bergauf. Das Geröll war schneebedeckt, und die mir unbekannten Bäume, die hier und dort herausragten, waren völlig kahl. Ihre Äste wirkten morsch.

Der frisch gefallene Schnee zeichnete sanfte Bögen in die Landschaft. Als ich mich umdrehte und meine hässlichen, schmuddeligen Fußstapfen sah, zögerte ich beinahe, weiter auf ihn zu treten. Ich hatte den Eindruck, schon lange gelaufen zu sein, seit ich das Boot verlassen hatte, doch der Glockenturm rückte einfach nicht näher. Beim Einatmen sog ich Schneeflocken in meine Lunge. Sooft der Koffer mir zu entgleiten drohte, fing ich ihn panisch wieder auf, weil ich fürchtete, das Ei, das das Mädchen für mich gekauft hatte, könnte zerbrechen.

Bei einem Seitenblick bemerkte ich neben mir ein riesiges Etwas, das in einem unnatürlichen Winkel an der Felswand lehnte, aber kein Fels oder Baumstumpf war. Ich trat näher heran und bürstete den Schnee weg. Es war die Leiche eines alten Büffelbullen.

Nach den weiß-braun gefleckten Fellresten auf seinem Rücken zu urteilen, musste er im Frühherbst gestorben sein. Seine Haut und die inneren Organe in der Bauchgegend waren verwest, und nur noch die Rippen ragten hervor. Bloß zwischen Rücken und Hinterbeinen hingen noch ein paar lappenähnliche Hautfetzen. Die Rippen wirkten zierlich im Vergleich zu dem übrigen gewaltigen Körper. Der Kopf war ebenfalls halb verwest, und die Hörner fielen ab, als ich sie berührte. Die leeren Augenhöhlen starrten auf einen Punkt irgendwo im Raum.

Ich ging ein paar Schritte zurück, um mir einen Ast abzubrechen. Es ging ganz leicht. Schnee fiel auf den Kadaver und deckte ihn langsam wieder zu.

Als ich mich umschaute, sah ich überall tote Büffel liegen. Ein Tier hatte den Kopf zwischen die Felsen gesteckt, ein anderes stemmte die angewinkelten Vorderbeine in den steilen Hang. Ich sah die Leiche eines Jungtiers und auch eins, das gerade erst gestorben war.

Ganz gleich, welche Richtung ich einschlug, ich konnte dem Anblick der weißen Bergbüffel nicht entkommen. Wie durch den entsetzlichen Schock im Augenblick ihres Todes fixiert, hatten sie ihre Gestalt behalten, ohne auseinanderzufallen. Sie umzingelten mich und schlossen mich ein.

Ich versuchte, weiter nach oben zu klettern. Wenn ich es über den Friedhof schaffte, musste bald der Kreuzgang in Sicht kommen.

Plötzlich hörte ich jemanden nach mir rufen. Diese zarte Stimme drang an mein Ohr, obwohl der Schnee alle anderen Geräusche erstickte.

»Hallo, sind Sie das?«

Hinter einem besonders großen Büffel erschien ein Mensch. Ich ergriff den Schwanz des Büffels, trat auf seinen Kopf und taumelte in die Richtung, aus der die Stimme kam.

»Hier bin ich. Nehmen Sie meine Hand.«

»Was machst du denn hier …?«, stieß ich mit letzter Kraft hervor.

»Ich habe Sie gesucht. Im ganzen Dorf.«

Augenwimpern, Ohrläppchen und die Lippen des Mädchens waren eisverkrustet. Funkelnde Schneekristalle lagen auf seinen Wangen. Ich sank in seine Arme und sog seinen vertrauten Duft ein. Eigentlich hatte ich dem Anwesen entfliehen wollen, aber nun hatte ich das Gefühl, ans Ziel meiner Sehnsüchte gelangt zu sein.

»Oje, Sie bluten ja.«

Sie zog mir die Handschuhe aus und wischte die Wunde mit ihrem Taschentuch ab.

»Ich muss Sie gleich verarzten.«

»Der Gärtner … der Gärtner … die Erinnerungsstücke im Magazin …«

»Sie sollten jetzt nicht sprechen. Wir gehen erst mal nach Hause, dann trinken Sie einen Tee und ruhen sich aus.«

»Ich wollte zu meinem Bruder … Ohne dir Bescheid zu sagen. Alle Erinnerungsstücke im Stich lassen …«

»Ich weiß. Niemand ist böse auf Sie. Keine Sorge. Mutter erwartet Sie. Sie hat schon alles für Ihre Sitzung vorbereitet.«

»Der Gärtner hat mit seinem selbst geschmiedeten Messer etwas Furchtbares getan. Außerdem hat er unerlaubt einige Erinnerungsstücke aus dem Magazin …«

»Sie brauchen keine Angst vor ihm zu haben. Denken Sie nur daran, wie verdient er sich um das Museum gemacht hat. Ohne ihn hätten wir es doch nie geschafft. Würde nur einer von uns fehlen, stünde alles infrage. Für uns gibt es keinen anderen Platz. Kommen Sie doch mit zurück ins Museum der Stille!«

Ich legte meinen Kopf an ihre Brust. Noch während sie sprach, fing ich unversehens an zu weinen. War es aus Kummer über die Trennung von meinem Bruder?

Oder jagte mir der Gedanke an die Brustwarzen Angst ein? Oder war ich einfach nur glücklich, weil das Mädchen mich in seine Arme nahm? Ich konnte es nicht sagen.

Die Glocken begannen zu läuten. Ihr Klang dröhnte bis in den Himmel hinauf und brachte die Büffelkadaver, das Mädchen und mich zum Erzittern.

# 18

Die Wunde an meiner Hand war unvermutet tief. Sie eiterte und wollte lange Zeit nicht heilen. Durch den Verband konnte ich nur schlecht etwas tragen oder Aufzeichnungen machen, dennoch schafften wir es mit vereinten Kräften voranzukommen, ohne dass nennenswerte Verzögerungen eintraten. Obwohl ich an meiner Verletzung eigentlich selbst schuld war, verhielten sich das Mädchen, der Gärtner und seine Frau äußerst mitfühlend. Die Alte wies die Haushälterin an, eine Salbe nach einem Rezept aus dem Almanach herzustellen, die aus Moos, Wildschweintalg und Schneckenschleim bestand und auf ein Stück gegerbtes Leder aufgetragen wurde.

Meine Sachen verstaute ich wieder an ihrem gewohnten Platz. Die Wäsche kam in den Kleiderschrank, das Mikroskop auf den Esstisch und das *Tagebuch der Anne Frank* auf den Nachttisch. Glücklicherweise war das Ei unversehrt geblieben. Als ich es ins Fenster hängte, schimmerte der Engel in der Helligkeit des Schnees. Den nassen Koffer legte ich zum Trocknen auf das Ofengitter.

Der Schnee, der am Tag meiner Flucht gefallen war, blieb liegen. Und kaum hatten die Schneehaufen, die unter den Vordächern, am Rand der Feldwege oder an den Ecken von Plätzen zusammengefegt worden waren, ein schmutziges Grau angenommen, schneite es wieder. Die Sonne kam nur selten zum Vorschein, und im Ofen brannte den ganzen Tag das Feuer. Beim Frühstück war es noch dunkel in der Küche, und wenn ich abends nach der Arbeit die Villa verließ, lag der rückwärtige Garten bereits wieder im Dunkeln.

Es herrschte nun tiefster Winter, und die Zeit verstrich nur langsam. Auf den Straßen gab es kaum Verkehr, den Springbrunnen hatte man abgestellt und die Markisen des Cafés eingezogen. Da ich die Uhrzeit nicht mehr an den Lichtverhältnissen ablesen konnte, hatte ich das Gefühl, dass der Fluss der Zeit sich staute und ich mich, ganz gleich, wo ich mich befand – im Magazin und auch wenn ich im Dorf unterwegs war –, nicht daraus befreien konnte. Doch niemand beklagte sich, und alle warteten geduldig, dass der Winter vorüberging.

Der Alltag war wieder eingekehrt, und alles lief so reibungslos ab wie früher. Niemand machte mir Vorwürfe oder verhielt sich abweisend mir gegenüber. Allerdings verfolgten mich die beiden Beamten seit dem Schneeeinbruch unentwegt, freilich ohne mich zu bedrängen oder zu beschuldigen. Vielmehr schienen sie mich aus sicherer Entfernung zu beobachten, um neue Indizien zu sammeln. Zuweilen hatte ich sogar den Eindruck, sie beschatteten mich nicht als Mordverdächtigen, sondern passten nur auf, dass ich nicht wieder aus dem Museum floh.

Ich brauchte ohnehin etwas Zeit, um tief durchzuatmen und in Ruhe nachzudenken. Ich legte mich auf mein Bett, entfernte den Verband und betrachtete meine Wunde. Mein Irrlauf über den felsigen Klosterberg kam mir dann wie eine Illusion vor, doch der Gedanke an die Kälte und die Schmerzen brachte mir die Realität meines Abenteuers näher denn je. Auf dem Nachttisch lag sauber gefaltet mein Pyjama, den die Haushälterin für mich gewaschen hatte. Draußen herrschte strenger Frost, und der Ofen im Zimmer strahlte orangefarbenes Licht aus, da er reichlich mit dem Brennholz gefüttert wurde, das der Gärtner gehackt hatte. Auf dem Wandkalender reihten sich als sichere Zeichen des Voranschreitens unserer Arbeit säuberlich die roten Häkchen.

Noch einmal betrachtete ich meine Hand. Dann stand ich auf, nahm das *Tagebuch der Anne Frank* an mich und holte das Mikroskop aus der Küche.

Obwohl es schon spät war, machte ich mich auf den Weg in die Werkstatt im Haupthaus. Es schneite nicht mehr, und die Sichel des Mondes stand klar am Himmel. Ich ging sehr vorsichtig, um meine beiden Erinnerungsstücke vor Schaden zu bewahren.

Zuerst blätterte ich im Register, nahm die nächsten zwei Nummern heraus und schrieb Etiketten. Nachdem ich die nötigen Informationen – das Datum der Aufnahme, die Bezeichnung und die Art der Aufnahme – eingetragen hatte, nahm ich die Maße der Stücke, fotografierte sie, überprüfte sie auf Schäden und Kratzer und stellte die Lager- und Reparaturanweisungen für sie aus. Dann stellte ich sie nebeneinander auf ein Regal im Magazin. Ohne es laut auszusprechen, sagte ich meiner Mutter und meinem Bruder Lebewohl.

Am nächsten Tag begannen wir mit dem Transport der Erinnerungsstücke ins Museum. Der Gärtner trug sie aus dem Magazin hinüber, die Haushälterin und das Mädchen packten sie aus. Für den letzten Arbeitsgang, nämlich sie in den Schaukästen zu platzieren, war ich zuständig.

Das Wetter war weiterhin schlecht und behinderte unsere Arbeit, aber niemand beschwerte sich. Alle waren freudig erregt und bemüht, ihr Bestes für das Museum zu geben. Hin und wieder brachte der Gärtner das Mädchen und mich mit seinen Scherzen zum Lachen, auch wenn die Haushälterin ihn deshalb rügte. Nachdem er die schwereren Arbeiten erledigt hatte, überprüfte er die Elektroleitungen, verbrannte angesammelten Schutt und Abfall im Garten und säuberte mit dem Staubsauger die Schaukästen. Besorgt vergewisserte sich das Mädchen zum x-ten Mal, dass wir auch kein Erinnerungsstück vergessen hatten. Für unsere Mittagspause hatte die Haushälterin einen Picknickkorb und heißen Kaffee vorbereitet. Wir setzten uns auf ein Sofa in der Ruheecke und aßen gemeinsam.

Sorge bereitete uns nur, dass die alte Frau Fieber bekommen hatte und im Bett lag. Ihre Schimpfkanonaden und Sticheleien, mit denen sie uns unter Gebissgeklapper zu bombardieren pflegte, fehlten mir geradezu. Sie war zwar bei vollem Bewusstsein und ihre Atmung war auch stabil, aber wegen des Fiebers hatte sie keinen Appetit und wurde immer schwächer. Dennoch hatte sie bisher keinen Tag unserer Archivarbeit versäumt. Die Geschichten zu erzählen war nun die einzige Aufgabe der alten Frau. Darüber war sie sich völlig im Klaren, und sie konzentrierte sich ganz und gar auf diese ihre wichtigste Pflicht. Die übrige Zeit verbrachte sie zumeist im Bett und ruhte sich aus.

Jedes Erinnerungsstück hat eine bestimmte Seite, die besonders hervorgehoben werden muss. Auch wenn es sich nur um eine Nähnadel oder eine Murmel handelt, muss man herausfinden, welche ihrer Seiten angestrahlt werden soll und welche im Schatten bleibt und nicht von den Menschen betrachtet wird. Die richtige Entscheidung darüber hängt von den Fähigkeiten des Museumsexperten ab.

Ich zog einen weißen Handschuh über die noch bandagierte Hand, nahm das Erinnerungsstück, das das Mädchen mir reichte, und entschied mich sekundenschnell für eine Seite. Da ich alle Gegenstände bei der Registrierung, Desinfizierung oder Reparatur bereits mehrmals in der Hand gehabt hatte, zögerte ich nicht.

Nach und nach bestückten wir die Schaukästen. Ihrer eigenen schönen Ordnung folgend nahm eine neue Welt Gestalt an. Jedes einzelne Stück wurde mit größter Genauigkeit platziert. Ich gestattete nicht die geringste

Abweichung, denn die Gegenstände würden ihren Platz nie wieder verlassen. Es war ausgeschlossen, sie einem anderen Museum zu leihen oder sie zu Forschungszwecken auch nur zeitweise zu entfernen.

Als mir die Brustwarzen ausgehändigt wurden, standen die anderen zufällig in meiner Nähe. Alle starrten auf meine reglose Hand mit dem Reagenzglas. In diesem Augenblick hatte ich den Eindruck, als ändere der Luftzug seine Richtung, aber vielleicht bildete ich mir das auch nur ein. Ich schüttelte das Reagenzglas, sodass beide Brustwarzen perfekt dem Auge des Betrachters zugewandt waren, und fixierte es zwischen den Nägeln, die ich vorher dort angebracht hatte. Sofort integrierten sie sich in die Sammlung, während sie hinter der Glasscheibe ihre eigene Existenz behaupteten. Damit bewiesen sie ihre zweifelsfreie Legitimation als Erinnerungsstücke. Alle wandten sich wieder ihrer jeweiligen Arbeit zu.

Am Abend des vierten Tages war das Museum endlich fertig. Alle Erinnerungsstücke einschließlich der jüngsten Erwerbungen – das *Tagebuch der Anne Frank* und das Mikroskop – waren aufgestellt. Die Pfeile, die durch den Rundgang führten, und die Beleuchtung der Notausgänge waren angebracht, Aschenbecher, Eintrittskarten und alle möglichen Kleinigkeiten standen zur Verfügung, und der Boden war gebohnert.

»So, das war's«, sagte ich, als ich das Ganze vom Eingang aus betrachtete.

»Haben wir vielleicht nicht doch noch etwas übersehen?«, fragte das Mädchen.

»Nein, alles ist in Ordnung«, antwortete ich.

»Ach, das Museum ist fertig ...«, murmelte die Haushälterin, den Bohnerbesen noch in der Hand, als ob ihre Kräfte sie verlassen hätten.

»Wenn man es so fertig vor sich sieht, geht es auf einmal doch zu schnell.«

Die angenehme Erschöpfung, die mich nun ergriff, hatte seltsamerweise auch eine beruhigende Wirkung. Keine Fanfaren ertönten. Keine Tauben flogen. Es schneite nur.

Der Gärtner kam mit der Alten auf dem Rücken vom Haupthaus herüber. Wegen der Kälte war sie dick eingemummelt und hing wie ein Stoffbündel über seinen Schultern.

»Chefin, wir präsentieren: Das Museum der Stille«, sagte er. Im Inneren des Bündels regte sich etwas.

»Mutter, kannst du überhaupt etwas sehen?«

Das Mädchen hob die Wolldecke am Rand hoch, und die Alte spähte hervor.

Ich war überrascht, wie schwarz ihre Pupillen waren. Die Schwärze ihrer Augen, die tiefer war als das Dunkel des Winters, schien alles, was sich darin widerspiegelte, zu verschlucken, und dennoch blieb ihre Oberfläche glatt und unberührt. Es war, als wären ihre Augen die einzigen Überlebenden ihres bereits verfallenen Körpers.

Der Gärtner trug sie einmal durch das Museum, und wir folgten ihnen. Niemand sprach. Nur das mühsame Atmen der Alten war zu hören. Das Licht vor den Fenstern verfärbte sich abendlich, und die Schneeflocken wirkten wie tanzende Schatten. Das unbeherrschte Heulen des Windes erreichte uns nicht, starr gefroren stand der Wald in der Ferne, und dahinter verbarg sich die Welt der Nacht.

Unser Zug war eine Wallfahrt für die Toten, und die röchelnden Atemzüge der Alten waren das Requiem.

»Das Mädchen hat mir einmal erzählt, wenn man einem Verkünder des Schweigens ein Geheimnis anvertraut, wird er es niemals verraten.«

Der Junge stand an seiner üblichen Stelle vor dem Springbrunnen am Marktplatz.

»Wir haben uns lange nicht gesehen. Wie geht es dir?«

Da ich unsicher war, ob Händeschütteln erlaubt oder Schulterklopfen angebracht waren, behielt ich meine Hände in den Taschen.

»Du bist ja jetzt kein Novize mehr, sondern ein richtiger Verkünder.«

Der Junge hatte einen leichten Bartwuchs bekommen, und seine Ohren, die unter den schulterlangen Haaren hervorschauten, waren so groß, dass sie nicht mehr in die Maueröffnungen gepasst hätten.

»Ich habe gerade ein Erinnerungsstück abgeholt und bin auf dem Heimweg. Ein sechzigjähriger Bauer ist beim Schneeschaufeln vom Dach gestürzt und hat sich das Genick gebrochen … Meine Arbeit führt mir ständig vor Augen, wie viele Todesarten es doch auf der Welt gibt … Weißt du, dass wir das Museum eröffnet haben?

Komm doch mal vorbei, wenn du Lust hast. Ich glaube nicht, dass du damit gegen dein Gelübde verstoßen würdest. Immerhin ist es ein Museum der Stille. Was meinst du? Das Mädchen würde sich auch sehr freuen. Um die Wahrheit zu sagen, hatten wir seit der Eröffnung noch keinen einzigen Besucher. Obwohl die Erinnerungsstücke täglich mehr werden und die Sammlung wirklich Substanz hat. Aber was soll man machen? Wir hatten es ja schon geahnt. Außerdem zeichnet sich ein gutes Museum nicht unbedingt durch großen Besucherandrang aus. Wichtiger ist der Umstand, dass die Sammlung dort vollkommen geschützt ist. Da wir diese Mission gewissenhaft erfüllen, sind wir auch nicht enttäuscht, wenn wir den ganzen Tag an der Rezeption sitzen, ohne dass jemand kommt. Die Dankbarkeit, dass die Erinnerungsstücke einen Tag unbeschadet überstanden haben, überwiegt.«

Die Passanten gingen gebückt über den Platz, damit sie nicht auf dem gefrorenen Boden ausrutschten. Es hatte aufgehört zu schneien, war aber noch kälter geworden, und unser Atem wallte in Wolken aus transparenten Kristallen durch die Luft. Der Brunnen lag so voller Schnee, dass die Löwenskulptur bis zum Hals darin versunken war.

Der Junge war barfuß. Dort, wo er stand, hatten sich Vertiefungen in Form seiner Füße gebildet. An jedem einzelnen Haar des Büffelfells hing vereister Schnee, der auch im dämmrigen Licht noch kalt funkelte.

»Stimmt ja, ich wollte dir doch mein Geheimnis erzählen. So etwas gehört nicht zu meinen Gewohnheiten, deshalb weiß ich nicht so recht, wo ich anfangen soll. Darf ich einfach so weiterreden? Entschuldige, wenn ich dir lästig bin.«

Der Junge sah mir in die Augen. Sein Blick war ausdruckslos, aber ich konnte spüren, dass meine Worte in den ihn umgebenden Born des Schweigens aufgenommen wurden. Der Junge hielt die Hände gefaltet und bewegte nicht einmal die Fingerspitzen, selbst wenn der Wind durch seine Haare blies oder den Saum seiner Fellkutte flattern ließ. Seine Wangen waren schrundig von der Kälte, und seine Fingernägel waren nicht rosig, sondern blass. An den Füßen hatte er Frostbeulen. Seine vollkommene Reglosigkeit verstärkte die Reinheit seines Schweigens. Dennoch wusste ich, dass er mich nicht zurückwies. Bereitwillig bot er mir das Schweigen an, das ich brauchte. Halb zögernd, halb aus dem dringenden Wunsch, der Qual meines Geheimnisses zu entfliehen, tauchte ich die Hand in diesen Born.

»Es war der Gärtner, der die drei jungen Frauen umgebracht hat. Ich bin so gut wie sicher. Und nicht nur das. Wahrscheinlich hat schon sein Großvater vor fünfzig Jahren diese Prostituierte im Gasthof getötet. Nein, vielleicht war es auch sein Vater. Egal, einer von beiden. Die Tatwaffe, ein Klappmesser, hängt heute im Schuppen an der Wand. Blitzend und stolz … Der Gärtner besitzt wirklich herausragende Fähigkeiten. Es gibt wohl nicht viele Gärtner auf der Welt, die bei der Einrichtung eines Museums solches Geschick beweisen würden. Er ist imstande, aus dem Nichts fast alles hervorzubringen. Er ist auch sehr gut darin, in bestimmten Situationen Änderungen vorzuschlagen, auf die niemand gekommen wäre. Fehler entdeckt und korrigiert er sofort. Die Klappmesser sind das Ergebnis eines Zusammenwirkens all dieser Fähigkeiten und seine ultimative Selbstverwirklichung. Ich habe ihn nicht persönlich danach gefragt, aber ich vermute, er wollte ausprobieren, wie scharf seine Messer sind. Und zwar an etwas Schönem, Anmutigem, bei dem normalerweise niemand darauf kommt, es abzuschneiden. Ganz bestimmt. Natürlich weiß ich, dass das eine verbotene Lust ist. Ich weiß es genau. Und dir verrate ich sein Geheimnis, damit niemand davon erfährt. Auch wenn ich durch das Messer, das er mir geschenkt hat, und dadurch, dass ich mir Erinnerungsstücke von den Opfern beschafft habe, starken Verdacht auf mich gezogen habe, werde ich ihn nicht anzeigen. Ich wundere mich über mich selbst … Aber für das Museum würde ich alles tun. Für seine Erhaltung ist jeder von uns fünfen wichtig. Würde nur einer fehlen, würde das Gleichgewicht gestört, und das Museum der Stille wäre nie wieder, was es war. Und wie könnten wir ohne das Museum die physische Existenz der Dorfbewohner dokumentieren und bewahren? So hat es das Mädchen ausgedrückt. Wir würden den Boden unter den Füßen verlieren und vom Rand der Welt in den Abgrund stürzen. Und niemand würde sich daran erinnern, dass wir einst hier gelebt haben. Wir wären nicht anders als Schutt, den niemand aufhebt und der zu

Erde zerfällt, ohne je in einem Museum ausgestellt zu werden. Das Ende der Welt ist ein dunkler und abgründiger Ort. Ist man einmal hinabgestürzt, gelangt man nie wieder nach oben … Anfangs hatte ich das auch nicht begriffen. Erst nach und nach wurde es mir klar. Es war ein schmerzhafter Prozess, zu akzeptieren, dass ich das Mikroskop meines Bruders dem Museum der Stille überlassen musste …«

Ich schaute zum Himmel hinauf und sah, wie der Wind über die Bergkämme fegte und die Wolken vor sich hertrieb. Ich gürtete meinen Mantel fester, rückte die verrutschten Ohrenschützer zurecht und klopfte mir den Schnee von den Hosensäumen.

Der Junge stand noch in der gleichen Haltung da. Der Born seines Schweigens war ganz glatt, weder kleine Wellen noch die geringste Strömung kräuselten seine Oberfläche. Er war randvoll mit Schweigen.

»Vielleicht hilft es nicht viel, dir das zu sagen, aber pass gut auf dich auf.«

Ich klopfte ein paar Eisklümpchen von seiner Fellkutte. Er ließ es über sich ergehen. Die funkelnden Kristalle fielen zu Boden.

»Dann mache ich mich mal allmählich auf den Weg. Ich muss auch das Mädchen am Empfang ablösen.«

Ich hob die Hand zum Abschied und ging davon.

Am Morgen, an dem die alte Frau starb, strahlte die Sonne fast zum ersten Mal in diesem Winter von einem ungetrübten Himmel.

Wir hatten die ganze Nacht hindurch an ihrem Bett gewacht. Das Mädchen hielt ihre Hand. Auf der anderen Seite saß die Haushälterin und strich der alten Frau übers Haar, und der Gärtner hatte eine Hand auf die Decke über ihren Füßen gelegt. Mir fiel nichts ein, was ich für sie hätte tun können, als Brennholz nachzulegen, wenn das Feuer im Kamin schwächer wurde. Später in der Nacht, als es noch kälter wurde, zog ich meine Strickjacke aus und legte sie dem Mädchen um die Schultern. Ansonsten saß ich nur verstört auf einem Stuhl neben ihrem Bett.

Auch ohne einen Arzt zu konsultieren, wussten wir, dass es so weit war. Schon als sie eine Woche zuvor die Berichte über die von ihr gesammelten Erinnerungsstücke beendet hatte, hatte ich mir gesagt, dass man auf alles gefasst sein musste. Und genau in dem Augenblick, als ich nach unserer letzten Archivsitzung den Bleistift weglegte, hatte sie das Bewusstsein verloren.

Auf ihrem Schreibtisch lagen noch ein paar aufgeschlagene Bücher, die sie wohl für ihre Almanachstudien gebraucht hatte, und ihre Lesebrille lag auch noch aufgeklappt da, so als hätte sie sie eben erst beiseitegelegt. An den Haken an der Wand hingen mehrere Wollmützen.

Niemand sagte etwas. Wenn unsere Blicke sich begegneten, wusste der eine sofort, wie der andere sich fühlte, und es bedurfte keiner oberflächlichen Trostworte. Wir vermieden es sogar eher, die Stille durch überflüssiges Gerede zu stören. Die vollkommene Stille in der Villa hüllte uns liebevoll ein.

Mit der Zeit atmete die Alte immer unregelmäßiger.

Beim Einatmen entstand in ihrer Kehle ein unsagbar einsamer Laut, und ihre Rippen zitterten. Manchmal atmete sie eine Weile ganz flach, plötzlich öffnete sie wieder, nach Atem ringend, die Lippen, um möglichst viel Luft einzusaugen, wobei sich ihr Kehlkopf auf und nieder bewegte.

Der Tod packte sie nicht in einem Atemzug, ließ aber auch nicht von ihr ab. Es sah beinahe so aus, als fürchte er sich vor der alten Frau.

Die Haushälterin legte ihr eine feuchte Kompresse auf die Stirn. Der Gärtner massierte unter der Decke ihre Beine. Angesichts dieses Eifers glaubte ich fast, er könnte noch etwas nützen. Das Mädchen ließ die Alte keinen Moment aus den Augen. Dabei blinzelte es nicht einmal. Vielleicht fürchtete sie, es nie wiedergutmachen zu können, wenn sie versehentlich etwas Entscheidendes übersah. Ich starrte die ganze Zeit auf ihre Wange. An einem Schemel neben dem Bett lehnte der Stock der Alten, der bis zuletzt ihre treue Stütze gewesen war. Der Griff glänzte schwarz und trug die Abdrücke ihrer Finger.

Das Licht, das durch den Vorhang schimmerte, änderte alle Augenblicke seine Farbe. Langsam wich die Finsternis einem dunklen Blau, das schließlich auch verblasste. Wind und Schneetreiben ließen nach.

Schließlich entrang sich der Kehle der Alten ein langes Stöhnen. Unter den geschlossenen Augenlidern bewegten sich die Augäpfel, ihre Lippen zitterten, und sie tat ihren letzten Atemzug.

Die drei nahmen ihre Hände vom Körper der Alten

und beteten mit gesenkten Blicken. Ich stand auf, um die Vorhänge zurückzuziehen. Die Morgensonne, die durch die Reflexion des Schnees noch intensiver zu strahlen schien, beleuchtete das Gesicht der Toten.

Der Raum, in dem ich zum ersten Mal in meinem Leben die Geschichte eines Erinnerungsstücks erzählen wollte, das ich selbst besorgt hatte, lag im Dachgeschoss. Meine letzte Archivsitzung mit der Alten hatte dort stattgefunden. Ich hatte wenig Zutrauen zu meiner Fähigkeit, mit dem Erinnerungsstück zu kommunizieren, und war unsicher, ob sich das Zimmer für das erste Mal eignete. Aber die Alte, die ihren Almanach konsultiert und danach die richtige Entscheidung getroffen hätte, war ja nicht mehr da.

Der Almanach stand jetzt im Museum. Die Entscheidung, welcher Gegenstand am besten an die Alte erinnern würde, war mir schwergefallen. Ich hatte ein schlechtes Gewissen, sie allein zu treffen, auch wenn ich der Museumsexperte war. Meiner Ansicht nach hätten das Mädchen, die Haushälterin und der Gärtner viel eher das Recht gehabt, etwas auszuwählen, als ein Neuankömmling wie ich.

»Nein, das ist ganz allein Ihre Aufgabe«, beharrte der Gärtner und gab auch nicht nach.

»Sie machen das schon. Sie werden ganz sicher das Richtige finden.«

Das Mädchen und die Haushälterin nickten zuversichtlich.

Also entschied ich mich für den Almanach und den Krückstock der Alten. Es war das einzige Mal, dass eine Person dem Museum der Stille zwei Erinnerungsstücke hinterließ. Dennoch war ich überzeugt, dies im Falle der alten Frau vertreten zu können. Der Stock und der Almanach: sozusagen ihre körperliche und ihre geistige Stütze. Bessere Erinnerungsstücke konnte es für sie nicht geben.

In der Dachkammer war schon alles vorbereitet.

»Ist es so richtig?«

Das Mädchen legte ein Erinnerungsstück auf den Tisch. Es war das Skalpell, mit dem der Chirurg die Ohren verkleinert hatte.

Als ich bejahte, schlug sie das Heft auf, zückte den Bleistift und konzentrierte sich, sodass ich jederzeit anfangen konnte. So hervorragend wie die Alte und ich zusammengearbeitet hatten, würde ich ganz sicher auch mit dem Mädchen zurechtkommen.

Ich betrachtete das Erinnerungsstück. Von der gezackten abgebrochenen Spitze bis zu den Blutflecken erkannte ich alles wieder. Um mich zu sammeln, schloss ich die Augen.

Ich dachte an die Zeit, die ich in diesem Zimmer mit der Alten verbracht hatte.

»Das ist unser letztes«, hatte ich gesagt und das letzte ihrer Erinnerungsstücke hervorgeholt. »Das waren alle, die Sie gesammelt haben.«

Eigentlich hatte ich das gar nicht sagen wollen. Es ergriff mich fast unerträgliche Sehnsucht nach jener Zeit, als ich noch geglaubt hatte, die Zahl der Erinnerungsstücke sei unendlich.

»Aha.« Der Tonfall der Alten war frei von jeglicher Sentimentalität.

»Am Ende haben wir es doch noch geschafft.«

»Hm, das war doch klar.«

Sie wollte kräftig schnauben, wie sie es früher so gut gekonnt hatte, brachte aber nur ein schwaches Röcheln zustande. Als sie noch etwas hinzufügen wollte, verschluckte sie sich am Schleim und bekam einen heftigen Hustenanfall. Ich legte die Arme um ihren Oberkörper und klopfte ihr auf den Rücken.

»Sie dürfen sich nicht überanstrengen. Wir können es doch auf morgen verschieben.«

Ich hatte das Gefühl, ins Leere zu greifen, so wenig Widerstand spürte ich in meinen Armen.

»Es gibt kein Morgen, Sie Schwachkopf. Heute ist der letzte Tag. Es gibt nur noch heute. Wer seine Rolle gespielt hat, tritt ab. So steht es im Almanach. Sind Sie endlich so weit? Dann los.«

Den Klang ihrer Stimme noch im Ohr, schlug ich die Augen auf. Das Mädchen wartete, den Bleistift gezückt. Das Skalpell lag reglos an Ort und Stelle.

Und ich begann, seine Geschichte zu erzählen.

Yoko Ogawa bei Liebeskind

**Schwimmen mit Elefanten**

Roman, 320 Seiten, ISBN 978-3-95438-013-8

In einem ausrangierten Bus wird ein kleiner Junge vom Hausmeister des städtischen Busdepots in die Geheimnisse des Schachs eingeweiht. Der Mann hat sofort das außergewöhnliche Talent des Jungen erkannt, der am besten spielt, wenn er unter dem Schachbrett sitzt – ohne die Figuren vor sich zu haben, ohne seinem Gegner in die Augen zu sehen, in Gedanken bei einem Elefanten, mit dem er befreundet ist. Jedoch wird ihm aufgrund dieser Angewohnheit der Beitritt in den örtlichen Schachklub verwehrt. Er darf nur einen Schachautomaten bedienen, der die Gesichtszüge des berühmten Großmeisters Alexander Alexandrowitsch Aljechin trägt. Im Inneren des Automaten, eingezwängt zwischen Hebeln und Knöpfen, treibt der Junge seine Kunst zur Vollendung. Doch dann kommt es zu einem verhängnisvollen Zwischenfall.

**Hotel Iris**

Roman, 224 Seiten, ISBN 3-935890-00-1

Die siebzehnjährige Mari führt zusammen mit ihrer Mutter ein bescheidenes Hotel in einem Badeort an der Küste. Eines Abends wird sie Zeuge eines heftigen Streits zwischen zwei Gästen, einem älteren Herrn und einer Prostituierten. Mari ist tief beeindruckt von der Würde und der Eleganz des Mannes, dem seine Begleiterin abartige sexuelle Neigungen vorhält. Als sie den Mann einige Tage später in der Stadt wiedersieht, macht sie seine Bekanntschaft und folgt ihm auf eine unbewohnte Insel, auf der er zurückgezogen lebt.

Yoko Ogawa bei Liebeskind

**Liebe am Papierrand**

Roman, 255 Seiten, ISNB 3-935890-25-7

Eine junge Frau nimmt in einem Hotel an einer Gesprächsrunde mit Gehörkranken teil. Zu dem Stenografen, der das Gespräch protokolliert, fühlt sie sich auf geheimnisvolle Weise hingezogen. Von ihm erfährt sie, dass das Hotel einst einer Fürstenfamilie gehörte, deren kleiner Sohn seinerzeit von einem Balkon stürzte. Jahrelang lag das Kind schwer verletzt in einem der Zimmer, in das der Fürst unzählige Blumen pflanzen ließ, da der abendliche Duft der Blüten dem Jungen Erleichterung verschaffte. Als die Frau nun zusammen mit dem Stenografen das Zimmer besichtigt, glaubt sie, den Duft der längst vergangenen Blumen wahrzunehmen …

**Zärtliche Klagen**

Roman, 272 Seiten, ISBN 978-3-95438-073-2

Tief verletzt durch die Untreue ihres Mannes, flieht Ruriko aus Tokio und zieht sich in ein einsam gelegenes Landhaus zurück. Sie arbeitet als Kalligrafin und will dort Ruhe finden, um die Transkription der Lebenserinnerungen einer englischen Dame abzuschließen. Bald schon lernt sie ihre neuen Nachbarn kennen. Nitta war früher ein bekannter Pianist und widmet sich nun dem Bau von Cembalos. Dabei geht ihm eine junge Frau namens Kaoru zur Hand, die er als seine Assistentin vorstellt. Von ihr erfährt Ruriko, dass Nitta nicht mehr vermag, in der Gegenwart anderer Klavier zu spielen. Es ist, als wäre sein Herz zu Stein geworden und die Musik zur bloßen Erinnerung.

Die Originalausgabe erschien 2000 unter dem Titel
*Chinmoku Hakubutsukan* im Verlag Chikuma Shobo, Tokio.

Yoko Ogawa wird durch das Japan Foreign-Rights Centre vertreten.



Umschlagmotiv: Getty Images
Umschlagkalligrafie: Danai Afrati, München
Typografie und Satz: Frese, München
Herstellung und Umschlaggestaltung: Robert Gigler, München
Druck und Bindung: Friedrich Pustet, Regensburg

ISBN 978-3-95438-160-9